悠远的回响

蒋锡金 ◎ 著

长春出版社
全国百佳图书出版单位

图书在版编目（CIP）数据

悠远的回响 / 蒋锡金著. —— 长春：长春出版社，
2025. 1. —— ISBN 978-7-5445-7728-1

Ⅰ. I217.2

中国国家版本馆CIP数据核字第20243RB663号

悠远的回响

著　　者　蒋锡金

责任编辑　闫　伟

封面设计　宁荣刚

出版发行　长春出版社

总 编 室　0431-88563443

市场营销　0431-88561180

网络营销　0431-88587345

地　　址　吉林省长春市南关区长春大街309号

邮　　编　130041

网　　址　www.cccbs.net

制　　版　长春出版社美术设计制作中心

印　　刷　长春天行健印刷有限公司

开　　本　880mm×1230mm　1/32

字　　数　305千字

印　　张　13

版　　次　2025年1月第1版

印　　次　2025年1月第1次印刷

定　　价　69.80元

目　录

诗　歌

第一辑 / 3

舞　狮 / 3

挑水的 / 7

号　角 / 9

一个人的死 / 10

五　月 / 11

流　尸 / 12

笑　容 / 13

第二辑 / 15

反省院 / 15

江　岸 / 17

望江南 / 18

怀乡病 / 22

晴　空 / 26

海珠桥 / 29

夜泊吴淞口外 / 32

第三辑 / 34

给戏剧家 / 34

米　价 / 40

迎宪政 / 42

第四辑 / 44

向着普式庚的铜像 / 44

春日多雨 / 48

释　放 / 52

群　鸟 / 55

黄昏星 / 57

黄鹤楼 / 64

西河桥 / 65

孤独的晚步时的心情 / 66

千人针（朗诵诗） / 67

中国的春天 / 71

疯妇人 / 75

这一天我活满了我的二十九岁

　　——录示几位可信是永远坚贞的伙伴 / 81

矛　盾

　　——中国寓言诗 / 83

枯　鱼

　　——中国寓言诗 / 90

愁　城 / 95

散　文

洞 / 112

一个战士的死 / 115

荷　花 / 124

没有能力的人 / 130

鸡　犬 / 137

那六个走掉的 / 143

镇市风景 / 153

牛 / 164

有女同车 / 169

浴 / 175

殉情者 / 178

难于解决的事 / 185

乖得很的唐金炳 / 194

苏民的死 / 201

蛇 / 213

建承难忘 / 221

小　说

恋爱的插曲 / 240

我很喜欢你 / 250

第一名 / 256

少女病 / 270

戏　剧

台儿庄（第一幕） / 286

横山镇（第一幕） / 310

横山镇（第二幕） / 343

他们在码头上（独幕剧）/ 377

你要怎样（对话）/ 395

后　记 / 404

诗 歌

  ……把七弦琴，为着歌唱战斗之歌，把七弦琴给我罢！把那从天上飞落，烧毁宫殿，照耀茅舍的，燃烧着的星似的语言，……把那发出响声，飞达第七天国，而击中混入最圣洁的场所装着很有信心的伪善者们的，辉耀的投枪似的语言赐给我罢！……

——海涅

第 一 辑

舞 狮

已经算不得是珍奇的玩艺，

这年头那里还比得上从前！

喧天的锣鼓，聚来的只是些小坏蛋，

破哑的喉咙唱起没劲的歌——

小坏蛋们鼓着腮儿等着要瞧，

舞狮的心里却还要估计一下

看有多少铜板可以拿到；

两个汉子躲进染青的麻皮①里摇起屁股，

拖鼻涕的小坏蛋们放声大笑，

跟着锣声跑一趟快步，

兜完一圈把四围的场子放开；

鼓声里青狮子在打滚了，

狮子抖着颔下的红须十分的够味，

张开了大嘴像是一口气喘不过来；

鼻孔里露出了里面两颗人的眼睛，

又引起小坏蛋们的一阵嘲笑；

但那青狮子却越舞越不得劲，

后腿伸了一伸在地上卧倒。

一面锣一顶破毡帽变了收钱的袋，

却很少有铜板滚进袋来。

小坏蛋们惯会装痴装呆——

有的装作看狮子不管你怎样叫喊，

有的跑进去拉一把尾巴逃开；

要骗铜板只有翻新花样：

"来来，来，来看青狮子跳台！"

地中央放下了两张长凳，

长凳上面再盖上一块木板，

"再有十六个铜板，再有十三，"

却再不见有一个铜板丢下。

旁边又有几个大人来了，

大人却没有孩子们的闲情好；

不出铜板也不肯帮帮场，

拉住了自己的孩子一连就几下耳光；

小坏蛋不敢哭也不肯跟着大人走开，

不由得舞狮的山东佬光起火来：

"绝子绝孙的才走！老子就不要吃饭？"

回来的也是那么一声冷冷的语调：
"让老子自家先有了吃，再来把你喂饱！"
拖着啼哭的孩子钻进了破屋，
围观的小坏蛋们却还没有满足；
舞狮的伸出头来，褪下了披挂
理一理麻皮预备滚蛋。
背起长凳拍一下满身的灰，
"这年头真是到处碰够了鬼！
大家没有饭吃，不知是谁吃了我们的饭！
我们是要活命，不是舞着好玩！"
小坏蛋们的希望完了一哄都就散光，
舞狮的也背着扛着走入了另一条街坊。
这原是新春时候的玩艺，
往年的新春人们多么的欢喜！
杂耍场每天挤满了人，
舞起青狮每次都赏钱满地；
但现在落进了苦难的年头，
舞狮的玩艺也出现在深秋；
聪明的办法转成了最后的失望，
谁也想不出这是什么根由，
深秋的人们满装着生计的忧愁。
明明在往年这是秋收的时候，
但现在个个人都叹着气摇着头；
一声锣一声鼓唤不起人们的高兴，

苦难的年头人们要挣扎着活命。

1934 年 9 月

上海《当代诗刊》创刊号，1935 年 1 月 1 日

注：①麻皮：舞狮用的道具，表演时演员将其披在身上。

挑 水 的

城河早望了天，
全城惶恐的饮水问题呀！
挑水的笑在肚子里，
你们晦气我可走了运了！

前几天挂上的笑脸，
而今消失了；
挑水的仍是苦着脸，
逃荒佬也来抢生意呀！

踏着汃①底发烫的碎砖，
摇摇地又是两桶浑水；
"来，来，到我家去！"
挑水的点了点头跟上走。

抹一下额上的汗，
背上的汗淌下像虫在爬；
水桶里浮的草结尽旋转，
真的要倒下来吗？

穷人是不会有好日子的！
挑水的尽埋怨腰腿的不争气；
在烘烤着的太阳下，
挑水的也和别人一样巴望着下雨了。

"终究大家都会干死的"，
挑水的望着尽浅下去的外汊发愁；
富室都望外地快走完了，
生意更要一天清淡一天。

1934 年 7 月

上海《申报自由谈》，1934 年 8 月 30 日

注：①汊：汊泉，从侧面喷出的泉。

号　角

听那号角的声音，
那悲凉的幽怨的调子，
已转成雄壮而洪亮的呼唤了。
来，为生存让我们死！

是我们的号角响了，
那在远方和近处呼应着的，
风给带向全世界播扬。
将从黑夜里直吹到天明。

1936 年 4 月·宜兴

一个人的死

是一个人被杀死了，
他的尸身也被搬走了，
但血渍滴在地上，
染在每一个人的心上。
是一个人被杀死了，
不用问他致死的原因，
将有千万个人，在
同样的情形下被杀死，
"不安本分"是他的罪名。
别再提起他的名字，
那是一个庄严的名字！
它会激动往日的仇恨，
它会燃起无边的怒愤。
这名字将变成可怕的声音！

五　月

纪念着吧，伙伴！五月的
炎毒的太阳炙干了我们的血；
也在这当儿我们惊醒了，
那给恶者出乎意外，大吃一吓。
人乃把五月看作不祥了，
是的，就在这不祥的五月里
我们在心上都树起了战旗；
看一片榴红，燃烧着义愤，
血的五月要准备下血祭。

流 尸

别问这些流尸从哪儿来，
抛开了茫然的悲悼，
该为自己来日的命运心跳！
那流尸全让硫酸给烂去了脸皮，
顺流而下，满江全蒸发着尸气。

别问这些流尸往哪儿去，
听远近的号角战鼓，
要去死线上夺取一条生路。
更会有千万流尸接连往海上漂，
不做奴隶！流尸也要张着嘴叫。

《光明》，1936 年

笑　容

一个沉重的夜过去了，
接着，在曦光里，太阳又升了起来；
在无数的被害的尸体中间，
我看见了一个死者脸上的笑颜。

这笑容是如此的冷，
直逼的我打起寒噤；
我害怕，使我心惊，
但转不开我的眼睛。

这那里是喜乐的笑，
他已被射得鲜血淋淋；
却还是自若的笑着，
像无关心于自己的命运。

我直看到我的两眼眩迷，
好像觉得被杀者就是自己；
我也会笑，我要笑，
因为被杀害并不需要悲戚。

我也纵情的笑着，
直到有热泪把两眼掩住；
以后那笑容便总印在我心上，
虽然那尸体已早被埋起。

《国防诗歌丛刊·开拓者》，1936 年

第 二 辑

反 省 院 ①

我是最后的囚徒呀，
荣耀地
在反省院，我也有过了
四小时的生活。

永远记得了反省十则，
也忘不了
那躲着看《毛泽东自传》的
狱卒——一个懦夫。

是不是会把倔强给消灭？
我不相信。

我却悲伤地看到，
那几双困倦的无神的眼睛！

阳光暖烘烘地晒着我
吞食那一碗面和两个馍馍。
耸耸肩踱出了反省院，
嗨，反省院又关上了铁门！

1937 年 12 月·武昌

注：①反省院：国民党政府为关押革命者和进步人士所设
立的一种监狱。

江 岸

江岸的清晨，
一抹淡雾吹散开了；
成群结队的人走过，
唱着《义勇军进行曲》。

我也随着唱，
江风披拂过我脸上；
空中的汽笛好嘹亮，
默默地，江水在涨。

1938 年 5 月

武汉《五月》，1938 年 5 月

望 江 南

今天，我依然站立
在江水冲积的泥层上，
看黄色的滚滚的浊浪
向东流，向东流；
我呼吸着的是潮湿的雾气，
在这潮湿的梅雨的季节，
我要抓一抓我的短发，
默默地忍住眼泪：
我清醒的记得，我
是从江南来的。

从一望的泥土的颜色，
我的记忆忽地又复活：
一个农夫被杀死在田埂上的，
他紧紧地握着一把泥土，

那泥土不是这样的泥土!

山岗也不是这样的山岗,
几曾那样荒秃,看不见一棵树?
河道也不是这样的河道,
几曾是这样奔流湍急?
于今,我才真正觉得
连吹拂着我的风也异样!
这气候,不是温暖,
也不是寒冷;
摸摸脸,再让我认定,
这眼前的异乡。

不是怀念,也不是悲哀!
却思量着江南的土地:
当春日,它无知地披一身绿彩,
红白的花朵又开放了;
候鸟归来却找不到故居了。
尸气蒸熏的街市,
让活着的人用肝脑和血液,
涂抹着自己的土地,
游击的队伍像横流,
冲毁着侵略者的土堤。

苍凉不该是属于江南的，
近日来，乡音不断在我耳边缭绕，
这声音却带上了从来未有的苍凉。
啊，江南的流离的生命！
如今是几百千万？
在艰困的生活里，他们有太多的闲暇
让他们想念，——想念来处，
永不会忘记的惨痛的遭遇，
他们也不会抛开不想
当前的去路一片茫茫！

江南啊，我们的生息之地，
让你在惨暴的炮火下毁灭，
在凶横的刀刺下死亡？
如果这竟是悲惨的命运，
我们也要对命运反抗！

土地的怆痛，再要到几时？
流离的生命也要再流离到何方？
起来，悲痛的生命！
勇敢的思念我们的家园吧！
江南的山野和田原，
敌人的脚所践踏着的，
也要他的血来清偿！

东风又吹来江南的雨意，

如今，要立一个归去的誓愿！

在异乡的江岸，我向江南凝望。

1938 年 5 月·汉口

武汉《抗战文艺》第 1 卷第 8 期，1938 年 6 月 21 日

怀 乡 病

邻家的孩子到夜来又啼哭，
带睡的妈妈的抚慰的声音，
叫我从凄凉里
思念家室的温暖。

从异乡流浪到异乡，
如今又坐在灯下，
在营营的蚊虫的围扰里
我点起残余的蚊烟；
听小贩的铜锣敲过了一遍，两遍，
直漾到遥远。

白天，我决不流泪，
现在又是夜间啊！
我惊顾自己的软弱，

像秋草经不起秋风吹。

今天我知道了，
飘泊者的辛苦和忧愁，
还有更多的苦难我也身受；
朋友的将死的言语
每时每刻我想起，
也想起哀痛的老泪横流；
埋葬他在青绿的山间，
山岗和田野叫我兴起；
做一个命运的决定者啊；
生命太悲惨，
我要为生命复仇！

人们离开了我，
因为现在是夜间了，
难道斗争的时刻
仅只在光明的白昼的吗？
我也有我的家室，
在那千里外云天渺渺的远方；
远方的召唤我听见，
我却不能前往。
平安的信息叫我颤栗，

哀痛的呻吟教我彷徨；
从每一块塌毁的废墟走过，
数着创痛的记忆
我便愤怒地想念家乡。

父亲的白发该增多了，
脉脉的母亲的眼睛，
该又在凝视无忧的孩子了，
妻在默默地计算
过去的日子么？
这是什么样的日子？
未毁的新居的门前
系着敌人的战马，
两万农民血洗过的街道，
又密布侵略者的爪牙，
苦苦地思念，
最后一次离家时的细雨，
和城外夕暮的啼鸦；
不是想想就遗忘了，
却是在渴念，
那一个归来的日子。

对着滚滚东流的长江

我曾庄严地向昨日告别，

迎着祖国的危难，

我已成了一名战士。

1938 年 9 月·广州

《文艺阵地》第 2 卷第 7 期，1939 年 1 月 16 日

晴　空

没有榕树的路旁，便有
炙热的太阳，照在我身上；
这是南中国的晴空啊！

我从长江的沿岸来，
如今也已经熟习了
当警亭上悬起红旗时
还它一个不理睬。

虽是牵强的言语，
我也要用来告诉大家：
那远方的天空上，
我们的闪亮的翅膀
是怎样结队震响；
又怎样的兜过身来，
缠斗开始，

一连串的火雨直射破
敌人的翼子，油箱，
爆炸了！
拖一条烟——尾旋了！
一只只直跌落荒地；
我们也翻拣着焦黑的尸体，
像翻拣我们被杀害的无辜者，
一样的洒落哀痛的泪滴。
愚昧的狂徒啊，
虽然你的死并不值得我们惋惜！

而如今，我却在一个个
塌毁的废墟上踏过；
炸弹爆炸在我的左旁，
炸弹爆炸在我的右旁，
炸弹爆炸在我的前面，
炸弹爆炸在我的后面，
数着这些创痛的
也在计算着这一笔笔血账！

无边无际的南中国的晴空，
没有云翳，也没有风，
每天每天，按部就班地
让你平安地飞过；
然而当人们连惊恐也失去时，

你高空飞翔的微弱的声音，
也就显得异常懦怯。
懦怯的轰炸！
懦怯的残杀！
晴空里的暴徒啊！
如今日子久了，
我不再用焚烧般的激怒
高呼"以牙还牙"！
当我们最坚实的致命的拳头
还没有捶击上你的胸口时，
我已经瞥见了
你可怜的悲惨的末日。

并不是由于人们的诅咒，
你只是向战争的
低气压里疯狂地飞；
暴风雨将在晴空里结起，
你将在自己的愚昧里埋葬，
恶果的壅①植者还是你自己！

1938 年 9 月·广州

《文艺阵地》第 2 卷第 2 期，1938 年 11 月 1 日

注：①壅：把土或肥料培在植物根上，等于播种、种植。

海 珠 桥①

坦坦荡荡的海珠桥，

桥下的珠江的浑流滚滚地长驱入海啊！

如今我站在你的脊背上，

异乡的生客的生疏的眼睛，

充塞了欢喜的望：——

望远山流走的白云，

望水上的火船艇子和帆樯；

望连比的都市的洋楼矗立，

望行人和车辆匆忙地来往。

望腾起的浓烟

静静地散开在天际，

随着长空的风向飞；

望街角红绿的挂彩的茅亭

拥挤着密密的人群，

倾听着激昂的难懂的宣讲。

望握着白布旗的年轻人
携着黏湿的冒热气的浆桶，
把辛勤抄写的大张贴上墙壁；
望黝黑的精壮的汉子
背着枪走过巨幅的布画，
雄歌送他们上战场。
望结队的飞机飞来了，
嘶声的警报刚刚停歇，
冲天射出了爆裂的弹火。
望失去恐惧的都市，
人们依旧默默地走过，
随处塌毁的瓦砾场。
夜来了，
望海珠桥下
涌来了奔腾的歌唱的队伍，
高举着灼灼的火炬，
呼号过整个市场。
坦坦荡荡的海珠桥
你坚实的石墩掮着你，
凌空的钢架提着你；
灯火和月亮照着你，
清风和骤雨洗着你；
我也用我的诗，歌颂着你！
因为我从你看见了希望闪烁又闪烁；

望着不尽的力量蓬勃地生长
像你圆拱下的潮浪。

1938 年 9 月·广州

上海《文艺新潮》第 1 卷第 6 号，1939 年 3 月 5 日

注：①指广州市的海珠桥。

夜泊吴淞口外

不再恐惧于排天的风涛，
也不等待明朝早潮的涌送；
却是在深黑的夜的海面
我们为远岸的灯光控制着，
船已下了锚。

漂泊的成衣匠①
不再诉说七十天海外的苦难，
如今却忧愁的望着
那扫射在海上的灯光，
说出了坚决的言语：
"无论他怎样，
我还是要进去！"

灯光又扫射过来，

我看见了成衣匠的脸上挂着泪；
夜露降下沾湿了甲板，
露宿的人们转侧着在冷风里睡。

像是海波拍击着船舷，
创痛拍击在我们胸间；
大舱里的年轻人倚着铁栏杆
激昂地唱完了一首：
"起来，饥寒交迫的奴隶！"
他向自己期许了明天。
但转身又向我诉说了：
他说他怕——在明日清早，
就要看见岸上日章旗的招摇。

软弱的年轻人啊，
我不敢让你知道
我的胸怀的忧愤；
然而我要抚慰你的软弱！
"朋友"，成衣匠抢着说：
"我们到底又回来了！"

12 月 11 日晨 2 时·太原轮上

上海《鲁迅风》第 6 期，1939 年 2 月 15 日

注：①成衣匠：就是对裁缝的称呼。

第 三 辑

给戏剧家

（这里并没有特定地指哪一位，却是指的有这么的一大群。）

戏剧家，你们常常会用
你们自己胡诌出来的歪诗，
胡赖着说是诗人所作；
从而你们就嬉皮笑脸，
痛快的取笑了一些诗人。
如果诗人果真是如你们所指，
是那样的低能和恶劣，
实在是可以悲痛的事情——
他们是那样的幼稚和蠢笨，
却要强辩说那是难得的天真；
惯会用不成样的语句，
诉说着自己的生忒阿他儿
就活像是害了神经病；

拉长了直喉咙拼命叫喊，
随便的拼凑着韵脚，
把散文一行行分开来写，
说的话有时就没有一点伦次，
喜欢用出奇的行动来惊人，
而且好像只好把许多美丽的辞藻
永远装饰着他们的空虚的生命。
是的，愿你们多多的取笑
说起来也叫我们脸红的
你们所指的那些诗人，
因为他们实在没有一点
像样的工作，值得
大家对他们尊敬。
可是，如果容许，我也要看看，
除了你们曾经取笑过诗人，
你们还做了一些什么？
艺术家，永远值得大家尊敬：
一切人生的遭遇
全落在他们的眼底，在心中
把悲苦和欢乐嚼烂，
喷吐出来，让人们
瞧见便认识了自己，
改造了人们的精神，从而
建立起未来的光明。

宝贵的光辉的艺术家！

在你们中间我没有找到，而且

好像艺术在你们中间也并不神圣；

来，请你们暂时委屈一下，

做一会儿欣赏艺术的观众，

而且允许你们有充分的自由，

可以对你们所看到的情形，

思想、考虑和评论，

那你们会感觉到在你们的悲剧和喜剧中间

实在还缺少那一种人物

像是高明的戏剧家本身——

在马路上行走，在人丛中，

或在拜访到你们府上的时候，

我看见了你们就像是在舞台上，

你们的台词朗朗上口；

虽然在演出时倒往往会遗忘。

你们的语言是特别的，

另有一种舞台上的怪腔怪调；

人们坐着而你们走着，

你们的手脚永远在舞蹈。

在舞台上你们就像是在路上

随意的动作，一点也不顾

观众因不能了解而彷徨，

好在有的是花花绿绿的衣服，

会叫台下的小姐太太们暗暗的羡慕；

还有堂皇的舞台装置，

叫人看得心里舒服；

再有那神奇变幻的灯光，

一下子亮一下子又暗了下去，

阁落一转变出青绿红黄。

咦，看呀，天幕亮起来了，

深夜的天空还缀上很多的星星，

呀呀，那边着了火，

升起一派烛天的红光……

这些，从开头到现在，

已经得到不少人的赞叹，

而且，看看也确实叫一些人开怀；

这些，叫你们觉得大功告成，

因为它们确实骗上了好些市民。

此外，还要有什么可给他们满足，

再叫戏剧的成功加上一分？

还是多来一些合他们口味的剧本，

随便的扯淡敷衍过一些空场，

忽然的打架相骂，那是

戏剧中万不可缺的斗争。

最主要的当然是噱头，

最有噱头的当然是女人，

赤身裸体固然有伤风化，

但是，女人登场，总也就有机会
让观众有一番满足的意淫。
喂喂，你看，这不过是一个女人
（女人是属于人类中的第二类）
她便会轰轰烈烈的干下大事，
这是女人，女人，看女人呀。
唉，女人常常是苦命的很！
自从兄妹有了不清白的关系，
到今天儿子轧姘头也轧上了母亲，
乱伦，通奸，也足够大大的刺激，
到尾巴还得走向那遥远的光明。
只要一件事扯的进去，
你就喊起来吧，哭起来吧，
观众一定立刻受你们的感动，
因为观众的感情实在廉价的很！
虽然有时他们也看看外国电影，
但看戏就必须改编剧本，
从此便把外国的作品中国化了，
"亲爱的爸爸"高喊连声！
再换上一些老戏的服装，
不管那朝代是唐宋元明，
历史连台马上就可风行。
好在戏剧是综合的艺术，
东扯西拉也用不到专门的学问。

唉，唉，诸位少爷，小姐，

你们看戏原是开心散闷，

真不必为了这些伤费精神。

如果看了不能明白，

还是回家看看批评家的高论；

现在，戏剧家和批评家已经成了两位一体，

什么争端疑窦他们都会替你解明。

他们会告诉你一个真理，

"此时此地"是没有办法的事情！

如果你对这样的答复还觉得不满，

那就说不定有什么不好的居心。

大家还是讲讲统一战线，

不要让敌人在一旁拍手高兴。

是的，那么，这些废话且当他无故取闹，

还是大家埋头多做些切实的事情？

上海《行列》第 1 卷第 5、6 期，1940 年 3 月 28 日

米 价

从米价和不停增高的生活指数，
惕起了每一个人的生命的忧愁；
市民，我们吃什么样的米活着？
我们活着做什么？

活着去吞咽，那高价的
从重重的剥夺下卖出的一点米，
正像是吞咽自己的生命；
然而生命比米贱！

我们原从广大的田野中来，
我们是农民的儿子；
而现在被饥饿恫吓着。
身体瘦下去，而愤怒长大了，

让我们想念灾难的土地，

和我们的土地上的灾难罢！

《文艺阵地》第 4 卷第 7 期，1940 年 2 月 1 日

迎 宪 政①

看看，什么是我们的命运，

奴隶的枷锁还是主人的身份？

悲叹的世代，应该在

战争中宣告完结，

从死亡的灾祸中，

迸出一个新的，

自由的，欢天喜地的生命！

如今我们大声呼喊

民主！宪政！像是呼喊

一个可以得到的

永远诱惑着我们的梦想，

如今我们再呼喊她，

而她在那儿答应着；

我们说我们走来了，

看我们会把你弄得这样美好！

注：①宪政是国民党政府的一项政治主张。20 世纪 20 年代，孙中山在《中国革命史》一文中提出了"革命"三阶段的设想——"军政时期""训政时期"和"宪政时期"。30 年代初，部分进步爱国人士和国民党内的一部分人，开始在要求结束"训政"实施"宪政"，蒋介石亦同意了此种要求，还在表面声称："国民党责任为训政完成以后，实现宪政以归政权于全民。"但实际上却处处阻挠宪法的制定，最后，搞出了一部大打折扣的《五五宪章》，无限扩大了总统的权力，总统可以任命行政院、考试院、检察院等院长，总统可以连任一次至两次，且任期 6 年，总统有权发布紧急命令及为紧急处分之权，等等。

第 四 辑

向着普式庚①的铜像

两次我来到你面前
全是没有月亮的夜间。
你，孤独的诗人，
我曾在你的身边
向着我们朋友说过，
那僭越然而却是老实的抱负；
我们要比你更伟大而完全，
因为我们还活在世间。

你，在此地留着
那僵冷了的半截青铜的身体。
你在街灯下昂着头想念

那很久很久以前的事，
和所有一切痛苦的经验。
于是在你的眉头上，
我看见了你的悔恨，
生命付给一个轻掷，像轻掷
一个厌倦了的烟尾；
然而却完成了一个
诡诈的机谋下的一次愚弄；
让这样一个绝世的才华，
给披上了伪装的借口，
被杀害在积雪的林间；
当你还没有来得及，
歌唱完人世的惨酷和辛酸。

现在正是春来的时候，
黑夜里你凝望着；
无知的道旁的树木，
也为自己装点了茸茸的绿彩；
车辆静静地奔驰而过，
扬起了一阵扑卷的尘灰；
稀落的点点灯火
又照着那幽灵也似的女人，
牵着那两条白色的卷毛小狗，
走向你的身畔来；

坐下，卷弄着

那一头烦恼的金发，

掠过她的耳边的

是脚踏车上的年青男女

清朗的调笑的声音；

还有冷眼望着

从黑暗里伸出来的，

莽撞的冒险的手。

此外你再能看见什么？

你不能知道我的来处！

也不能知道我从远远的地方

带来多少激动和愤怒，

到你的身畔时，

却全化成创痛与哀愁。

啊，孤独的心灵，

凝固了的感情！

一切过去了的，全让人

随意地发出赞叹，

可是我却还在顾惜你的生命！

你已经歌唱的很多；

可是所有的深痛的灾难，

那已从你的国土上给扫除了的，

现在正在我的国土上

蔓延着它的毒根；
那样的浩阔深厚，
是人们的悲痛和憎恨，
没有人能歌唱得尽。

1939 年 3 月·上海

上海《鲁迅风》第 12 期，1939 年 4 月 5 日

注：①普式庚：即俄国大诗人普希金。

春日多雨

铅管里流不尽的雨水，
生活里也流不尽的烦忧；
蒙蒙的街灯的光影，
四肢因奔跑而炙热，却有
扑在脸上的细碎的清凉。

我怀念广大的郊原，
现在已绿到怎样？
那油油的细草的平坡，
以及参差的新绿的丛树；
在湿巢里的鸟儿，
不时要拍击它们的翅膀。
涨满了的溪涧，
奔流得更要湍急；
那不尽的雨水尽洒落，

在湖荡里，在田野上，
也洒落在片片黑色的屋瓦上；
人们的心中也淋湿了，
那一阵子倾注，一阵子蒙蒙，
啊雨，如今郊原的绿色，
回到我的记忆里来像一个梦！

在昏红的暗云底下，
一切烦扰的声音涌来，
是令人疲倦的累坠；
然而仍旧要提着腿，
支着我的丑陋的手杖，‘
经过一爿爿通亮的大窗。
可怜的忘情的欢娱，
如今是离我去了；
于是轻松，欢喜，
以及为怜悯的悲哀，
又来到我身上；
灼热的血运行着，
我渴想
但不能在冷雨里卧倒。

泞湿的路在脚下，
正像是不尽忧患的日子；

零落的雨飘散着！

我看见了浮肿的脸上，

那灵活的小眼珠老向我望，

还有那痛苦的号哭，

这一个歇了那一个开始。

再能从哪里得到抚慰？

除了那不甘愿却又没有办法的

一把刺入脓血去的利刀？

啊，雨从昏暗的云里降下，

像连续的沉重的灾难；

阴森森地笼罩在

已经够悲苦的心上。

然而我要冒着这雨淋，

虽然满身疲倦，却

为明日的奔忙要安排休息；

这已是回家的路径。

只要身子能挺直

我永远能行走做事，

支撑也是一种挣扎，

为希望的战斗要永久继续；

咬一咬牙，我要

挨过这泞湿的日子。

如今在空朗的路上，

有一个声音向我发问：

"你挣扎是不是为报复？"

有什么可让我去报复？

我坚决地回答："不是！"

1939 年 4 月·上海

上海《我歌唱》诗人丛刊 第 1 辑，1939 年 6 月 1 日

释　放

在那一片寒冷的月光下，倾听
那散落而紊乱的琴音，
有一支弦子在拖动
一个从高处跌落下来的旋律，
像海涛撞碎在巉礁上；
然后一切静止而清明，
我欢喜我得到了释放。

追逐着一切美好的飞翔的希望，
向那高处，向那远方，
像可以达到的那样高远；
我向自己要求着，
一对无比强健的翅膀。

永远向过去告别！

当着真实的光芒的照耀，

我才又明白过来；

一切的悲愁其实应该是欢喜。

因为在更多的经历里，

重新理会了新的思索的路径，

不再迷惑彷徨；

更有勇敢去尝试，

面对那遗留到今的悲惨，

那丑恶的悲惨：

使得一个清醒的良心，

羞于启口说及的，

原是人们自己所完成；

必须让他消灭，

一切仍在人们自己的力量。

从高处向低处

做过一番更多的临涉；

如今我的感情不再闭塞。

看见了潜伏里的活跃，

向着黑暗里我笑；

我的终途，将在

有一天看到——

那经过了艰难的途程，

却必然要显现的，

从人们自己生活里复活了
那一切释放了的，
热爱的光亮。

挥动罢！时间的乐队的指挥手，
我要歌唱！

1939 年 3 月

群　鸟

叫啸着从寒冷的天空飞过，
从不知名的各处来的，
现在又汇集在一起，
向同一个方向飞去。
一群翅膀扑击着
那底下的浮动的薄云，
乱得像我的心绪一样。

啊，群鸟，你们自由的飞翔，
天空是你们的广场，
如果你们愿意，
铺排什么瑰丽的图样，
谁能把你们阻挡？
但是我觉得伤感，
来自那样沉痛的地方；

刚在我激动开始的辰

我已经遭受的咒骂；

我说，是的！现在

还不是我的时候。

然而群鸟啊，

太空是你们自由飞翔的广场，

你们没有我的顾忌，

因为，虽然那些卑劣的人们

预备了机枪

要趁你的不备给你一个射击，

但是在飞翔中，

你们仍旧能自由地翱翔。

在你们安息的树枝上，

你们互相诉说——

飞翔的辛苦；

我只是倾听，

我的羡慕

要使我再生出一双强健的翅膀！

《上海文艺丛刊》，1941 年

黄　昏　星

黄昏星，在近晚的天空，
你的安定的光出现了，
一动也不动的照耀着；
在那天空，薄明的碎冰也似的云片中，
夜踏着无声的步子，
一步步的走来了，
街上的灯火全亮起了，
人们全开始夜间的活动了，
而你就在这时候出来！
我从闷窒的思虑中昂起了头
我欢喜，我看见了你的光
在天空向我招引，
于是我向着你行走。

我向你嘘出一口气，

我的压积的忧闷
稍稍的感到了轻松，
我要从你的遥远的光辉里，
看到那望不见的地方，
那里有多少人，昂着头
注视着你的光，好像
他们能看到在你的光下
有我在一步步走向你来一样。
他们在欢呼着歌唱着，
因为他们看到了你；
他们的辛苦的疲劳便消失了，
新鲜的夜凉给他们欢喜，
经过了许久的希望，
而你的光是一种允许，
恢复了他们的周身的力气；
他们欢呼，他们歌唱，
而我，默默地向你走近。

我默默地注视着你的光，
那冷峻的明亮中有一团火热，
叫我思念的不再是那古代的
以你的名字为名字的诗人，
而是在追想他，那更大的诗人，
他也曾把你的名字作为乳名；

从人间的大苦难中出来，
勇敢地担当了这样的苦难；
在苦难中他的光耀亮了，
他说他要举起投枪投出去，
向人世的旷野他呼喊着战斗，
直到我跃起而他已死去。
现在我只看见你，我便私下，
把你的名字叫他，黄昏星！
因为我一眼看到你，正是
黑夜要来临的时候，而你是
先黑夜在天空中出现。
于是由于你，我们不再惧怕黑夜，
有你在我们前面先行。
啊，黄昏星，有时我悲痛，
我要扯裂我的衣衫，
捶打我的心胸，如果
我的生命仅仅是为了活着来享受
这无可忍受的丑恶和悲惨，
我会因了痛苦和憎恨，
情愿把自己的生命摧残；
我的血液激涌着，
眼泪溢出我的眼眶，
我的喉咙干渴，
声音也完全嘶哑，

即使我的气力只够捏死一只小鼠
我也要去寻一头母狮来搏斗,
为了我要向那无穷的苦难复仇!
但是,你的光,那么安定的光,
一动也不动的在那灰暗的西方,
就像那伟大的诗人的言语,
我一次接近了它,就叫我
心中感到了惭愧!
黄昏星,你的光是因了
黑夜的来临而出现,你的
冷峻的光辉却是永久的光辉!
是谁,他的暴怒的击撞
会掀翻了巉峙的山岳?
是你,你的光是你的言语,
当你的光临照着,
你的声音便已经被听见,
海潮便被吸引而高涨,
随着呼吼的风势扑上
那我所痛恨的崖岸。
呼喊罢,海潮,你憎恨,呼喊!
歌唱罢,狂风,你激昂,歌唱!
为那黄昏星的永久的光!

从人类的悲苦的经验的积累

结成的知识是这样的丰饶，
我吞食着永远没有饱足。
因为，黄昏星，你会知道，
斗争既是我的事业，
我就须要，像你一样，
浑凝而坚固，而且甚至
要比你有更超越的能力，
发的光要比你更强！
我向着你走来，走来，
你会欢喜地看到，
经过了不同的战斗，
我身上留下的累累的创痕。
当我把一身的血渍舐干，
我的新的筋骨又已经重新生长，
我欢喜这样的新生。
但我也明白，而且恐惧，
如果由于我的能力还是那么软弱，
再有什么更大的苦恼
比得上，黄昏星，你关切他
而他却无力地跌倒？

黄昏星，在近晚的天空，
你的安定的光在向我招引，
我欢喜，向你行近，

我向你嘘一口气，
我的脚步变得轻快，
闷窒的思虑便从我的心上飞开。
当黑夜来临，街上的灯火全亮起了，
你的光却也在远处照耀着，
更照耀着广大的山林、河流、田野和村落，
人们昂着头望着你，
他们会望见有我在向着你走，
他们会欢呼，会唱歌，
向着你，也是向着我。

走出了疾病和灾难，
离开那悲声的恸哭，
离开了堕落和虚伪，
离开那些人们，
他们在黑暗中捞的很肥饱，
便拼命想忘记什么地方是他们的死所；
出卖，残杀，是他们的惯技，
抱着垂死的愚昧，
追求着庸俗的逸乐。
我现在可以丢下他们，
因为，黄昏星，你的安定的光，
那么美丽，那么明亮！
你一动也不动地照耀着；

我欢喜你的向我招引，

我放开大步走，向着你，

当天空越是暗下来

而你越是明亮的

黄昏星。

1940 年 6 月·上海

上海《行列》，1940 年 6 月

后　记

写了六年的诗了。现在把存在手边的诗稿选辑一下，刊行了自己第一次的结集。第一辑是抗战前的诗，我开始从有林学习写诗，以后到了武汉，这时期的诗便集成了一辑。第二辑起是抗战后的诗，从武汉，后来到了广州，又回到了上海。第三辑和第四辑是在成为"孤岛"后的上海写的：第三辑的诗大约曾有意的以群众为对象，第四辑则是一些个人的抒情诗。在六年中我所写了的诗当然不止这一些，有的是散失了，有的是舍弃了，还有的是不预备放在这里。我是带了一些纪念的心情来选辑这些诗的，纪念这些逝去的时日。

至于关于每篇诗，就让它们自己向大家说话罢，没有什么再需要说明的了。

感谢许多督促，帮助和关心我的朋友们。不但是把这些奉献给他们，我还要把来日的歌唱奉献给他们。

1941 年 3 月 29 日，上海

黄　鹤　楼

数着一层层石级
带了怀古的心情
想觅一个放歌的所在
找寻黄鹤的踪影

岁月积下的变异
黄鹤楼全非古物
乡愁随水鸥一起飞起
向着那一轮落日

《人间世》第 26 期，1935 年 4 月 20 日

西　河　桥

西河桥俯临着河水
春风皱起了一垒垒山影
没有一支橹儿桥下摇过
河水映着碧草澄清

西河桥上暮色凝拢
行人无心恋着水绿山青
守卒倚枪细问来踪去路
静里传来远近鸦声

1935 年 4 月·咸宁

《人间世》第 29 期，1935 年 6 月 5 日

孤独的晚步时的心情

雨淋着的心境

剩一片冰凉

漫探步向深暗里踹

捡起来一朵枯萎的白花

只见一团憔悴

怎得推开忧闷

像拂去污泥

生的追忆恍如隔座崖岸

石滩的急湍发一声笑

漾开一个个金圈

武汉《文艺》第 4 卷第 4 期，1937 年 4 月 15 日

千人针（朗诵诗）

嗨，在东京的街头上，
在日本各处的街头上，
到处拥挤着许多年青的年老的妇人，
她们赶上每一个过路的女人，说：
"谢您，请缝一针吧！"
一片恳切的颤抖的声音。
没有推托，默默地给缝好。
转过身去待走，
"谢您，请缝一针吧！"
身后又是恳切的颤抖的一声。

交通全给塞住了，
警察没有办法指挥红绿灯，
"这算什么，给外国人看了不好。"
但马路上的妇人赶不散，

到处都是恳切的颤抖的声音。

"哎哟，你们森男也出发了吗？"
一句话引得被问的眼泪淋，
"不是森男，森男已在'支那'战死了。
现在出去的是森男的父亲。"
追着人，又是恳切地请着，
缝后又得数数缝了几多人。
雪亮的针儿穿过了白布，
引一根红线结成一粒小红星；
一千粒红星经过一千个女人的手，
说是带着上火线枪弹就上不了身。

让一千个女人送走一千个战士，
每个女人又都缝过千百针，
哎，这该是怎么的一回事？
人人说是要去开拓疆土，
征服"支那"人！
再去征服露西亚，
就是那苏联，社会主义的大本营。
这就是发扬大和民族的大和魂。
但，大和的魂儿归何处？
战争更带来了饥饿和贫困。

把一千针的想念结在布上，
把一千个想念送去"支那"的炮火中牺牲
母亲失去了儿子，女人失去了男人，
听说是进攻"支那"胜利了，
却又听说是"支那"兵惯用大刀砍人，
碰到大刀的保不住全尸身。
盼望着消息，盼来了死信，
老母妻儿哭失声，
我们不要"支那"，我们要儿子和男人，
给我们生活吧，我们不要大和魂！

在战场上的战士叹着气，
常常伸手摸摸腰间的千人针，
可怜这白布条儿并没有什么鬼用处，
中国人的炮灰早把他超了生，
"鬼畜'支那'兵"，他们不由得骂一声。
但转过身来也渐渐明白，
明白谁是送他来战场的人。
万恶的军阀，万恶的资本家，
叫不愿战争的全去战死了，
为的是他们帝国主义的无厌的野心。

朋友，在我们中国这面正相反，
看，大家听着炮火声是那样欢欣，

等了六年，忍耐了六年，
再压不住胸头的怒愤！
要生活下去只有和敌人舍死斗争！

全国的上下团结起一心，
不再有党派的内争，
有钱的出钱有力的出力，
好男儿都为保卫祖国去当兵。
打击我们的我们还给他一个打击。
我们要赶走侵略者才能生存。
嗨，我们的战争是为着人类的正义，
我们的战争是为着来日的光明，
扑上去，我们不作兴退后，
最后的胜利总属于我们。

武汉《战斗画报》第 5 期，1937 年 10 月 16 日

中国的春天

看啊，穿过了冰雪的寒冷，
突出了潮湿和阴暗，
中国又到了春天！

春天的风一阵阵地吹来了，
枯黄的大地，
渐渐地渐渐地变成了一片嫩绿的草原；
解冻了的江河，水流
更成天发出兴奋的琅琅的声响；
层叠连绵的山岭，
映在阳光里的是一张张希望的脸。

忧伤的国度里，
人们的忧伤的日子并没有终结；
踏过了屈辱和忍耐的路，

在含着泪的眼睛里，
闪亮出了跳动的复仇的火焰。

骚动着的村庄，
人们捡起了土枪
端整了锄头，
把镰刀也磨亮了，
抖擞一下肩膀；
瞪着眼，横着心等待，
那一步步一步步卷进来的，
炮火的硝烟。

中国又到了春天啊！

让我们四面八方跑出来的新的战士，
快意地发出他们准确的子弹，
射杀凶横的侵略者在面前。

让田野里我们的农夫吆喝着牛儿，
翻起一块块坚硬的泥土，
埋下我们的一粒粒谷种。
让我们从倾倒了的瓦砾堆里，
爬出来，站直，
再挥动我们粗壮的手。

让汽笛洪亮地从别地方叫起来，
机器在阳光的窗户里更快地转动，
高烟囱里吐出更重的浓烟。
让停顿着的起来奔跑。
让忧伤的叹息变为快意的笑。
让哀哭改作呼号。
让我们抬起头来看。
春天的风一阵阵地吹起来了！

再不见往日的春天的平静，
是火热的殷红的希望填满了人的心；

清醒的人们迎着走进来的苦难，
用整个的生命来战斗；
也清醒地理会了，像是季节，
世界也要来到一个巨大的变。
毁灭，死亡，猛烈地来到，
坚强的战斗里，
春天却透出来消息；
新的力量在成长起来，
新的希望在增添。

像是山峰在一点一点披上新的光辉的
像是干涸的河床一点一点在涨满着的

像是枝头的嫩芽一点一点在萌发着的
是光明胜利真理,
以及我们的新的平和的日子,
也一点一点在显现。
呵,中国的春天!

《文艺阵地》第一卷第二号,1938 年 5 月 1 日

疯　妇　人

从江南来的故事．
春夜的冷风送一片狂笑，
流过那街心悲怆而寂寥；
苍白的月光更苍白，
照着不敢入睡的眼睛，
"为什么她又在笑？"
心底一阵悸栗，像听
河畔的厉鬼的长嚎。

从堤边的柳树下，
那妇人梦游似的走过；
没有头绪，向前摸索，
月光照着她，风吹着她，
茸茸的柳条拂着她惨白的肌肤；
惨白的赤裸的身体，让

血渍涂着一块块黑污。

在寒冷里抖缩，

没有了衫裤也没有了羞耻；

仅有纷乱一团的惊怖，

晃动在眼前，一片模糊。

（箱笼行李的，

老少男女的行列，

已使街巷一天一天，

变成荒落凄凉，

而一些人却只能留下，

希冀着万难的幸免；

日本兵要来到，

证实着的是战争的音符！）

在绝望里凝神听，

那门前的弹子拖一声呼哨，

炮声震撼着推开的窗户；

火光在爆炸里腾高，

抱着的孩子哭倦了已经睡熟；

却照亮男人的惊惶的眼睛，

紧张而倦怠，直望

直望到门上一阵擂撞，

再无处藏躲。

板门从中间裂开，

一窝蜂推进，

黄色的军衣和狰狞的脸；

嘴里咕咕地发出声音，

满身都是血腥。

一颗悬荡着的惊恐忽然沉落，

一时里她来一阵昏眩；

却仍旧醒了转来，

让她听身旁的丈夫的呻吟，

濒死的呼喊："你死吧，

我不愿意你受鬼子奸淫！"

全不让挣扎！

正给几双手撳住在凳上，

撕碎了衣衫，

用血污的刺刀挑割断裤带，

回头望见嘶哑的孩子，

抛上刺刀去；

她闭紧了眼睛；

温暖的血，

却溅上了她嘴唇！

是绝叫！

那如嚎的笑声！

骇倒了狂暴的魔头，

她脱身跳起，

四面像黑墙围住，

她呆立住了发愣。

赤身地站着，

那浴着血的身躯上，

又伸来一双魔手；

再次的狂笑，

惕起了恶鬼们的好奇心。

狂笑着，狂笑着她冲出了门口，

火光刺着她的眼，

满身炎热，又站住了发愣。

恶鬼们追出来了，

"看哪，看哪，

看裸体的支那妇人！"

浓烟和火焰吞卷着街巷，

烟火里扬散着哭喊声，

恶鬼们从各处街巷里出来了，

嘻，嘻，嘻，邪恶地笑着，

"看哪，看哪，

看裸体的支那妇人！"

她笑着，直向火焰走去，

恶鬼们拉她出来，

她跌倒在地上，

恶鬼们拉她站起，

在血污的泥泞中，

在俯仰的尸体间，

在倾毁的瓦砾堆里，

到处恶鬼们嘻嘻地笑着，

她挺立着痛苦的身躯，

往前一步步走；

笑着那惨厉的笑，

踏过残破的战墟。

街巷的石板地上，

只有她一人寂寞地行走；

笑声震荡在寥廓的天宇，

幸存的更夫不敢望她；

仅好往肚里咽下唏嘘。

熟识的街巷全已不见了，

瓦砾里冲起的是触鼻的尸气，

死尸横躺着辨不清模糊的血肉；

刹那间的残暴全堆积在地上，

她像是还想从灰烬里，

掏出一些记忆的残余。

遇见了恶鬼们，

还要抓一把烂泥，

涂抹上她的胸，背。

日晒，风吹，

再要淋着冷雨。

街巷的烟火有时消灭，
　恶鬼们的疲倦需要休息，
她却走着，走着，
那笑声从撕裂的声带里出来，
从白昼到黑夜，
从黑夜到白昼；
少有间歇。

残忍的故事要终结，
恶鬼们终须要离走，
那妇人的悲惨的生命也要完毕！
但街巷上却听见过她的笑声，
没有日子这笑声会消灭。
光明的胜利的日子里，
这惨痛的故事也要传流！
人们诉说着：回忆着，
这残忍不是人类的仇恨；
而是一种耻辱，
洗净这耻辱的，
不是眼泪，
也不是悲怆，
而却是战斗者们在战斗里
付出的鲜血。

武汉《抗战文艺》第一卷第三期，1938 年 5 月 10 日

这一天我活满了我的二十九岁

——录示几位可信是永远坚贞的伙伴

为往日痛苦一次也好，然后它们丢掉，
　　如今你仍是一无所有。
惭愧那些徒然的热情，曾把自己烧灼，
　　早衰的白发惕起烦忧！

眼望着昔日的声音，送它在寒冷的空虚中消逝，
　　不曾有过希冀，也无须惋惜；
那些顽劣的愚蠢，那些卑鄙，给你的失望和创痛
　　怎能就把你锈成一块顽铁？

既然没有怪怨，倒反加深了怜悯，很好，
　　这样只该增强你净化了的生命；
可是竟是怎样的寒夜，怎样的寂寞，
　　却让平素痛恨的悲哀霸占了心！

从困扰中抬起你的头来，这一颗骄傲的头颅，
　　曾受过骜桀不驯的她的夸奖——
说是永远地昂着，从未见过它的俯倒，现在，
面对当前的悲惨，更应该高昂！

在那干风吹刮的硬土上，依旧保留着那
　　亘古不灭的孤独的足迹；
决不是到那里便应该终止了，失去的路，
　　该贯通，延展，——要不你去开辟！

听那！那些远去的呼唤，曾经每次把你抚慰，
　　现在，又在那杳远的地方传响；
而你的身畔却更加荒凉而破败了，看那，
　　丛生的秽草长得比昨天更长！

从这些凄凉的小径走开，扰乱人的东西！
　　你并不是为它们而存活！
再不要叹无用的气，也不要流无用的泪，
　　扫除它们只要一把烈火！

从这些瞀乱之中找到你的平衡，沉默着吧，
　　这就是你的凯旋，你的光荣；
然后，去坚强而固执地攀登那险巇的高峰，
　　用你的声音激动那大海的汹涌！

1943 年 12 月 14 日

矛 盾
——中国寓言诗

钩 锬

延陵卓子的车乘十分讲究，
雕刻着苍龙和稚翟的花纹；
前面有装饰用的许多金钩，
后面的长策上还缀着利针。
马要向前，看见了金钩害怕，
要退后时，挨着了针刺又疼；
进和退，都不能，唉，可怜的马！
它只好从旁边挣脱了狂奔。

那有名的御者造父走过，
看见了，他不禁涕泪滂沱；
整天没有吃饭，仰天长叹。
"长策金钩之下，真没奈何！——

长策，原来是用来刺马前进，
看到金钩，却使马退缩；
那些金钩，实在使马惊心，
退后时，却又有长策刺戳！"

有人说，"人间的情形也正一样，
勇敢的人牺牲，懦怯的人彷徨——
品行端方的人不能和众，
处事公正的人怎肯从枉？
受到刑罚的人反而光荣，
得到奖励的人却被毁谤！
人们实在怕了，不知所措，
站在当中，哪儿是他的路？"

——《韩非子·外储说右下》

劝　筑

宋国有一个富人，家中饶有资财；
有一天，大雨，把他家里的墙壁冲坏。

他的儿子说，爸爸，我们必须把墙修好，
要不然，准会有偷儿进来把东西偷掉！

邻家的老爹，看见了这堵塌墙，

也来劝他修筑，说的话也一样。

到晚上，果然有偷儿来到，
偷去了许多的金银财宝。

家里的人很赞叹儿子的先见之明，
却对那邻家的老爹暗地里怀了疑心。

所以，要知道一件事情其实容易，
难的是，知道后还要适当的处理。
>>　　　　　　　　——《韩非子·说难》

守　株

有一个宋人在田里耕田，
有一株大树矗立在田间；
有一只兔子飞快地跑来，
在桥上撞断了颈子死在树边。

他一见心想这营生真好，
何必再在田里日夜辛劳；
他决意在树下守着兔子，
从此便把劳什子的锄头丢掉。

死守着却不见兔子再来，
这笑话却早在宋国传开；
他误把偶然认作了必然，
若不说他愚蠢也该算是痴呆。

——《韩非子·五蠹》

故　裤

郑县人乙子要缝一条新裤，
买好了新布回去，央请老婆；
妇人问："新裤该怎么做？"
他说："一切全依照旧裤。"

妇人把新裤缝好，
看看总归有些不同；
最后她拿起剪刀，
把新裤剪了个破洞。

旧裤如果真还中用，
新裤又何必要多缝？

——《韩非子·外储说左上》

市　鳖

郑县人乙子的老婆上街，
她买了一只大甲鱼回来，
当走过颍水旁边时，
甲鱼的头伸了出来。
妇人说："可怜啊，你是不是渴了？
这里的河水倒是又清又好？"
她好心放甲鱼去喝一口水，
那负义的甲鱼却就此逃了。

妇人啊，别怪怨甲鱼负心，
那甲鱼实在是只顾活命！
　　　　——《韩非子·外储说左上》

紫　臭

齐国的桓公最喜欢穿紫衣裳，
全国人都学了他也都爱穿紫，
国里的紫衣价钱便日益高涨，
一件紫衣抵五件素衣还不止。
齐桓公心里忧愁，便对管仲说：
"我最喜欢穿紫，价钱可太贵了！
全国百姓也都跟我学个不住，

一定还要涨价，我该怎么办好？"
管仲说道："你为什么不试试看，
自己的衣服先不要穿紫；此外，
还要对人说，'紫色有腥气,讨厌！'
假使有人穿了紫色衣裳前来，
你一定要说，'喂，站远些好不好？
我讨厌这种紫色发出的腥气味！'"
齐桓公说："好！"就照他的话办了。
于是，一天中，大臣都不穿紫衣，
一月中，整个京城都不穿紫衣，
一年中，全国境内都不穿紫衣。

　　　　　　──《韩非子·外储说左上》

矛　盾

有一个楚人，很会做生意，
周游到各处，专门买兵器；
大言不惭，夸说他的货色，
他在市上，终日吹足牛皮。

他说："看哪，看看我的盾牌──
多么厚，多么坚牢的一块；
全世界随便那一支长矛，
尽管戳，也不能把它破坏！"

说了，他又拿出一支长矛，
说道："看哪，看看我的长矛——
多么趁手，又是多么锋利，
没有一块盾牌不被穿透！"

有人听见，几乎笑出声来，
"用你的矛，对付你的盾牌，"
他问道，"那结果又将如何？"
那位楚人竟答不出话来。

——《韩非·难势》

上海《文艺春秋》丛刊之四：《朝雾》，

1945 年 6 月 1 日

枯 鱼

——中国寓言诗

恶 妾

杨子路过宋国一路向东，
天晚了，就寄宿在旅店中。
旅店的主人有两个小老婆，
一个美貌，貌丑的却反得宠，
杨子想来想去，总是想不通。

杨子见过了旅店的主人，
问起其中的奥妙和缘因。
店主人回答道："别见笑，
那美的自以为美，我却并未见她有多好；
那丑的自以为丑，我也并未觉得她多可恶。"

杨子对他的弟子说道："听着——

你的行为好而不自以为好，
谁还会以为你的行为不好？"

——《韩非·说林上》

枯　鱼

庄周的家里很穷，所以
到监河侯的家里去借米。
监河侯说："好，城里有一笔钱，我就可以得到，
那时，准借给你三百金，可好？"
庄周听了，不禁板起面孔，
他说："我昨天来，走到半路中，
忽然听得有人在那里叫我；
我向四周环顾，却不见是谁叫我，
只有那草丛中，躺着一条鲋鱼，
我便向它道：'喂，鲋鱼，
你来，是你叫我吗？有什么事情？'
那鲋鱼答道：'我原是东海的波臣，
现在躺在这里，渴得要命；
你能不能给我弄一斗水来救救命，
没有一斗，就一升也行！'
我说：'好呀，我正要去南方，
去见吴国和越国的君王；
到了那里，我一定牢记不忘，

我要激起西江的水来迎接你前往！'
鲋鱼大怒，涨红了头，
它说：'我失掉了我往日的朋友，
我所耽的，又真不是个好处所！
只要一斗一斗的水，就可以活；
你却说那样的话，还不如
早些到卖鱼干的店里来找我！'"

——《庄子·外物》

赋 芧

有一个猴子，把橡子
分给它许多的小猴子。
它说："我要这样的分，
早上三升，晚上四升。"
许多小猴子，听了大不高兴。
老猴说："你们大家不要争论，
早上四升，晚上三升。"
许多猴子全都称心。

朝三暮四，朝四暮三，
同样七个，原是一般；
事实上一点也不会有出入，
却能叫人欢喜又叫人愤怒。

——《庄子·齐物论》

揠 苗

有一个宋国人，他也种稻，
天天去望，稻苗总不长高；
心里着急并且非常烦恼，
老是不长岂不被人耻笑？
那一天，他往田里把苗都拔长了，
回到家中，满身疲倦，就蒙头卧倒：
急坏了家里人，连忙都前来探问，
他说，"是的，我病了，我帮助苗长了！"
他的儿子连忙跑出去看，
啊呀！田里的苗全已枯槁！

天下种稻的不少，
有两种态度却很妙——
一种人想是无益便不去做，
不肯到田中拔草；
还有一种人要去助苗快长，
不料到把苗害了！

——《孟子·公孙丑上》

攘 鸡

有一个人每天要偷邻家一只鸡，

别人劝他道："你这样太没有道理！"

他说："好，请让我逐渐逐渐减少，

每月再偷一只，明年不偷好不好？"

如果知道不对就该快改，

还要等到明年又为何来？

——《孟子·滕文公下》

代　跋

以天下为沈浊，不可与庄语；以卮言为曼衍，以重言为真，以寓言为广。独与天地精神往来，而不敖倪于万物；不谴是非，以与世俗处；其书虽环玮，而连犿无伤也！

——《庄子·天下篇》

上海《文艺春秋》丛刊之五：《黎明》，1945 年 9 月 1 日

愁　城

山围故国周遭在，
潮打空城寂寞回；
淮水东边旧时月，
夜深还过女墙来！

　　　　刘禹锡《石头城》

大地上的草又变绿了，
不知在什么时候
那些冰雪的封锁又悄悄地解消；
春天是以怎样的心情
回到这惨伤的大地上来的啊！
我为什么会这样的慷慨，
竟不能阻止我的血
一口口的咯吐出来？
不，我要吝惜自己的血液，

虽然我并不依恋这每天的生活；
甚至在增恋怆痛之中，
我还有时宁愿死亡来把它们结束；
但是我已经坚忍地挨过了
这么许多悲怆的惨淡的日子，
我对它们投以冷笑，我明白地
告诉它们将怎样的被消除净尽
这一切仍然是要证实的，
我心须坚持着自己的生命！
躺卧在自己的床上，棉被
一点也不会使我的双脚解除冰冷；
我并不怨恨那些失去了的温暖，
倒反宁愿这些彻骨的寒冷，会
使得我的心绪变的平静。
就这样躺着吧，我曾经要求过
一会儿的安息，现在不正是得到了吗？
死一般的躺着……但不是整个的死了，
……那些朝夕萦围着我们，
像呼吸一样的此起彼落的思想。
是稍稍的离开了我了，
只有一个想对着这寒冷的冰窖
投一个冷笑的欲望，仍旧
使我的神志保持着清明。
阳光从窗户里斜射进一线来，

照亮了半边灰白的墙壁，
有什么可以向我诉说的呢？
那些喜笑的声音无心的传来，
到底是什么还是使得他们这样快活呢？
对于外面的世界，比起他们，我岂不是
知道的更久，而且更为熟悉？
一切都还是那样，我已经看够了——
那些可怜的愚蠢，那些廉价的悲喜。
那些贪戾的眼睛永远在搜寻
一己的私利，没有厌足，也没有片刻
忘掉种种抢先的诡计。
现在，在这一片荒凉的废墟上，
我没有心思来凭吊，因为
我完全认得你们，和从前
一点也没有什么改样；
像是那些被鲜血沃灌了的莠草
越发繁茂，在这里
却是一片福地，更适合你们的生长！

徘徊在我诞生的血地上——
现在也是一片废墟了！很好！
不必再让那黄昏时的愁云惨雾，
来把你笼罩，你袒露着
你依然隆起的一片基地，

完全变成空无所有。很好!
强胜那我消度了童年的
破败的花园,依旧让狐鼠作巢!
我重走过那童年的故居,
不是为了恋念那些亭台,水阁,
花坛,曲径,假山,坪地,池塘,石桥,
以及重重如盖的大胡桃树。
和披覆的枝叶之间的啁啾鸟语;
却是愿意让记忆把我更重的鞭挞,
我愿意失望的痛苦更深的磨难着我,
我要告诉他们,"我是承受的起的!"
说了这样的话,我的精力便会恢复壮健了,
家园中的那些曾经我摩摸的树,
因了狂风的摇撼,它们倾倒而又反搏。
才显明它们终于是不可以屈挠。
广漠的天宇啊!你永远是那样的平静。
有时以风云来显示你的愤怒的颜色,
但是很快的,也随时可以忽然解消;
因而我知道了,你是和春天一样的无情的,
无情而且麻木,就完全像那些猥琐的人们
一切逞凭着自己的意兴,贪求
自己的满足。此外,你何曾留心到
人间种种怆痛和悲辛,
兴亡的变易对你又算得了什么?

所以你能淡然地临照着
那些旧日的山川；那滚滚的江流
挟着无数的忧愁和愤恨，
撞碎它的波头在矶石上；
你冷眼望着完全没有动心。
那些连绵如带的山岭，
显得分外可怜的一片荒芜；
向着那巍峨的空陵，成群的
暮鸦啼哭得悲苦，又何曾
得到你的怜悯的一顾。
圈围着，这一座历代帝王都的
石头城，那些城楼，那些雉堞，
那些不久之前新筑了的碉堡，
还是那么整严，壮丽，可是
它耸立在那里究竟还有什么意义呢？
蜿蜒曲折的河道，积满了
千百年来的污浊，曾经是
微歌选舞的乐地，现在
它已经喑哑了，默默地流过那些
倾坏的歌楼舞馆，发臭的水中
处处浮载着半沉的画舫
有时，浮出的却是自尽者的尸体。
为什么这些苟全的生命竟会
舍得投河自尽？只要看看

那些低陋而残破的屋宇下
那些人的生活究竟是怎样个情形。——
哀伤，愤怒，怒艾，叹息都给减净了，
人家讲征服，他们讲听命，
人家讲杀戮，他们讲和平，
可怜的人啊！舐食着残余的残余，
残余的残余的残余的，残余
虽然也曾施展了全身吞啃噬咬的本领，
但是却总也维持不了一家数口；
于是才流出最后的眼泪来，
写一份遗书，还埋怨自己命苦！
确乎同样的人物有的岂不也
生活得挺好，财富便是能力
有势力便有荣耀。虽然对主子必须
唯唯听命，对奴隶却可以发令施枪，……
我为什么还要提起他们呢？
他们岂不是从来就都是"人上的人？"
惯会以道义、台目来把人们镇压，
永远不许透气，也永远不许翻身？
我说过，我永远认得你们，
任凭你有多大神通多大变化，
我总能认出他们的原形
是的，我认出了他们来，而他们
也变得更残毒，更渴血了，

气候也实在太坏，不免使得
他们心内焦躁，明天的日子
是怎样的呢？又谁能知道？
于是，他们便死死的抓紧了今朝，
但今朝有何尚是他们的呢。
征服者才是今朝真正的主子！
满城飘扬着的都是征服者的旗帜。
今朝只有征服者才是欢乐的，
天黑了，华灯照亮了酒馆的门，
纵饮的武士们拍手唱倦了：
野蛮的歌，于是，蹒跚的撞开了行人，
去到了那淫乐的小巷，美丽楼，吾妻楼，
那里有的是内地美人，支那美人，
个个都会得打情骂俏，搽脂抹粉，
让武士们恣意地取乐销魂；
一朝军令下，武士们又将开拔他去，
耳边全缭绕着"何日君再来"的小曲淫声，
高头大马，拖曳着隆隆的驶声车，
排满了整条破败的街道。
人们又无言地眼送着武士们的远征；
没有人会知道他们又到什么地方去的，
他们也不知将到什么地方去葬身，
留下这残破的都城在背后，
自有那些卑贱的奴才来为他们保管经营。

春雨又把小巷的泥泞浸润了，
为什么不把我的思绪也阻塞了呢？
我知道那些泥泞是可厌的，
但是我也不能忍耐死一样的窒息呀！
活跃的生命到哪里去了？
是怎样的一种禁锢？使得你
不但是要与愤怒和憎恨周旋，
却要拼着绝大的耐心，受那
回忆中的种种失望的煎熬，
一支换糖的小笛，在远处
又於里於里的吹响了，重
唤起我来想念他们，
是的，那一支小笛的声音
也是多么的无奈啊！
我知这那老头儿正挑着他的，
两只空虚的竹筐子，沿着河边
向铁路这边走来。他的
像死蛇一样盘曲着的饴糖，
一定是被冰气潮湿了，
而且还沾上了许多的尘埃，
谁还要换他的糖吃呢？
我简直更不能想象，这样的
生意，怎么还能维持他的生命？
因为我曾经注意，那些

摆在路边卖破烂什物的荒摊

早就看不到一件成件的东西，

一个破茶壶盖，几个从不知什么东西上

碰掉下来的破块，凄惨地摆在那里，

就算是那片摊子上了不起的珍奇，

我也无心来收拾这些破烂，

当我处身在这破残的城中时，到处

都蒸腾着那些残破的人们溃烂的气息。

我怎么能忍心也像一个老头儿

挑着空箩把一支小笛子吹遍了空巷？

我将到那瓦砾堆中随处的

去拾去被雨水中冲洗出来的雪白的骨殖

以及张着空洞而漆黑的眼睛的骷髅！

是的，他们临死时的悲伤和绝望还可以辨认。

但是，已经被善于遗忘的人们遗忘。

我的胸怀是你的坟墓，

我曾为你们的命运嘶声地呼喊过，

我的劳力究竟对你有过什么裨益？

如今，我仍然只能够对着你们垂泪，

哭泣有什么用？还是让我把你们

在自己的悲痛的胸怀中望起！

永远地梗塞着我的记忆。

于是在我的胸怀中，你们可以遇见

你们生时所钟爱的妻女，

在骄傲地向人夸说，异邦人
怎样地为他们倾倒；你们不要在我的胸中
责怪她们，难道她们还是从前的人么？
不，她们已经无可奈何地改变了，
如果你们的兄弟和儿孙，
还甘心含垢忍辱地挨度日子，
你们又怎能怨恨那些更软弱的女人？
想想看，如果现在你们依然生存，
你们现在又是怎样的人？

看那，那些踏着泞湿的路而来的，
依然是我幼年时见惯的毛驴；
它们低着头，又一队队地走来了，
它们瘦骨嶙峋的背上
负载的重重逼得它们快走，
缺乏食料而脱掉了毛的皮肤上，
扣紧的绳索擦出条条血痕。
疲惫的腿,因戴着破毡帽的主人的吆喝发抖。
这是这悲哀的古城的悲哀的动物，
温渌渌地流着泪的无神的眼睛。
看到它，我的愤怒的胸怀便发冷！
如今它们又在我的面前出现了，
它们的主人的吆喝没有从来那样响亮了，
这是为什么？它们可一样疲惫无神？

当它们卸下背上的豆萁和茅草时，

它们的主人脸上还是盖着阴影，

互相讨论着怎样偿付那朝鲜质铺的利令。

他们也和毛驴一样，具有同样悲惨的命运，

被压榨的生命，被鞭策的生命，

你们怎么会再忍心，去压榨和鞭策

那些生了四条腿的可怜的动物，

即使它们是口不能言，也不能思索，

不能说出它们的痛苦和悲辛，

可是作为一个人的你们，又几曾

为自己的生命挣扎过！几曾用你们的嘴控诉过自己的命运？

每当深夜我听见了那菜园边上，

那座茅屋中的牵磨的老驴，

当歇了它奔走了整天的疲乏的腿时，

沉痛地拖长了重浊的声音

嘶出了凄惨的叫喊，

穿过了寒冽的夜空传来

我便猛然警觉，打着寒冷噤，

惕起了无限的哀悼和怨恨。

年青的血液是不会被这样的寒冷冻结的，

于是，一次的出卖揭露了七百多个青年的姓名，

煌煌的布告劝他们快些自首，

恫吓之下，同时奸险地颁给了温情。

为什么不再坚实一些呢？这些青年，

虽然他们的热血曾经激腾过，

他们却不能辨认，什么是有效的方法，

什么是坚稳而正确的道路。

没有认识也没有选择浅薄地

他们的献身只是为了廉价的爱情，为了模糊的荣誉，

但，这是可以用别的东西来代替的，

只要那些爱情更廉价，那种荣誉更模糊。

无根的望想真正是最可靠的东西，

同一个名词可以换掉了内含的意义。

用金钱来满足他们的需求，是非常便宜的，

因为他们的贪欲还不曾敞开，

只要极少的数目便已经就足够。

于是那可怜的女孩子，忸怩地走到我面前来，

拿了一张悔过书的草稿，恳求我代她修改，

走开吧，我的笔下，我的文字不曾有过屈服的言语，

只要投降便什么都够了，用不到热情，也用不到文采！

送走了她，我的心胸因痛苦而麻木，

我的眼前，从模糊的泪光中瞥见

无数青年的纷杂的形象，

在叹息，在哀哭，在愤怒，在呐喊，在高歌，

在妒忌，在竞争，在握手，在殴斗，在宽恕，在拥抱，

在争论，在奔走和跳跃，

有的忽然破涕为笑，有的咬牙切齿，

沉没于辛勤的阅读，艰苦的工作，
我看见了他们的眼泪，他们的鲜血，
以及他们的欢欣和鼓舞。
一下子，他们都消失了，那些实在的音容，
都好像只是昏乱中产生的幻象，
撇下我走了，只留下一个孤零零的我！

黑夜又来了，我疲倦地在床上躺着，
昏沉地躺着，于是一个最熟悉的声音
在低低的呼唤我，我连忙答应，
"维基，维基，是你吗？你怎么会找到我？
我在这里，你一向怎样的生活？"
他的声音在微明的黑夜里回答，
似乎变得重浊而暗嗄了，他说：
"来，来看一看我现在的住所！"
我看不见他，向着他的声音走去，
于是，我突然的走进了一片旷野
连月光也是黑的，我什么也瞧不见，
"为什么你领我到这个地方？"
"这样的路我们从来不曾一同走过？"
他说："别问吧，到了那里你就清楚。"
"为什么我瞧不见你，久别之后你也不和我捏一下手？"
他说："来吧，以后你该常来看我，"
于是我们到了一条明亮的大河，

我站住了，想喊他，他却在旁边喊我，

"这儿是路，你记住，前面再没有多少路，"

"啊维基，我从来没有像今天这样的欢畅，

虽然我看不见你，可是我知道你在我的身旁，

我们都还是好好的,除了你,谁也没有受到过损害，

可是我已深深地恨透了这个地方。

咯血不会致我的命，我要热爱，我要希望，

我要火热的生活，烧灼得我的生命发光。

你怎么会到这儿来的？你怎么会脱离了魔掌？

如果你现在的地方是好的，快些领我前往！"

于是我们走到了一座石桥旁，

桥洞的圆拱下，水光闪着银色的浪；

在桥边，挺着一棵不知名的大树，

黝黝黑的树影布满了天空，

在树下，我似乎还看见远方有一座耸立的塔影。

"就在这里，再见了，常常来看看。"

我望急地想扭住他，却看不见他的身影。

像有一阵轻雷从我身边滚过，远去。

我惊醒了，却是城中的蒸汽车

载满了异邦兵士切着钢轨驰去的声音。

啊，这座城中如果完全是一片废墟，该多么好？

我也能安然地忍耐着它的荒凉；

却要留存下这许多悲惨，

教我不要去目睹，不敢去思想。

这不是用一个冷笑可以使他毁倾，
我要倾覆你，因此我一定要离开你，
这座屈服的，悲哀的古城，
我要换一个地方，恢复我的健康。

上海《新文学》创刊号，1946 年 1 月 1 日

散　文

洞

今年里我有太多的游洞的机会。起先是郑冰寒邀我到金华去玩，说金华的讲堂洞和双龙洞是如何的瑰奇壮丽，如何有十丈的瀑布，如何有累累下垂的钟乳，如何有古贤人读书的遗迹，如何有戚继光击杀倭寇在洞中的传说，可是这些全打不动我的游兴，我说："你别把洞来向我夸耀，我的故乡是有着更好玩的洞的。"即使我要游洞，我却想请他去游游我们宜兴的庚桑洞和善卷洞。

果然，过不久的时候便接到有林哥的来信，说："宋清如她们要来宜兴游洞，如果你会回来最好是早一些，我们游洞去。"这第二次的鼓励却打动了我，我想好，就去游洞。

可是当我真的到宜兴时，宋清如她们却提先早到了宜兴，隔日里便早把两个洞都游过了，虽然曾忻弟还叫我再去，他愿意陪我，但我似乎已没有当时的兴致了。第二天，我们游南岳寺之后虽也翻山过去游了那荒僻的雏形的朝阳洞，但原来的目的不是这样的。

回来后看到连日外来游洞的人很多，京杭国道上和锡宜公路上的私人汽车的游客真多，这使我想起为什么有那许多人要游洞来。

再前一次的还乡是在四年前，有一天晚上大家喝了点酒，便拥到北大街储南强先生家去，在谈话中，储先生谈起了他的对洞的经营，谈起了张公洞即是庚桑洞的考证，并且把汉钟离也拉做了宜兴人，可是他对我们青年人不好意思谈两洞的洞神，不然，想是他便会急转直下地说及洞神的灵异的。我想，人们这样有兴致游洞，这与道家神仙之说多少有点关系的。

不是吗？且不说有许多洞要附上一个道家的名称，许多人对洞的趣味实际上还是道家的趣味。传说上，神仙是在洞府中的，那飘飘然作云游的神仙的影子，确印在人们的脑中很深很深。所以，目下游洞的人，看了那坎坷的巨石和长短的钟乳，还会生出种种青龙哩，黄龙哩，蝙蝠哩，仙鹤哩，梅花鹿哩等等的憧憬来。至于还有许多什么小须弥山哩，观音的偶像哩等等，则尤其是道教和佛教不知不觉地合流的表征。洞的经营者往往便是有浓厚的宗教趣味的人，于是在洞中，宗教趣味便更加强调起来。而在游洞的人，也多少感觉了洞府的瑰秘，而对着这钟乳，决不会想到地质的构成和岩石的成因的。为什么？他们的趣味也多少带着些下意识的宗教趣味啊！

宋清如走后，有林又建议要去游西施洞和太极洞，后来也没有去。这两个洞据说是比庚桑和善卷更大而奇，从太极洞的名字上我又加强肯定我以前的想法了。

今年里虽然说是有许多游洞的机会，可是我却未真的游了什么洞；现在想想，洞是应该让祖父他们去游的。

武汉《文艺》第 3 卷第 3 期，1936 年 7 月 1 日

一个战士的死

那一夜在广州是那样一个风凉爽快的夜晚，我在一条空阔而安静的路上走回去，夜已经很深了。所有的店铺都已上好了门板，只有疏落的路灯的光在照亮着我。头顶上那些热带的阔叶树和凤凰树的细叶子在一阵阵的风里抖响着，有时还滴落些日间阵雨的水滴下来。我抬头望望天，天是完全晴了的，一天的繁星就密得像发亮的沙似的，我因看到这些含糊一片分不清的星光有些闷气起来了；当我转入了一条更空阔而寂静的路上时，我看到有一家印刷所的门还半开着，明亮的灯光从玻璃窗里透射出来，而且我听到了那印刷机轮轴的转动和节奏拍打的声音，他们还在赶着夜工。这使我立时回想起了过去一年间在汉口印刷所里的生活，在这一年中遇到的人们全都涌现在我的眼前。我想起了那个缺了嘴唇老是俏皮地向我索取香烟的排字工人，我想起了那个每星期一晚上准时而来取钱的印刷所瘦瘦的老板，我想起了那个提一条木棒找印刷所拼命的粗莽而可爱的朋友，我想起了三个人挤在一间房里写稿件的情景，我想起了那些雨天里提着裤子走过印刷所门前泥泞的小巷同伴，我想起了许多庄严而堂皇的集会，我想起了许多卑微而刻苦的工作。所有这些，差不多是同时涌来，我辨不出带给我的是欢喜还是悲苦，我只是十分高兴于他们的到来。我立时打算就费上一个晚上或更多的时间，来完成一篇诗来抒写我的怀念。我想当这些被怀念的伙伴读到我的诗时，他们一定也会欢喜起来的。

然而，其中有一个却再不能读到我的诗了，因为他已经死了，而且是我亲手埋葬了他的。他是一个战士，可是并不是死在战场上，而是非常遗憾的病死的。

他是这样的一个人：瘦瘦的也不十分高大个子，方形的脸，皮色是有点像带病的黄，可是他有一双非常镇静的眼睛，而且常从他的唇角上表现出坚决。他是我在武昌一个农村机关里辞职后的继任者，一个国立大学被开除的学生，刚从湖北一个县城的牢狱中释放出来，便只身到了武汉，有位以前主张开除他的大学教授为他介绍了这个职位。不知道他是如何知道我的，我的一位从前同事带着他找到我。第一次见面，他便对我这样说：

"你不应该这样自暴自弃！"

对于他的话，我很能理解。因为我也知道自己，常常在反省自己。他的话并不使我惊讶。我笑着对他说：

"是的，不过我们都是小公务员，没有什么好做的。"

这样的解嘲，我是想要让他知道：我们的"公务"不过是帮闲的工作。他也知道这些，这使我们很谈得来，不久，便成了很好的朋友。我们一起喝酒，一起看电影，有时在一起找一些女孩子们一起玩儿。但是他常常会有点负疚似的懊悔荒废了许多时间。其实，他那时还是很用功的，我在办公厅被视为是个年轻不懂事的书呆子，每一个星期总是在读书，当大家在一起谈起所读的书时，还是他读得最多。他说：

"我们这样总还不行。"

他不像我那样有自信，也可以说我没有他那样谦卑。我曾经讪笑过他那样的忙碌，因为在我任职时一点工作也没有的职位，到他手里便忙得不可开交了。我以为他是为了维持可怜的职位而忙碌着，他却争辩说不是。他原来对工作是有信心的，而且认为什么事都是可以做得好的，只要好好的做去。渐渐地我感到了惭愧，觉得我并没有能够像他那样找到一条认真工作的途径。

"不要以为一切坏的便不会变好了，正要我们去做好它！"这是他的话。说话时，他的眼睛发着光。

这样，我们相处了一年多，我知道了他的很多事，我觉得他无论看书，做事，总比我细心而且敏捷；然而还有一点我赶不上他的，就是他的刻苦。无论在生活或工作上，他总是咬紧牙关地过下去的。

那一天，我接到报馆里朋友的电话，告诉我卢沟桥的战事已经发生了。我连忙打电话去告诉他，我听见他在电话里高兴得跳起来。他说我现在该有可做的，而且是有意义的工作了。我告诉了他一个已经决定了的集会的时间。接着丰台、廊坊被收复的消息传来，全武汉都喧腾起来，人们燃放着爆竹，在满街的硫磺的烟雾中间，我们公务员和学生们在一起在街上游行着。在这些平日里暮气沉沉的比我年长的公务员中间，我的精神也受到了影响，对面却来了他们机关的队伍，我看见他，他握着一面彩色的纸旗挥舞着，呼喊着热烈的口号，我们这边的队伍也被感染了，热烈了起来。在一个互相呼应的人流之中，大家都热烈地呼喊起来了。人们呼号着，跳跃着，通过沸腾了的街道，到了第二天，办公厅中有几个同事都喊哑了喉咙。

因为交通的暂时的障碍，上海印刷的书报都不能及时运到武汉，于是我们几个朋友在一起商量要办一种旬刊。旬刊是在几天中办起来的，什么事情都得自己来干，从写稿子到编成，再到付印、发行。大家都是有职业的人，而且还负担着救亡团体的工作，但无论哪个人都工作得非常起劲。我和他负责印刷所里的工作。有一次，在排字房中校上六七小时的校样，到夜里，因为晚了过不了江，又没有钱去住旅馆，就在一艘海关检疫的汽船上过夜，写着还缺少的短评。那时，江水拍击着船舷，江上已经静透了，那位在船上服务的朋友也已经睡熟了。我们俩对坐着，先谈论要写的内容，那时是不论什么问题和体裁的文字，都需要自己动手写的。我的思绪飘到远处去了，我想如果有月亮把船荡到江心里去多好！他却阻止我的想象：

"不要满足于你自己罗曼蒂克的想法！你还是先睡吧。我们明天还有工作。"他埋头在他的工作里边。

翌日清晨，一早醒来他已经走了，留下一篇写好的稿子在我的桌上。我把它送到印刷所去后才去办公厅上班，因为我的职务比他的自由得多。

他是无愧于被称为一个战士的。本来我们在战争中战士的称呼是广义的，他是勤劳地服务于抗战，并且，他是那样的勇敢，而且负责任，决没有一件事能使他放弃自己的工作。我们常常把自己的工作看作是战斗的岗位，如果说我始终没有离开自己的岗位的话，那是由于他的感化的缘故。

那天是大风雨的一天，到夜里风雨更大了，长江的轮渡也快要停航了。这在武汉，叫作封江。恰好到了一期旬刊要出版的时候，必须连夜把稿子校清，不然印刷所的脱期便可名正言顺了。我在武昌非常焦急，打电话给他，他又不在，我怕会到了时间一个人也去不了。便冒着风雨过江去，正好赶上封江前的最后一班船。船离开了码头，被风浪从横里打击着，好容易侧着身调转了船头，但风却仍在一边使劲的吹，那空朗朗的船几乎完全是在横着在走，船身侧转着，船舷下已有水溢了进来，一个浪打过来，船身便涌起丈许高，然后又沉落到很深很深处，再又腾起。船上的人多半在呕吐着，雨水直接从每一个空当里泼进来，船上电灯的灯光变成了黄色，满船的人都在懊悔着这次的冒险，他们说从前是出过险（翻过船）的，一张张都是十分紧张的脸。甲板上，呕吐的浆液随着船身的转侧流满了一地。可是船还是鼓动着它的马达向前行驶，到了对岸的码头却无论如何靠不上去，好不容易漂过两个码头才靠上岸。我赶紧上了岸往印刷所跑，这样大风雨的天气，路上的行人车辆都没有了，跑到印刷所时，排字房正打算停工，因为他们估计是不会有人来校样了。我为赶上了校样很高兴，当时还有为自己做了一件英雄的事件而高兴，因为大家会为旬刊脱期问题而担心、焦急，而我却及时赶到保证它不致脱期了。校了约摸一个钟头，他忽然从外面跑了进来，一面拧着头发上湿漉漉的水，一面脱着身

上湿透了的衣服,当看见我已在里面校稿时,他很高兴地笑了笑。他说:

"很好,今天我们还是赶上了的。"

"你怎么过来的,还有船吗?"我问。

"不,封江了,我雇小划子过来的。"

"小划子怎么能抵得住这样大的风浪?"

"他们能走,他们无论怎样大的风浪都能走。我早就知道的,可是一直不敢乘,今天没法子了,为了赶过来。好在划小划子的相信他他自己的手臂,我也相信他。"

"太冒险了!"我有点埋怨。

"不错,是有点冒险,可是我要赶上这一期。"

排字房的工人们全高兴起来,当夜我们把校样全弄清。渐渐的我们的工作分开了,我索性丢了我的职务专在汉口弄杂志,而他却专门负责几个宣传队和壁报队去了。这些原本都属于一个文化界抗战工作团内的组织,但在几个盛大集会后别的工作都没有干起来,这几个组织不仅搞得有声有色,还有不断扩大的趋势。他丢不下那边的工作,就专门去负责那边事了。这样,我们便分开了。他说:

"我们其实都是小先生,即知即传,实在也很吃力,我愿意在实际中多学习点。"

此后,有时我打电话给他,他便会告诉我:

"这几天真忙,可是很好,告诉你,现在汉阳已有了十个壁报队,离武昌的六十里的豹子澥也弄成了,金口镇也弄成功了。宣传队还打算到青山去,如果你有空,我希望你能跟我们下一次乡。"

我没有去青山，可是却跟他们去了一次豹子澥，看到宣传队的工作已经完全不是我从前参加时的情形了。在宣传结束后，我们在一个中心小学的门前坐下来，看着远近起伏的山，他想起如果有一天真要变成游击队和敌人周旋时，这里的路可完全不熟悉。他告诉我，他打算万一从武汉撤退时也许会留在武汉，我一时又兴奋起来。我说我也愿意到他们中间来工作，他说那不好，因为他是干不好我那边的工作，才来干这个的，如果我放弃了那边的工作来干这个，将会和他干不好那边的一样。

又隔了许久，他告诉我从前常常说起的爱人要到武汉来，他有些犹豫，我说这是很好的事，为什么要犹豫呢？他的意思是没有适当的工作给她做，我说总会找到合适的工作做的，忧虑什么？

他爱人来后不久，他便打电话邀我去一次武昌，我们两人又在蛇山上作了一次散步，好像在战争爆发后从未有过那样闲散的散步。我们在一块大石块上坐了下来，他谈到了他恋爱中发生的纠纷，要我替他解决。我当时虽然曾留心听他的叙述，却一点儿也没有重视那件事，还有点开玩笑地对他说：

"恋爱是件傻事。我们是要给的，人家是要得的，我们实在不合算。我们还有很多要做的事。"

"能给不好吗？只要我能给，为什么不？"他十分认真地说。

"好，那你就给吧。"我答应替他劝说那位小姐。唯一的任务就是替他告诉对方：他确实是爱她的。我想这事很容易，有机会时，我把话告诉了对方。可是她还是不满意，觉得他应该对自己的爱情负责。

不久，从武昌来的消息，说他病了，已经住进了医院，而且病得很严重。还说那位小姐因为他对爱情的负责而感到痛苦，每天喝酒；他也有一次懊恼得酗酒起来，就病倒了，医院说是副伤寒。于是，她便每天都去医院陪伴他。我到省立医院去看过他两次。第二次去时，只有我一人在他的病房里，他已瘦得很可怕，完全不是从前的样子了。我惊心于他的瘦，他却垂下泪来，他说：

"我怕会死，我要活！"

我安慰他，告诉他副伤寒的症状和伤寒差不多，现在正是危险期，过了便会好起来的，而且要比从前更健康。他好像很惭愧似的向我说：

"好像我们说过要戒酒的？"

我说那是从前的事，我早就开戒了，而且常常喝酒，他好起来休养几个月，我们有空再喝一次。

"不，"他说："我不喝了，我惭愧，你也别喝得疯疯癫癫的，要多做些事。假如……"他说到那里说不下去了。

我只能安慰他，让他安静地睡。这便是我们见的最后一面。在七月六日抗战刚一周年时他死了，我和几个朋友将他埋葬在武昌喻家山的山坳里。他是终于没有离开武汉的。

九江沦陷之后，武汉就紧张起来，一面准备保卫大武汉的工作，一面也开始准备撤退了。我还在干着编另一个周刊的工作，打算留下把这周刊支持到最后，再跟军队撤退。不料，一病之后，终于和另一位朋友到了广州。未离开汉口之前，我还是跑到印刷所去，那些排字工人围着问我打算怎样。我说还未最后决定。他们说打算跟我一起走，把机器和铅字也拆了带走，绝不留给敌人用来印宣传品；况且一路走时，我可以写诗，别的朋友可以写文章，他们可以排版，如果机器笨，还可以用手拓印。我为他们深深地感动了。他们问起那位许久未来的朋友时，我便详细地向他们报告了这一位战士的死耗。

这是真的故事，我写得太仓促了。为了纪念这位战士，我要记下他的姓名：夏特伦。

1939 年 2 月 13 日，上海

上海《文艺新潮》第 1 卷第 1 期，1939 年 4 月 5 日

荷　花

　　这是一片十分狭隘的天地，无论在室中，无论在街路上，无论在比较空旷的花园里，到处都是人与人紧密接触的感觉；恍惚在眼前的是人的影子，呼吸着的是刚从别人的肺中呼出的空气。到了夏天，在酷暑下人们挥汗如雨，蒸腾着身上污浊的汗液，如果人能具有狗一样敏锐的感觉，应该会受不住那令人头疼、窒息的味道吧！

　　然而并不是那样，人仍然要生活下去，对于那些狭隘的认识或是刚刚感觉到，便被随即放置了；这也是没法子的事啊！一切空泛不着边际的想象都成为引起苦恼的罪恶。可怜的市民还是嗅嗅洒在毛巾上的花露水，通过鼻腔吸进一丝丝的清凉吧。一切飘忽的芬芳，像花草的清香，像走过的女人身上浓郁的香味儿，都是无从捕捉得到的；即使到了真的接近时，气味儿也会变了的。

　　当人们还在自己的小天地中经营着一些点缀生活的情趣：从我斗室的窗向外望，对面赤红的墙上的爬山虎已经牵满了；

那些垂在倔强的枝蔓上的绿叶有些疏落，显得像是病弱而亢奋的样子。当工作得困倦的时候，抬起头来，眯着眼望望那些绿叶，也会感到有一点儿神驰的快慰，好像那略微稀疏的叶片，是多么了不起的葳蕤而深邃；但不幸的是那些火红的砖墙又映入眼内，于是离散了的精神又霎时集中，重新又感到了焦灼和沉闷。

在左邻的天井里，有一个用木板搭起的盆架，养着一些茉莉和珠兰。每天傍晚的时候，主人便亲自来浇一回水，慢慢的那些盆栽的叶片也变得碧绿起来了，还长出了一点蓓蕾。晚上，到了乘凉的时候，大家搬出藤躺椅和竹凳，七八个人聚集在天井里，谈些宗教和家常，也不时要看顾一下那些盆中的植物；垂着两条短辫的女儿在灯下弹着轻柔的钢琴曲，很有一丝恬淡、静穆的情调。右邻门前的铁栏杆上，也牵着藤蔓，阔阔的掌状叶上有许多细毛，而且叶间还垂着许多卷须，粗心一看会误会是紫藤或葡萄，我曾期望过它的开花，细心地去查看，发现那不过是南瓜藤而已；不过却增加了一些田园的味道，虽然那植根在泥盆中的藤蔓是结不出瓜果的，但仍让人感到了亲切。我家的天井中也栽着一些盆花，当然没有什么珍贵的名卉，倒是买回一些在门口花担上挑着的草本的鸡冠、凤仙和平凡的月季，许多的草本花都是易谢的，等到开残了时便掘去了根，敲下泥来，重换栽一些新的；然而即使不怎样经常的掘换，也颇需要费一些功夫，所以往往还是放许多空盆在那里，与邻家相比，显得是荒芜得很了。

几个月前，我们得到了一只莲藕，瘦瘦的屈曲在桌上，不知她原出在何处辽远的池塘。我想起年前在莲塘畔的虫声，和紫阳湖畔长堤上夕幕下的人影；在起义亭畔，我们剥食着采莲女施舍的一些莲蓬，这样空旷的处所，现在是隔远了！而且我不能想象那善良的采莲女是否会遭遇什么不幸。只有那被拆毁的土城的光景提醒着我，我也要在天井中莳一缸荷花。缸原来是现成的，泥也是现成的，只是要费工夫翻弄一遍。看看这瘦弱的藕，却希望她会结出一两朵红色的或者白色的花，那在狭隘的生活中，也该是可喜的点缀啊！．

当最初的荷叶，卷裹着透出水面的时候，是那样的纤弱和羞怯，慢慢的，她展开而直立了。我欣喜地留心着她，看来，她是那样的单薄，小得仅像一个圆碟一样；我熟习了湖荡中的荷叶，完全不是这个样子的，每一样叶盘都像倒张的伞，而边缘覆罩下来，密密地压满了一塘，伸出的花朵也是那样巨大而厚实的，盛放着健康的骄傲。我耽心这缸莲叶是不是太缺少阳光，以致那些莲叶都呈着一层萎黄的颜色；那些野生的莲叶完全不是那样的，都是摇曳着青春的苍绿的，而且即使有一两块蛀瘢，也依然不带一点病状，雨后托满了水珠，在风中摇曳地向上生长着。我留心着这缸中的莲叶，看看终是长不大，而且，零散的几张叶子，全不见有花蕾的消息。于是决意把缸移动，放到大门外的巷中去。

这是一条死巷，巷口是长年关闭着的，只有巷中的住户偶然会打开大门到弄堂中来散一会儿步，虽然都市里的人是有隔膜的，很少互相打招呼，可是因为这个巷子的关闭，倒形成了一条公共的大天井，大家碰面谈话的机会也多了。尤其是孩子们，最容易混熟，一会儿聚起来踢砖头、造房子，一会儿捉迷藏，但由于这里是女孩子和幼小者居多，顽皮一点儿的男孩子早溜到后巷或马路上去玩耍了，因此前巷一直是比较宁静的。把荷花缸搬在前巷里，倒不担心被偷窃或碰坏，因为并没有什么闲杂人走来，而且缸搁得相当高，孩子们也是攀不到的。何况，这里面只有一些乏味的莲叶呢？

每天，每天，我注视着这个缸。我看见莲叶渐长多起来了，虽然仍旧都是那么小，但缸中已热闹了很多，我想即使今年没有花开，就看看这些莲叶也比没有要好。尤其是当炎热的夏天，常常会听到一片蝉鸣，从室中望到门外的几片莲叶，就觉得心境开阔了许多。因为我回想起远方的空阔的天地。一天，我发现了在几枝新生的嫩叶中，竟有一枝是花蕾，我高兴得雀跃起来，无论如何，今年我又可以看到一枝荷花了。那原是不期望的，但谁说真是莳了莲根不盼望看花呢？所以不期望，还是原先从莲叶上不能寄托希望的缘故。现在竟有了一枝花蕾，慢慢的伸长，像一支笔一样，花蕾也逐渐有一些涨大，当花茎长得和叶盘一样高时，蕾头已有一个板烟斗一般大小了。从淡青的表皮中，透露一些消息，这花开放时一定是白色的。于是，我热烈地期盼着这花的开放，晚饭以后，我便掇一张凳子到前巷坐一会儿，坐在缸的旁边，好像我的关切会给她的长成有一点帮助似的。

看到这枝花蕾的生长，大家都是高兴的，邻居们走过来望望，笑了，吓，看不起这荷花居然还会开一枝！嗳，嗳，一朵小花！

孩子们也抬起头望着，她们似乎原来想不到这荷会开花的，觉得非常神秘。拍拍手，跳开了，又跑回来望望。然而，这花蕾只是幼小的一枝，怯生生地站在缸里，并不美丽。

花茎不再往上长，好像已达到她适宜的程度，渐渐地，从花蕾上长大露出一点白色来，也看得出那些裹合着的预备张开的花瓣。这荷花到底会开得多大呢？会结起一个怎样娇嫩的小莲蓬来呢？总该是小小的一个，可怜的徒具形式的东西！虽然这样，我还是关切地热望着，等待她会再长大一点，晚一点开，会开得大一点儿，多开几天。即使终要萎残的吧，然而，不能开得美丽一点吗？

可是，今天傍晚我再走去看花时，我看不见这花蕾，我找一找，原先的花茎还挺立在那里，短去的一截，留着剪刀的痕迹。花是失去了，在她还没有开放的时候，是谁剪去那花呢？

前年，在一个都市的酒店里，我遇见两位淡素的短装的年青女郎，手里都拿着一枝开放着的白荷花；在灯光下，显得非常美丽。等到我有机会和那两位女郎交谈时，我看着那两朵花，原来都是未放的花蕾，是用人工的手把她们剥开的。而那两位女郎，在交谈中才让我知道，她们都是青春的卖笑者。我不知道，她们是不是无意地从花贩手中去买来了这两朵花做装饰，或者还是故意把这两朵花来象征着自己的命运？如果真会是那样有意识地欣赏自己的生命，实在是悲惨的啊！

我不再找寻和查问那失去的花蕾，也不再去想象那花蕾怎样的被剥出像是一朵花样的白色来，然后，再在花瓣的折断处泛出褐黄而零落。虽然我的精神是那样的不愉快，镇定了一下，我用剪刀齐根剪去了那段残余的花茎，拿回来泡了一壶清凉的荷梗茶，那确是很好的消暑的饮料。

现在，看到荷花缸里又只剩着几片莲叶了，我希望她还会生出另一枝花蕾来，即使不能，明年再翻一下缸，留心点加点肥料，还是有花可看的。因为虽然这一枝的花蕾已失去，可是我已经看见那开花的端兆。

又何况，谁说人生息的天地永远是那样狭隘呢？

上海《新中国文艺丛刊》第 4 辑《鹰》，1940 年 2 月

没有能力的人

每天早晨四点钟，我们的无线电可以收到莫斯科电台的播音，非常清楚，叽里咕噜地讲了一阵儿，便叮叮当当地打钟了，接着，便是国际歌，我们把声音稍微开大一点儿，听那宏伟的歌声，唱过了三遍，便吹熄了煤油灯，这时天也将破晓了。

平时苦闷的是我们没有人能听得懂那些叽里咕噜的话的内容。一天在晚会中的报告，说：是有一位懂俄文的新同志要来担任收报了，这消息比什么都叫人兴奋，大家已经高谈过好几次，怎样在每天抽出一些时间来跟他学俄文，大家觉得很高兴，虽然工作的流动性很大，但是大家还是计划几个月或一年之后，至少总可以学到一点儿。

新同志由一个交通队领来了，他是一个三十多岁的河北人，满脸长着刮了不久像刺猬一样竖立了出来的髭须，两个眼睛很深，灼灼有光。他把行李放下后，填了一张表，从那张表上（我看到了那张表）知道他是北平某大学里毕业出来的，学的是经济，在"兴趣"的一项下，他填的是爱好文艺，所以冯同志对我说：

"文艺的群众真不少呀！"从另外我又知道，他是从青浦调过来的，他经过了青浦的某方的大屠杀，我想他会告诉我们一些那边的惨痛的惊骇的情形，但他只说了很少的一点儿，便做了个结论说：

"哎，惨得很！"

吃过晚饭之后，大家围着一盏煤油灯坐着，我们在晚会上替他与所有的同志介绍了。在介绍的时候，他很客气地向每个人都要点一下头，然后，很低声地说一声：

"要请您多多的指教！"

晚会的第一个节目是每天的时事报告，接着讨论了一会儿时事，便进入第二个节目生活检讨。许多零碎而琐屑的日常生活中的事情，大家都不厌其烦的提出来，如果谁的生活中有什么缺点，大家都可以提出来讨论批评，这种自我批评的习惯在这儿培养得很好，在谈论中，大家都只觉得亲切，假如谁有一点义气存在，那么得给大家笑了。

"我有一点意见。"一位同志很郑重其事提出来说："我觉得我们的学习时间，前回晚会上既然定出来，无论如何，我们必须每天争取三小时的学习时间，那么，我以为，在平常大家自由选择的读书之外，最好还有哪一位同志有专长的，特别请他出来开班上课。今天这位新同志听说是擅长俄文，我想，大家每天在学习时间内，抽出个一钟点来，我们自己请这位新同志教我们的俄文，那是很有意思的。"

"好，赞成！"

"好好好，我们立刻举办！"

新同志直挺挺地站了起来，非常谦逊地说：

"我的俄文一点也不好，请诸位同志原谅！"

说完，他坐下来了，但同志们不能放过他的：

"不要客气！我们大家都是自个儿人，一点儿客气也不要讲的。"一位同志用很牵强的国语说："我们在这儿游击区里就是这个样儿，有一分力气发一分光儿，大家做着许多事儿，谁也不是原来就是内行，一步步学着做，才会做出事情来。所以，这位同志你不要客气。"

"我不是客气，"新同志着急地说："我说的是真话，真的，你们不久就会知道的。"

同志们不肯放过他，尽管他坚执谦辞，大家还是自归自，议决了每天学习俄文的时间。生活检讨的节目一过去，接着便是余兴的节目，通常我们的余兴常是轮流挨到几个人唱歌。

"今天我们欢迎新同志唱歌！"

"赞成不赞成？"

"赞成！"

"好不好？"

"好！"

"请新同志唱！"

他又很恭敬地站了起来。

"各位同志，我不会唱歌。"

"不要客气，唱！"

"不要扭扭捏捏，唱！"

他仍旧站着，望望大家。

"是真的，我不会客气，我实在一首歌儿也不会唱，我这人笨得很。"

"不行，随便也得唱一个！"

"唱一个俄文的国际歌！"

"我真的不会。"他苦笑着。

"唱，唱！"

"我不是不肯唱，我不会唱。"

"那么唱一个《义勇军进行曲》吧。"

"也不会。"

一点办法也没有，大家也不能用热烈的兴致鼓动他唱一个歌，也不能用晚会上谁被点到非唱不可的理由来强迫他唱一个歌，他很抱歉的坐下去了，这实在使大家很扫兴。因之轮到下面的唱歌的人也没有兴致，随随便便把两个歌一点精神也没有地唱完了，晚会就这样算给大家带一点轻微的不愉快散场了。

第二天，那位新同志赶半夜起收听莫斯科的新闻，有几位管收音的同志陪着他，从半夜一点半钟一直弄到天亮。大家很关心他收到的是些什么，因为那些叽里噜咕的话，老是引起大家的急切的欲望想听懂的。但是他只对大家摇了摇头：

"我和邹同志萧同志收是收到的，可是我听不清楚，不知道他们说的是什么。后来，又收到伯烈电台的播音，是中国劳动者俱乐部的广播，大概是一篇演讲，大概是说的中国最近的战争形势，说到八路军最近在华北的总攻，动员了五十万农民，破坏了十四条铁路和许多重要的公路。——此外，又说到日本的向越南进攻，——十月总攻的计划是粉碎了，——大概和我们报纸上已经登出了的也差不多。"

俄文班没有开成功。他说他还是在学校里学的俄文，四年不用，差不多已经忘完了。而且，在这里也没有教本，他说，学几个月的俄文也没有什么用处。

因为语言的关系，他和大家都隔膜得很，他到现在还听不懂江南话，更不用说到讲了，他的青浦脱险，并不因为他对答得好，而倒是因为他闷声不响。在这里，可巧又都是江南人，只有一个人能说几句普通话，其余一位萧同志的广东国语，他也有三四成不懂，所以他听我们用江南话谈天时，常常摇着头说不懂，自然也不加进来谈了。有时谁去找他说几句话，他会说：

"同志，留心点，我身上有疥疮！"

虽然疥疮是游击区里大家免不了要生的，但现在还未到生疥疮的时候，能避免总还是避免。因之，大家都和他离开了。他一个人落在一个孤独的环境里面。收报的工作也没有做得好，因为他学是学过的，可是现在不会了，这是非常叫人闷损的。

在这里最苦痛的要算是没有工作，尽管一个技术工人甚至一天劳动到十二小时，比到在资本家的工厂里还要辛苦，可是他们一面做着一面唱着，精神是非常愉快的，因为这不是为老板的利润而劳动，也不是为刻苦维持自己的生计而劳动，却是为抗战的革命工作而劳动，他们能从工作中看到胜利的光。但是一个没有工作的人是痛苦的，别人都忙碌在他的工作里，单独闲下来连找一个能谈话的人也没有，空闲无聊，责任心的焦灼，是一个战士的最大的磨折。这位新同志现在就落在这样的境地，他坐着，望望天上的云，望望田野和河流，什么都匆忙地在动，而他却像被留在岩石上一样的孤独。他的髭须长了起来，颧骨逐渐的高起来了，两只炯炯有光的眼睛愈加深陷下去了。有一次，他来和仅能谈话的我说起："同志，我想我不应该在这儿工作的，我应该回到北方去，那里，我可以好好地作战！"

他的眼睛里噙着泪水了。

从别的地方，我又知道了他有一段悲怆的经历。在战前，为了营救一个被捕的同志，他曾赶到天津竭尽了力量去设法，那被捕的却把他出卖了，因之他被关进狱中，而出卖他的却放出来了，而且无耻地用出卖几个同志的血的功劳，做了一个小官。他痛恨这一件事，就像一个黑影老蒙在他的心上。直到抗战后出狱了，他不愿再在北方工作，便赶到南方来，但是南方又给他孤零零的独个儿搁置着作战。在战斗中，大家的情绪都发扬得很高，可是他，却萎悴了，像一只病得脱了毛的鸡一样。

这样的情形也使我们觉得困难，怎么办呢？我们应该使得每个人都有适当的工作。然而，怎样给他安排工作呢？他什么都谦逊说"不会"要人"指教"，让他"学习"，真的给他做起来，也确实好几回都是失败了，好像他真是个没有能力的人。这情形叫我们也感到焦灼，没有办法。但那是必须战胜的。

在历试了几样工作之后，现在这位新同志被布置去管理我们的总务处的收支杂项工作，同时也怕这些纷杂的事务，会使他感到琐碎而烦闷，另外，我们还布置他每天搜集报纸上的各种可供研究的材料，以便随时提供参考。

现在，他沉潜到他的工作里去了，他埋头造出了许多的表格，把每项的收支项目区分得非常精细，而一看便可以明了每天各部分的收支情形,这样的表格叫大家很高兴,虽然也有人说,要这样繁琐做什么呢? 但是我们还是让他这样做去,因为这是他在工作中自己的创造,对于工作,也完全是有帮助的。他每天很仔细地读着每一份报纸,我留意他,他非常注意各天的商情,把那些商情都剪了下来,贴得很好。于是我在晚会上提议,我们出版的报纸上也应该开一个商情栏,这是可以代替那些反动报的,因为许多商民现在还不能不从那些报上得到商情消息。这,就请这位新同志负责起来。

商情栏在我们的报纸上出现了,从反动报上,从当地的调查,我们的商情栏编得非常活泼而切合实用,于是,我们的报纸的发行份数又大大的增加了,形成了我们的新的胜利。

这位新同志现在不再那么像阴天似的沉默了,他来告诉我,并且拿出来给我看,他的疥疮已经快好了。而且,在晚会上他提议,我们应该抽一些学习时间出来开一个班,请会唱歌的同志教会大家唱许多新歌。

《上海周报》第 32 卷第 1 期,1940 年

鸡 犬

自从来到乡下,就常常与鸡犬为伍,而这两种都是非常讨厌的动物。

到处有狗。这些狗大都是劫后余生,满带着一副哭丧相,即使是劫余再交尾而生出来的新狗,不知是什么缘故,也都垂头丧气,胆怯异常;可见得战争的惨痛,在群狗之中,确实是颇为深刻的了!"宁为太平犬,莫作离乱人";何况是离乱之狗呢。

有一次我走到一个村子,遇到了好几只三脚狗。它们有的吊起一只前脚,有的吊起一只后脚,一瘸一瘸地走着。这使我想到了"狼狈",据说它们是互相依赖着行走的,而这些三脚狗聚合在一起,倒也是很有同病相怜的模样与狼狈相类!当我走近它们的时候,它们便一齐在喉咙里发出呜呜之声来恐吓我,但我略一举手之际,它们便一齐受惊夹着尾巴逃走了。我看见它们跛着脚奔逃的样子觉得非常可怜,虽然假如我是一个可欺的人时它们并未忘弃它们的恐吓。村上的人告诉我,那些三脚狗是很有一番经历的。因为这是他们村上的狗，当然是相处已久的了，所以村上的人说起来是不胜感慨的。

中国军队在高浦口激战之后，撤退了。人们便落入了末日的劫运里，能够逃走的全随军队向西逃了，余下一群贫困的和老弱的，只好硬着头皮等在家中静候危难的降临。日军——一连七天七夜，据满了东乡一带所有的屋子，约摸两个月。然后，又开上新的火线去了。这些三脚狗，就是在那些恐怖的日子里苟全了性命活下来的。

有好一些日子，日军还没有进入这个村子，也许生活上的变异也让群狗产生过一些惊慌，但不久便发现这一片变了样的世界倒也不错。田野中和路边躺着许多死尸，因为天气寒冷还没有怎样腐烂，乌鸦已经飞来飞去地转过好些念头了，这让群狗们也兴奋得很，它们成天地跑来跑去，用鼻子使劲儿地嗅着。一嗅到哪儿还有尸体的味道，便一窝蜂地狂吠着跑过去，回来时嘴角的短毛上沾满了紫黑的血渍。这些日子，它们的主人是奈何不得它们的，也只好随它们自由地创造它们的生活。就这样的过了一些日子之后，渐渐地周围的死尸也差不多吃光了，这些已经吃得又胖又壮的群狗，又开始感觉到不安了。它们失掉了这偶然的黄金日子，开始从饥饿中感到了悲哀。它们便成日成夜在街头嚎叫着，那惨厉的嚎叫声引起了人们种种恐怖的想象和一阵阵的颤栗。

这种嚎叫的声音是非常难听的，谁能理解它们因无所为而发出的为了自由的嚎叫呢？也许它们对新来的日军真的毫无意见，更不要说有什么恶意了。但是，它们的嚎叫招致了日军的枪击。那一天，说是日军要到村子里来，村子里自然有些人出去迎接了，他们手里还摇着一块白布当中画着个红饼的旗帜，那些狗也穿夹在中间跑来跑去非常高兴，它们以为新日子来了，该好了。但是新日子并不曾救了它们的饥饿，于是它们重新拉长了喉咙嚎叫起来。群狗嚎叫得使日军心神不宁，于是，日军便连半夜听到狗的叫声也要爬起来开枪，许多狗便在这样的场合下被打死了。有些狗逃到了别处去，直到日军走后才敢回来，回来的都是这一些三脚狗。

知晓了这些三脚狗的遭遇，我虽然或许还要可怜它们，但它们的怯和乏却特别叫我感到讨厌。它们已经完全失掉了正常的生活状态，那一只折断了的脚悬空地虚荡在那里，它们已经很习惯了这种样态，好像本来就是如此一样。原来它们是顺天安命的！但是，这身体的一部分残缺，不能不影响到它们生活的全部，随着一条折断的腿而起了种种变化：它们的毛都脱落了，稀疏得特别厉害，显出一副衰惫的模样，它们的眼睛灰暗而无神，随时带着一种惊慌和疑虑的神色，准备一有祸患便立刻逃开。据说，它们还有特别的一种能力，会分辨出异国人的气味，因之，它们也成了非常过敏的恐日病者，只要一见到穿黄色衣服的人，便一声不响夹起尾巴逃得无影无踪。

我们也可以说这种逃走是好的，因为它们把痛苦的经验铭记在心中，深切戒备，不愿和杀害它们的仇人合作。这还不失其为有志气。

但是，在"江抗""民抗"赶走了日军和杂牌土匪，安定了这些乡村之后，乡村的秩序又渐渐地恢复了起来，有些乡村因为连续两年的好年成，连被烧毁的屋舍也修复起来了。这时，这些吊着不能修复的、折断了腿的狗却也恢复了吠叫的本能，看到穿便服的工作同志，它们知道那是自己人，不会对它们下毒手的，它们便跟着吠叫，好像在仇人面前不敢吠叫，倒要在自己人面前吠叫个痛快似的。虽然那些吠叫的声音已经是非常微弱了，但是，在黑夜行走时遇到了狗群不成腔的吠叫却也非常讨厌。只要稍微蹲下做一个要扔石块的动作，那么它们立刻会吃惊的逃开，但仍旧要嚎叫着，那嚎叫的声音好像哀号又像鸣冤，施展出一副十足无赖的嘴脸。

有一位女同志叹口气说：她听到这种狗吠就心上感到悲凉，不明事理到这个程度，真叫人想着寒心。

我们大家就笑她，难道我们为着狗也要动这样的感情吗？在工作中，多愁善感是要害得人生病的。但是我们工作在这些疲惫的残废的三脚狗中间，所以一些莫名的厌恶的感情还是难免要有。因为住在民家，所以生活和鸡是更为接近了。我们也讨厌鸡。

鸡是非常贪吃的动物，随便什么时候都在东扒扒西抓抓地吃东西，那么气昂昂的好像睥睨一切，但一看到有可吃的东西时就非常迅捷的啄了去。有时，烂脚的同志不留神会受到鸡的猛然一啄，被啄的人正痛彻心肺的时候，鸡却得意地拖着脓血淋漓的纱布条和橡皮膏带咯咯地飞跑开去，两吞三吞便吞下了肚里。然后，它定睛地望一望，看看没有谁追来，便又寻找着吃别的东西去了。农民们捆稻子，它们便赶着抢吃落下的谷粒，一面刚被赶开，一面它们又钻了过来，偷偷地啄了好几口。鸡是什么东西都要吃的，谷粒、虫豸，泥土里扒几扒便又有东西可吃了。它们也吃痰涕，吃粪，有的鸡吃粪便，甚至会不留神跌在粪窑里给淹死了。只有到天晚了，鸡在晚上是看不见东西的，它们才停住了吃，它们是因为夜盲才停止吃的。有时关在鸡笼里的鸡，还要啄它的身边的伙伴一下，直啄得那伙伴怪叫起来。

有一位同志称赞鸡，说鸡是有非常英雄气概的，如果两只雄鸡斗起来的时候，只要一只的颈毛一奋起，另一只便一定应战，可以一直斗到毛血纷飞还不休止；但是，如果其中一只认输把颈毛放下了，那另一只也一定立刻休止，决不追击到底。但，果然是这样吗？我看，鸡对于一切都是茫然无意识的，它们为什么要战斗呢？它们并没有一个必须要斗的原因，等到对面的敌手的颈毛一放下来，它就怅然若失连原来到底做什么也忘记了。如果人也像鸡一样，那才笑话得很！

这不是冤枉它，鸡在许多场合上，它的记忆力真是非常坏的。有一次，我和前面那位同志坐在一个农家看一群鸡在屋前的坪场上扒啄着一堆垃圾。那天闲得很，我们便谈起雄鸡强奸雌鸡不遂后，便常常若无其事。我便以此来证明刚才说的鸡的缺乏记性，那位同志不服气，他说有时雄鸡也常常锲而不舍地追啄雌鸡的。这时，一只雌鸡忽然瞥见离我们一两尺远的地方有一只小蛾子在徘徊着飞，它便老远地低伸着头颈赶了过来，预备一口捉住那蛾子；但当它跑了大约五六尺远的距离，忽然停了下来拉了一堆屎，从此就忘了原先的蛾子，虽然那只蛾子仍旧在飞，可是那只鸡却恍恍惚惚地探望了一下，又一步一步赶回鸡群去抢东西吃了。那同志大笑起来，便承认了我的话。

　　工作过后，有点疲倦了，但是别的同志的工作还没有完，这些时候是没有什么事好做的，无聊起来，便和鸡开开玩笑。把鸡从老远的地方唤了过来，鸡听见唤它的声音，以为有东西吃，便争先围了上来，等它们围近时用手一赶，它们便惊叫着、飞扑着逃开了，再唤，它们又来了。一直这样好几次，只要唤它们总是来，因为它们为了吃，是宁愿相信别人不相信自己的。因之，我们中间有一句话流传了开来，"这人像鸡一样的不接受经验教训！"

　　是不是因为鸡啄了谁的烂疮，或是在人不在的时候跳上桌子扒倒了东西，或是在睡觉的草堆中拉了屎，或是把那讨厌的鸡虱传给了人而讨厌它们呢？这些固然是讨厌的，但真是惹起我们憎恶的不是这些。有好些日子里我是一个宣传鸡的恶德的激烈分子，我讨厌鸡，正因为它是贪吃、愚蠢，也特别显得自私，而这些，大抵都是由于它们是像猪一样，被人们豢养的食用动物，它们的盲昧的生活是走向被屠宰的刀口上去的。

那六个走掉的

在汉口，我送友善他们六个人在大智门车站上火车。他们满怀欣喜地在月台上靠自己的行李包坐着，铁轨上正停靠着一列升火待发的北上的火车。然而，他们却要等这列火车开出之后，搭乘下一列开来的列车才能出发。天气是这样的寒冷，地面全结起了坚滑的冰，沿着月台的两侧形成了好几寸长的冰垂（冰溜子），大家裹紧了棉大衣靠在一起，脱下手套呵着冻红的双手，还要不时地捏捏鼻子和耳朵……但是，他们的心里是快活的，因为等不了多久，列车就要来了，他们便可以被这列火车载走了。一天、两天，不管是几天之后，他们就可以在郑州换车，再换上几次车，赶一些路，便可以到达那久久在梦中渴望着的目的地了。他们是从远在千里之外的地方，结成了一个二三十个伙伴的小团体，一路步行来到武汉。而现在，他们六个终于是眼望着要接近那目的地了。在那儿，他们要放下全部的苦恼——对周围和自己的不满与憎恨，敞开心胸去学习，锻炼着自己，使自己能够健壮的站立起来，然后，走向前方去战斗。一切的愿望都是相同的，而且，经过了这许多时日在一起，所有的话语都无须再重复，分别的话也谈过不少，现在他们只有一个心念，等那趟列车的到来。天已经渐渐的暗下去了，原本便灰蒙蒙的天，现在渐渐的发黑了，月台上的灯也一盏盏的亮了起来。明华一直在自个儿低声唱着她的歌。

买来了一些夹着油条的大饼，大家便在月台上嚼着充饥。在铁轨上的列车开走了，于是大家又高兴了起来，因为，下面来的列车便是他们搭乘的车了。在等待中，焦急的心情稍稍松弛了下来，大家又开始寻找一些可谈论的话题。友善用手擦一擦嘴角上大饼的残屑，拍了拍我的肩头问，"什么时候在那边再见到你？"他的眼中闪耀着那么欢喜和期待的光，但语气中却明显地带有好像知道我不会去那边的惋惜。

"别管我，后会有期！大家知道一点消息就已经很不错了。"我这样坦然地回答他们。

"那么你说，"立群紧追着问了一句，"你会不会去呢？"

"别管什么地方，"我总是那样回答他们，"后会有期便很够了。"

于是大家又安静下来，用等待的眼睛望望黑洞洞的天，望望那站上的大钟。月台上，有许多人各自匆忙的走动着，有一些行李挑来挑去，不过已经很稀少。一会儿，隆隆的列车声从循礼门那边传来了，一个小火车头拖着长长的一列火车靠到站台上，那小火车头又自归自地放下列车开走了。被拖来的是一列铁棚的装满了的货车，上面有兵士在看守，前面是几节载兵士的铁棚车，许多兵士黑黝黝地挤在一起，只有一节大概是为长官预留的，在车厢旁的地上放着一盏美孚提灯。站台上，有几个挑夫搬着行李往车厢里放。友善他们看了之后，估量了一下，便抬起自己的行李往上搬去，有一个兵士喝止了他们。他们告诉对方说："是有公事的"，于是，便被带上了那节待乘的铁棚车，我陪他们一同去见了长官，并且帮他们说明了原委。还将公事拿了出来，那位长官跳下车在月台上的电灯下验看了公事，沉思了一会儿，便皱着眉头说："这是载军用品的车子，不能载人。还是自己去找最后一节押路车上占个空位。"他说完便走开。听了那位长官的话，大家知道就是有这公事也没办法了，只好到最后一节押路车上找了个空位，大家就把行李又拖到了押路车上。这里恰好有一个登车的走道，大家便搬了上去。这走道刚好挤得下六个人，他们把背包打开了两个，铺在地上，过道上面有一个很大的盖顶，前面是两条短铁栏。他们用背包上解下的绳子系在脚踏板的扶手上，使得睡在外面的人不致滚落下去。这样，他们又重新快活起来，望着那面前延伸过去的铁道，好像那铁道已经在脚下滑走似的。

等到半夜一点钟列车才开车，我目送他们的车子离开月台驶向远方，他们在列车上拼命的挥着手，大声地唱着进行曲，伴随着列车的轰鸣声远去了。我望着他们远去，直到发现我自己留在月台上孤零零地，好像我要去追他们的样子，但是我不能，我含着泪水离开了火车站，途中雇了一辆人力车，那车夫沉重的脚步敲着清冷的路，在路上我祝福着他们，也默想着我自己的工作。

回到住处，大家全睡了。我怕惊动他们，轻轻的上床钻进了被窝，好久，才从被窝中把自己的身体温暖过来。我不能入睡，好像那列车开走的隆隆的声音一直在震响着，而且还有那拖长的尖锐的汽笛声；而他们单纯的向往的面容映在我心上，我还能听见他们在唱歌，唱着那么洪亮而激昂的歌……

很好，他们走了，路上也许还要遇到许多的阻难。但是，他们是经历过这么多的苦难来的，他们一定能克服所有的困难和险阻。

我不能入睡，我又爬了起来，把桌上的台灯开亮了，写了一首诗。

一星期后便接到友善从郑州来的信，信是用铅笔写在毛纸上的，我急忙读着来信，他说：他们到了郑州，找到了我为他们介绍的朋友，但无法安排他们的住处，只好住在外面的小旅店里等候转车，大概一两天便动身了。在信的最后才说起，现在他们六个人已经变成五个了，我急忙往下面看：

明华在花园站下来去买一点儿东西，列车立刻开了，她来不及上车。我们竟没办法找到她，现在在郑州等几天，也许她会找到陈君的住处，便会找到我们的。不然，我们想她也许会回到汉口去找你。你最好叫她等有人同行时再走。她很怯弱，我们为她很焦急，可是也没有法子！

我放下了信，在房间里来回走了几次，设想着明华单独在花园的情形，她会怎样呢？我想不出来，也完全把握不到。她最好是回到汉口来，但是，她会一个人向前走的。那么，她怎么一个人走呢？她该是焦急的，她一定不会再那么不断地唱着歌了。这已经是需要她一个人毅然地搏斗的时候了。

而我也有我立刻要做的事，我从壁上取下我的皮短袄，整了整桌上的东西，便出去出席一个会议。

明华没有回到我这儿来。

我终日里忙碌着，在一些集会上，在印刷所里，而且还要写文章。为了写文章，我还要找书读，要找朋友讨论一些问题。眼前的工作，使我放下了对他们的担心和牵挂。我尽量和一些新遇到的人接触，处理一些新遇到的事。而他们也没有再来信，我偶尔会想到他们，我想他们会和我一样，而他们的环境更新，在那样新的紧张的生活里，他们会一样地放下我的。

但是，他们应该至少通知我一个现在在什么地方的地址，而且，明华到底赶上他们没有？我住的地方没有变，我的生活也没变更，通信的地址他们当然应该记得。但是他们竟一直没有再来信，而且临走时候自己叫友善为杂志写一些通讯，也不曾寄来。

就这样的隔了很久，又送走了好些奔向那边的人。春天很快的便过去了，初夏的汉口已经微微有些蒸热了，因为为台儿庄前线的巨大胜利，许多原先从汉口疏散到别处的人们又回来了，大家热烈地庆祝这个胜利，这个胜利还极大地打击了那些失败主义者的阴谋，汉口又陡然的精神焕发起来。可是我因为朋友们的眷属从重庆归来，不得不从原来的住处迁到协会中去住宿,没想到这次搬到协会住宿,却给我带来了一丝稍稍的孤独。

在这个时候我接到了友善和立伟他们的一封信,报告了他们的情况:

——我们现在分开在两处,友善和克权还在抗大,我们三个人已经训练完毕,现在正要出发到山西,将来要在晋察冀边区直接参加战斗。经过这段时间的训练,真想让你看看我们精干、健壮的样子。就是正家的身体不大好,明华也始终没有来,她不曾到你那边去吗?你会到这儿来吗?大家在这儿有时会谈起你,觉得你有许多缺点非克服不行,譬如说,你明知喝酒对于你的身体不好,你还是要喝。我们虽并不像家庭中叮嘱的那样,要注意保重和调养,但是,一个革命者必须有健全的体格,你这样的酗酒,会损伤身体,是不行的,必须改正,这是我们共同的意见。

这信封使我把一连几天的疲劳都恢复了过来。房间里一个人也没有,我高兴得跳了起来。于是,便赶出去到对面的苏常粥店去吃晚饭,自从他们走后,除了在宴会和聚餐中偶尔吃喝几次,已经好久没有喝过酒了。这晚却叫了一盘鸡和一盘虾,独自喝了三壶,在半昏沉中,我想到了他们的样子变得那么坚实而活跃,又想到明华的不知去向。最后,我用手帕揩干了脸上的汗珠和泪水。

虽然并没有喝多少酒,但第二天觉得身体非常疲倦。又过了几天，我便病了，喉咙里咳出带血丝的痰来，这使我感到非常的丧气和惭愧。在病中，我一个人躺在床上，人们都出去了。我只说自己要睡几天，并没有把病情告诉他人。我独自睡着的时候，便想起种种的心事来，我想到他们，而且还想到以后送走的许多人，我觉得他们走得那么勇敢，而我现在只剩了茕然一身。也许这病会重起来，会死，他们会怎样看待我的死呢？我竭力设法丢开这些不去想，但闭上眼睛的时候，我便能看到他们活跃的身影了。

我仍旧每天自己起来吃饭，只是设法避免多和别人说话。下午，我为了避免一些事务，便一个人到利泰洋行附设的一家僻静的茶室去坐一个下午。那里常常整下午只有我一个人在那儿，有时有些白俄女人来喝东西，但也很安静。我每天在那儿喝点牛奶，看看当天的新闻纸和新出的书籍、杂志。这样，一个多星期后我的咯血就止住了。我又回到朋友当中来，没有人知道我这一个多星期的下午在做什么。此后，我便真的常常留心到自己的健康，虽然恢复了以前同样的工作。

他们一直没有再来信，直到我要离开汉口去广州之前，才又接到了立群的信。这封信带来一些不好的消息——正家的战死，但这实在不能算什么不好的消息。立群的信是这样写的：

正家是战死了。我们重新反攻过去的时候，便把他在那儿埋葬了。他的手臂上有被敌人用刀砍伤的创痕，但是，他手中还紧握着那支枪。他是在作战中决定大家撤退时落在了后面，他的身体一直不好，显然，他是经过苦斗后才被杀的。我们一队在这次作战中就他牺牲了，剩下的现在全比他健壮。他战死的消息，我想最好还是暂时不要给他家中知道。我们在这儿，他的战斗任务由我们来承担。

这样坚决的言语，把一切的悲痛全消灭了，我似乎对正家战死的消息并未感到难过，反而兴奋地在街上跑来跑去，遇到熟人，我就拉住告诉他：

"喂，我接到我送走的六个朋友中的一封来信，他们已在正式和敌人作战了，而且，一个已经战死了！"

大家笑话我，说我："反而为朋友的战死那样兴奋。"我并不是为战死者而高兴，我高兴的是还有那些活着的人，他们还在为民族解放战斗着。

当一个每天被忧苦和愤恨煎熬着的青年人，一旦他得到了战斗的能力，他便毅然地去战斗，英勇的在战斗中牺牲。这在他是多么坦然地去趋赴的啊！何况，他的战死，他的战斗任务由活着的人来为他担承，这在他也是没有任何遗憾的。这不会带给我丝毫的悲痛，却因为他们踏上了战斗的征程，使我更加关心他们的战斗。但是从此之后，我又接不到他们的消息了。最后，从友善的来信中，才带给我立群和伯勤死亡的消息。这是真正要使人悲痛和愤怒的消息。

这时我在广州，和一个朋友在一起住着。大家因经济的乏匮，一点办法也没有，想找一点工作，也没有工作可做。沉闷、焦灼的心情，一直笼罩在心头，没有别的办法，只好在家中埋头写一部稿子，准备写成了卖掉做旅费，仍旧回到武汉去。我写给留在武汉的朋友，说我准备回去参加保卫大武汉的工作，他们回信说："非常需要我回去。"我便每天埋头在写作之中，这时友善的信经过多次辗转终于到了广州。我已经好久没有得到他们的消息了，而且，我急需他们的战斗消息来激励我的写作，但这消息是悲惨的！就像是把肢体扭曲一样的痛苦，是最大的悲惨！

　　我们已毕业了，现在各自出发参加战斗。克权已决定通过敌人的战线，比我先出发，到山东去，大概路上要有一两个月的行程，通过敌人的封锁线，需要不少大小的战斗。我是出发到江南的，因为那是我的故乡，工作上可有许多方便，所以我到江南来，到了那边，会再写信给你的。再有，要告诉你的是正家先战死了。现在，立群和伯勤听说为友军的反动分子所袭击，也都遇难了。我们已为他们开过追悼会。这是惨痛的教训，我们现在应该认清，对反动分子的争取和战斗，和对敌人的战斗是同样的迫切，锡金，你注意到没有？

　　是的，我不但注意到，而且，写文章宣传抗战。我曾目击过许多惨痛的事实，我自己也曾受过他们拘留的款待。但是，又有什么比屠杀战士更惨痛的呢？从广州和武汉的沦陷，我已经看到那些反动分子嚣张的气焰，他们到处疯狂的叫嚣、捣乱破坏，到头来却又抱头鼠窜了。事实证明，那些反动分子最后只有在敌人卵翼下苟活的命运。

又一年过去了，友善在江南写信给我：

> 江南整个的都绿了，但是如果你要来写诗还只能写血。你来吧，你应该来，我们需要你来，这儿的情形，只有你来了才会知道得清楚。我们虽然贫困，但是要是你来的话，我还可以请你吃一顿蚕子虾。当然不是请你吃虾来的，让你来看看我们的进步！

每一次我接到他们的信，我总会想起在汉口送他们六个人一起出发的情形。现在，三个死了，两个还在战斗着，而且能愉快地述说着自己的进步。这是什么样的事呀，这留存的两个战斗着的，不是带着死去战士的悲痛而成长的吗？祝福他们，这是最坚实的！

但是，我想起他们，我还不能不想起不知去向的明华，她到底到哪儿去了？

1964 年 6 月 9 日离沪之前

《文阵丛刊之一·水火之间》生活书店，1940 年 7 月

镇市风景

由于命运的差遣，我会来到这些陌生的地方，虽然这些地方与我有些依稀相识，但那已是几年以前残存的记忆；那时我能够在各处自由来往，一点也没有什么顾忌，而现在，和几年前大不相同了，有些人宣誓决不还乡，有的人索性奔走远地，而我，却老远地悄悄地赶了回来，藏头露面地钻到了乡下，因为我要看看自己所熟悉的江南风物，究竟变成了怎样一副模样——

第一个镇市

我坐的小火轮刚经过了搜查，从埠头上开出来了，船舱里不知为什么好像忽然之间有了生气，我望着大家都自由地伸伸腰背，好像是冬眠的蛇在春风中苏醒了一样。我正奇怪地望着他们，忽然，有几个青年大胆地哼起了一支歌，立刻间，好像满船的人都一时里活了。这时，小火轮轰鸣着向前推进，我好像也恢复到几年前在内河乘小火轮航行的感觉，现在，完全恢复了。

船因为歌声的催送，显得轻快起来。

到了我要到达的镇市，我也和许多人一样上了岸，可是不知为什么，在这里我却单独受到了两个穿长衫人的盘诘，但同行的一路装着并不和我相识的人解救了我。在这样的地区里，我希望他们盘诘得愈严密愈好。街市热闹的时间是在上午，已经过去了；石板路上还是潮润润的，好像是拥挤出来的汗，没有干掉的。很少的人在街上走，我走过时，他们一齐留心看我，因为我的脸是陌生的，如果没有同行者，我一定会给他们捆绑起来。

我穿过那些从店铺里向外投射出来的、炯炯的目光，我的眼睛也好奇的在他们的脸上逡巡，我想，这些人是怎样生活过来的？现在又生活得怎样呢？

第二个镇市

站在石桥的拱脊上向下望去，街道的人头短了一截，只见得黑压压的人头攒动。这儿是大路上，那些穿着深色或浅色蓝布裤褂的人们从各条街上流了出来，又流到了别的街道上去，就像两条水色不同的溪流的水，一会儿汇合起来，便打着旋起了小小的波澜，立刻又分开了，两种不同的颜色一小片儿一小片儿地流开去。自己没有事，当然是犯不着站在路中间，承受着挽着篮子、挑着担子的人流的推挤和顶撞。茶园和酒店里都坐满了那些买好了要买东西的人们。我受到豫园茶社青龙招牌上"荡涤襟怀"四个大字的招引，便也进去泡一壶茶，顺带来一盆洗脸水。

一个穿哔叽袍子，黄皮鞋，戴眼镜的少爷，端坐在桌前的藤椅上，从蜜蜡烟嘴子里抽着香烟，抽了一会儿，便好像是孤芳自赏，又好像是要显示一下似的，把他自己带来的一把白铜茶壶拆开，里面有一只小油灯，点起来可以让茶不会冷。他拿一块花手绢擦拭这个白铜茶壶，要把它擦得像自己的皮鞋一般的发亮。老年的方面大耳的"大先生"在看着他的两个在膝头爬上爬下的孙儿，笑着，为他们剥食着熟菱。

一堆人却聚在茶馆的一个角隅，围着一个完全被太阳晒焦了的缺了牙齿的老农。他正坦率地向关注他的人说话，为着帮助说明情形，他的手在不停的挥动着：

"这真是！有什么法子？那关金的娘老早就和我过不去！你晓得吗？她么，是住在我的隔壁；她是我家老四房祥林的孙媳妇，要叫我声好听的哩，她已经没有男人了，当真谁还来欺侮她？

"怨倒也不是这回结的，去年七月初四，她的公公阴寿，她说要做一做，便张罗着请道士来做法事。我是老实人，说老实话，我说这种年成，这样的时势，活人大家顾得周全也很不容易，也可以不用做（法事）了，她已经和我关系有些不睦。后来还是做（法事）了，她说是根生要做的，就是她小叔子的主张呀，我向根生一打听，他说没有这种话，所以，这婆娘便恨透了我，恨了我拆穿了她的心思……

　　"今年末，村上打起太平公醮来了，三年没有打了呀，关金这孩子这样大了，也跟着孩子淘气地追着看这乡间道士做法事。我在田里收花，关金这样的，从我的背后奔过来，啪嗒把我篮子里的花踢了一地，我不过说他几句，这小贼种便放声哭了回去，告诉他妈说是我打了他。他的妈也好，马上就在家里拍桌子跳脚地咒人骂人的；那孩子又跑到我门前骂我"老勿死""老贼""老牌位"！我年纪么活到六十二了，就算打他两下又怎样呢？不料我还没有打他，关金便一个头功撞在我裤裆里，我气极了，按住他给了他几拳吃吃。哎哟，关金的娘就在屋里像疯婆子一样跳了出来，赖在地上哭，说是欺她们孤儿寡妇，后来么说是孩子给我打伤了……

　　"没法子呀，请了她的堂叔朱遂初，那看风水的出来圆场。两下言明，我已经赔了她十二块钱的郎中钱，九块的药膏费了事，现在倒说还要替她退晦气！有伤赔伤，晦气又怎样说法呢？"

　　"朱遂初怎么说呢？"旁边人问。

　　"他出去看风水了呀，"那老农摇摇头说，"现在就是她娘家的亲哥哥凶，他一定不肯干休。我没法子，三年两年这孩子生病死了，我这副老骨头还要赔他的棺材钱，我只好问问自卫会，请大家出来说句公道话了。"

　　"对呀，问村自卫会。"旁边人说，"吴水生的田亩纠纷也是后来到村子的自卫会才解决的。"

　　"总要大家出来说句公道话，要不服就公审一下也好，打伤了人赔偿，没有说什么晦气不晦气的！"

"让村自卫会来说话，说了一句是一句。"

大家提出了这样的意见之后，因为没有反面的意见，所以就静了下来。现在茶社里的人们都在看着街上，有的剥着南瓜子，有的脱了鞋子把一只脚搁起在长凳上。街上的人还是那么挤，就像先前的人还没有走开的那样。

"今天的人足足有三班，"一个茶客说。

"五班也有！"另一个人回答："不敢上城，要拉夫呀！店里小倌都回头'缺货，缺货'了！"

第三个镇市

搜索队走了之后，一会儿，店家的板门就有一扇打了开来了，一个人探头出来望望，街上空荡荡的一个鬼影子也没有了，街上的长石板显得格外的苍白。于是，由于这一家门的响动，别的板门也都打开了。背了包裹下乡间去躲避的，仍旧又背了包裹回来了。到今天，在表面上看来，和前天的镇市一点也没有什么两样了。

只是大家互相说着昨天的事。

"那个女的呀，也跳在水里了，她抱了一根木桩扬起了头向下游游去，被他们看到，就用枪指着她，说不上来就马上开枪，她又爬了上来，结果还是捉去。"

"烟馆里的杨若春已经放出来了，他说我是贩土的，你们捉错了人，就放了出来。"

"协源祥的店门没有来得及关，索性就没有关，他们就闯进来！他们对张镇和说：'我们知道你们组织了什么商民协会，青年协会，职工协会，我们都知道的，你们当心点！'看来他们真有点儿知道的。"

"知道又怎样？在面店门口他们还拾到了一张大众报，一面看一面嘴里'唔唔'地摇头摆脑，接着便叹了一口气，仍然把这张报纸丢在地上，也没有带走。"

假如这时候有一个谣言，说是鬼子又来了，那么又惊得大家鸡飞狗跳的，等到过了一会儿，又平静了，于是大家又互相安慰着说：

"假情报！"

只有他们搜索队吃了一次苦头之后，（要吃得重）那么大家很安心，大概总有一个很长的时间，他们不会再来了。

第四个镇市

在深黑的暗巷里走着，单凭脚上似乎有一种灵敏的触觉可以探路。街灯在后面不过是一个淡黄的影子。

这时，听到了歌声，由一个声音领着唱了一句，接着便有很多声音跟上去唱；大喉咙的，尖喉咙的，混杂成一团。这歌声就是我在来时的小火轮上听到的，也像是在别的好多地方也听到的一样，能唱歌的人总是可爱的。

再往前走去，歌声就没有了。前面有了手电筒的闪光，有许多男男女女的青年人在电筒的闪光里显现着他们的身影，三五成群地从前面的大屋子里走了出来，他们手扶着肩，谈笑着，渐渐的在黑巷里散开了，我又听到他们中的谁在低声唱着刚才听到的歌。

第五个镇市

我找到了一家旅店，在后街的僻静的巷子里。那旅馆不过是有几个空房间，搁了几张铺，外面是没有招牌的。周围安静得很，可以听见隔着院子有一只母鸡报蛋的声音。

旅店的老板病倒了，老板娘也病了。白天，他们还撑着出来招呼一下。到晚上，就只剩下两个大女孩子在等着客人们回来，不知道还要有什么使唤。那天晚上，她们中的一个到我房中来冲开水，她手上抓着一本翻开的小册子。

"什么？"我问她。"唱本吗？"

"不是的，"她说，把手里油印的小册子拿给我看："是识字课本。"

"这是你读的吗？"

"我读过了，我教芹妹读。"

"芹妹是谁呀？"

"就是外面的那个，是我们对门的。"

"不是老板的女儿吗？"

"不是，我是老板的女儿。"

"谁教你读的呀？"

"我们有上文化课的。"

"怎么？这里店里有人上文化课吗？"

"不，"她笑了。"我本来不在店里，我从××请假回来的，因为家里人都病了，没有人招呼。芹妹是小姊妹，来陪陪我的。"

"她倒高兴读书？"

"是的。她还想和我一起去，做工作。"

她把水吊子放在地上，替我把窗子也关好了，提了水吊子预备出去：

"早点睡觉吧，晚上把东西都放好，放在一处地方，明天清早要有事情拿了就好走。不过放心，不会有什么事的，假如有事我会来叫醒你的。"

第六个镇市

镇上有三座桥，把跨在两岸的房屋连接起来，而街道也因桥而连接起来。在早市时，摊床很多一个挨着一个，人们在桥上挤来挤去，尤其是当中那顶桥，差不多人就都聚在桥下面。在桥头的茶楼上喝茶，理发，捶背的声音清脆地响着，人们也有在桥背上歇腿看风景的。

有两个人站在桥的南堍，手里各拿一把长扫帚，头上都戴着破凉帽。一个的头低着，望着自己的脚，而另一个麻脸的，却大声地恳切地在和围着他们的人叫喊，他的脸上充着血，泛着紫红的油光：

"喂，诸位伯伯，叔叔，弟兄姊妹！我们为什么要站在这里？我们为什么要来扫街？你们都要奇怪的。是的！

我应该讲给大家听，我们不是扫街夫，但是我们要扫三天街，把我们的事讲给大家听。诸位伯伯，叔叔！有很多认识我们的，抬举我们，选我们出来负责镇自卫会，我们如果做事不对，就对不起你们！中秋节的晚上，我们通知大家不许赌。我是负责查赌的，我查到了前街陈家，他们在打牌，给我查到了；他们请求我，说是过节难得，而且留住我不放我出来，怕我出来了再通知别人来查他们。我因为大家都是熟人，碍着面子就真的坐了下来吃了面包，而且后来还替他们'拉皮箱'代了几副牌。诸位，这不是一件小事情！如果我被你们选出来，而我却这样做事，我实在对不起你们，现在，经过了公审，大家判决我们扫三天街，我觉得太少了，不够！我要把因为顾及面子而犯的错误，毫不留情的说出来给大家听。要大家知道这样做事是要不得的，不要说大事，连这点事也做不成！这位孙家驹，他也是镇自卫会的公务员，他明知道在禁止吸烟，没有照是决不许吸鸦片的，但是他自己却带了没有照的亲戚去吸鸦片！如果我们这些事情都可以马虎，那什么事都也不会做好。诸位，我要说给你们听……

"喂，诸位伯伯，叔叔，兄弟姊妹们！我们……"

第七个镇市

早市在天还黑着的时候就开始了，可是正像早起赶路碰到隔夜人那样，有的人隔夜整夜的就没有睡觉。

许多的小船都从各处的河塘里摇了来，在天刚刚泛出一点儿微白的光的时候，镇上已充满了人的喧闹了，菜皮在地上被脚踏得稀烂，在斜晒过来的太阳里，特别流荡着一种干菜和鱼腥的气息。

镇上的时间并不是准确的时钟，大家都按照一定的刻板的作息时间来生活。因之，只要稍微在生活上有了一点变动，也很可以在人们脸上看出来。有些人照平常一样的在街上走，可是他们的脸上有一种疲倦的苍白，走进阳光时，便把眼睛眯了起来，但他们的精神却依然很好，说话说得格外响，忽然又跑开了。

在那些踏烂了的菜和污泥中间，今天特别有许多红红绿绿的纸片，还有破了的灯笼壳子，而那些忙碌的人，正招呼着大家扫掉这些昨天夜里留下的东西。

我走到那镇后的广场上看了一会儿，那广场的草都给坐平了。昨夜搭舞台的地方，台子已拆了，还有三根竖着的大竹杠子没拔下来。而一些铺舞台的板子还堆在一边，有几个人正在忙碌地抬走，那些板子厚得很，因之，抬起来非常沉重；我细细的看了，不禁笑起来，原来是上好的棺材板。

"有五千人！"一个兴奋地招呼着的人告诉我，随即他又跑开了，扯着墙上没扯净的红纸，他们要在八点钟以前，把那些东西完全撤掉，使得看上去好像就不曾有过昨夜的事一样。

许多的镇市

我不能再说那其余的了，因为那虽然还有许多许多，我有点顾忌不能再说。但是我所以一定要说上一点，这是因为这许多情形叫陌生的我看了很新鲜，也许过几天会不觉得新鲜了，那么，再有新鲜的事叫我想说一说的时候，这些镇市一定又变出了新样子来了。

上海《大陆月刊》第 1 卷第 5 期，1941 年 1 月 20 日

牛

　　吴同志在搁门板预备睡觉了，他的瘦削的脸上照着煤油灯的微弱的光越发觉得苍白憔悴，但他坚决地不肯听从我们的劝告再到后方医院去休养一下，而支撑着他的病后的身子整天劳碌。我把我的薄棉被递给他，叫他垫在底下可以软些，他苦笑了一下，说："我什么地方都睡过了，连牛大姊也陪在一起睡过了，还讲究睡得舒服吗？"

　　他说的是从前他被日军搜索到了又脱逃出来，一连好几夜在牛栏中藏身的故事。"狐狸有洞，飞鸟有巢，人子没有枕头的地方。"战斗确实是艰苦的，我初到这里的时候，正是初秋，蚊虫大得有三分多长，花脚的，竖屁股像锥子样的疟蚊，一到傍晚就飞集在周围，结成一阵轻雷一样的轰响。我没有帐子，只有一条薄棉被混头混脑的裹着睡，一会儿便周身的汗涌出得像洗过浴一样。没办法，揭开了被，蚊虫便立刻用尖锐的长喙进攻了，毫不容情地隔开衣裤也刺得进皮里，一会儿浑身发痒，皮肤上涨起的累累的巨大的硬块。不必用手去拍，黑暗里只要随手往身上一摸，便可摸到一手湿漉漉的鲜血，连带好几个打烂了的蚊虫的尸体。这样的情形实在教人坐卧难安，没奈何走到屋外去在露天里走动走动，便稍好些，只要稍为停顿一下，蚊虫便立刻又集满了。这时我看到系在石拴上的牛，也正在踢踏跳纵，在它的身边上风头的地方，有一个冒着浓烟的草堆，这是它的主人在傍晚时就为它预备好的烟堆。这些燃着了的草，上面再用草盖紧了，于是只好闷在里面发烟，由轻风吹送过来为牛驱赶蚊子。但是有时风吹得大了，那些浓烟便一下子蹿出了火苗，剌啦剌啦地燃烧起来，把牛熏得只好远远避开，一会儿草烧完了，蚊虫便无所顾忌了。所以主人也常常在半夜起来看看烟堆，加点草，或者风向变了，便把牛换一个地位。所以即使是一只牛，在那样的时候也比我们有人照料，但是我们并不因此就羡慕牛。

正像吴同志所称的那样，我曾留心过一下，各处村子里所有的果然都是牝牛，开始是有点叫我觉得奇怪的。后来才由一位农民出身的同志为我解释了原因，农家的养牛，大概都是田多养水牛，田少养黄牛，但大都不愿养牡牛。这因为牡牛在交配以后，便不肯好好做工，到一年的春秋两季，正是牛的交配期，这时，牡牛会倔强得像疯狂的一般，虽然人有办法牧养和驱使牛，但遇到蛮牛便无法可想了。所以，牡牛是只养在产牛之区——宜兴等地的山间的，过多时便卖给屠场；而牝牛则可以驱使来做耕种、戽水、牵磨等等的劳作，虽然也有怀春的时候，但比牡牛是含蓄得多了，所以可以一直使用到老了，再卖给屠场。中间还可以设法借或偷到牡牛来渡种，产些小牛出来，但这要使牡牛的脾气变坏的，往往会坏到不可收拾，所以有牡牛的主人当然是极端反对的，如果发现有谁偷了他的牡牛渡种了，那么，非大起交涉不可，或则甚至要弄到动武殴打。

牛的生命是属于主人的，一切是被支配的。而我们，正是用战斗来反对人类中的蓄奴制度和剥削制度的，看到牛的生活，确实会教人想到许多人类的生活的可悲痛的情况。但是，当一切都交付给战斗去解决时，我们也只忙于应付当前的急剧的奇谲万变的艰难而危险的情势，整个生命让火一样燃烧着的胜利的期望所占有了。

我们在乡间的生活，和牛仅有一点间接关系而已，我们住在农家，而牛是农家养的，虽然被日军宰杀了很多，但由于日军被"江抗""民抗"逐走，不敢来骚扰，两年来的平静生活，又使农民们能够养起牛来了。因之我们在农村中来来去去，也就常常和庞然大物的牛交了朋友。牛是茫然无知的，大概它们看到我们就当作它们的主人一般。据农村的传说，牛的眼睛看物体是不正确的，明明人的身体比牛小得多，而从牛的眼睛看来，则人的身体大得像一座山一样。人原来就是利用了牛的这种错觉和观念才能驾驭它们的。

日子一久，许多驾驭牛的方法也由农民教给我们了。吆喝起来，百应百验。牛在水车棚里拖着水车盘，两块弯拱的竹片罩在它的眼睛上，因为什么都看不见，它便只好拖着水车盘一直不停地走着。我们一大群人在河里摇船经过，有些同志高兴起来就和牛开开玩笑，等到临近便向牛高叫："嗬！嗬！"

牛已经走得差不多倦了，正巴望听见这样的一声，便立刻停住了脚步，但我们也不妨碍它的工作，随即便向它叫：
"嗨！嗨！"

牛像被鞭子抽了一样的一惊，便立刻又放开步走了起来。引得看水车棚的村童也笑了起来。这些驱使牛的口令，渐渐的也成了我们互相笑谑的口令，像我们一群人行动时，我们招呼别的同志不叫向左转、向右转而叫："牵""偏"；在夜间，我们招呼别的同志留心脚步时叫："叩！叩！"受到笑谑的人常常是要抗辩的，因为谁也不愿被当作牛。

虽然农民们是非常看重他们的牛的，因为他们倚仗牛，牛的价钱已涨到差不多近千元一头了，这当然是他们的高价的生产工具。现在，在"江抗""民抗"的地区中有许多农民向别的受难的地区中买牛的，他们用新拴的绳子牵着买来的牛回家，满脸都含着笑，而那被买回来的牛呢，也像新嫁娘似的头上披几条红红绿绿的布条，低着头一步步走到它的新主人的家中来，为他们劳役到死。农民们对于牛当然是很有感情的，我看见一个农民在牛棚里很亲热地摸着一匹黄牛的毛，低声和它说了好半天的话，当他和牛说话时，他当然不知道我在看着他，而他说得那么认真，牛把脖子顿一顿，他高兴地笑了起来，仿佛牛像真的听懂了他的话似的。而又一次，我在一处看到一个农家全家在号啕痛哭，我以为发生了什么事，赶去一问，原来他们在哭他们病死了的牛。但不久，那死牛也卖出去了，那些牛皮牛角牛骨还是值钱的，而且说不定那病死了的牛肉还是一样卖给人吃。

但卖牛的人决不肯连拴牛的绳子一齐卖掉，故买主必须准备新的拴绳将牛牵回来，而牛却是从来也不会想到这些的。当我看到牛巨大的络满红丝的茫然的眼睛，看到它的无感觉、不置可否的态度，我就感到悲哀。在劳作之后，它们安定地被一根绳子拴在树桩或石桩上，由于怕热，不住地喘息着，它们多泪的眼眶上和被犁轭擦破的血淋淋的颈骨上集满了蝇蛆。它们用尾巴不住地拍打着，驱赶那些吸血的牛虻和蚊虫，水牛则索性把身子浸在泥淖里。它们用平坦的上颚撕扯着青草，然后又踱到别地方再吐出来慢慢地反刍，还不时地大声地叹着气。这样的耐苦和安命，对役使它们的人类说来，当然是一种值得称许的美德。

但是现在终于是秋天了。牛也有了比较空闲的时候，牧童们把牛牵到大树下、草坪上拴好，便自顾自地结伴一起玩耍，斗草，翻跟斗，学打仗。我看到好几匹牝牛在草坪上嚼着草，阵阵秋风吹拂着它们，也激起了它们一些内在的冲动，于是它们伸长了脖子叫了起来。那粗大而厚重的叫声在田野宁静的空气中回荡开来，我不禁吃了一惊。因为这是它们述说自己苦闷和欲望的声音，这声音那样简单而宏大，像是把一切怨苦都从里面吼了出来，似乎是在说："我要！我要！"

有女同车

　　乘坐公共车辆我从来有意决不让座，因为那是有悖于平等的原则的，从来只有我让给人而决不会有人让给我。而奇怪得很，许多高贵的女人们好像她们真是软体动物似的，往往一上车便先溜一眼有没有空位子；如果有，便争先的把身子一扭便坐了下来。如果有的仅是一点空隙，那她们也会挤着坐下，直挤得她旁边的人的半条腿被她压紧得发麻，只好自动的向旁边再挪开一点，让她坐得舒服。如果遇到连可以挤下去的空隙也没有，那么她们也会从坐着的人的心理上搜寻空隙；搜寻到了，便有意的望着你，或是向你笑一笑，或是做出娇弱不胜的样子，意思是谁能起来夺这一个让座的标呢？如果这不发生效力，于是她们便显出带了一点轻蔑的放弃态度的冷淡；但那不是真的放弃了，她那态度依然是显给你看的，意思是你这伧夫怎么一点不懂礼貌呢？如果你要懂得礼貌，那这时站起来让她们也还来得及。因为她们的意思不过是要坐罢了，有了座也不问其他了。而我在坐车事件上是一个绝对的平等主义者，因此每次看她们装腔作势，而我总是无动于衷。因为我每逢到这样要被迫让座的情形时就这样想：如果我是一个美国男子呢？也许我要在这时把我的大礼帽放在手中了；但是我是一个中国男子，我可不能把痰往肚里咽。这样想想，于是就对她们不瞅不睬，任凭她们怎样觉得不高兴，我可不愿意让座给她们，正像我从来没有希望过她们会让座给我一样。于是有那么一次，一位身上发着异香的高贵女人很礼貌的用一半恳商一半命令的口气向我说话了：

"请你让我坐一坐好不好？"

我正想那女人为什么那样香呢？而同时，因为我已经奔走了整个下半天实在已经疲倦了，于是我也很礼貌的用一半解释一半拒绝的口气回答她：

"抱歉得很，我实在疲倦得很呢！"

这其实应该算是很平常的话，但却引得旁边的人都笑了。而另外一位任侠好义的正人君子站起来让给了她，而且用十分憎恨的神气向我投过来一个谴责的白眼。于是我心里很难过，我难过这位正人君子的卫道的态度，使我对他所卫的道愈加深痛恶绝。但是我知道，就连旁边那些哄笑的人也在内，他们虽然程度上有多少的不同，但他们无疑的都是像承认车辆可以代步一样的承认过让座，而认为拒绝让座一事和被拒绝让座是可笑的。因之使我想起了许多关于他们的不好的念头，但转过来又想，既然让座的举动是有那样的人要别人让的，也有人愿意让的，则看样子还只好让它在要人让和要让人的人们中间一直让下去。而我，却为了讨厌看到让座，常常安步不坐车。只有实在疲倦的时候才又坐次车。

这次我又坐了一辆无轨电车到很远的朋友家去，上去时很空，而立刻就拥挤不堪了，载了一车子的不知要不要人让座和要不要让别人座的人向前驶去。我坐在一个位置上，被挤紧在中间，连脖子也很不容易回转。于是望见了站在我面前的许多人，在他们的脸上都有一种毅然决然的神气，好像这中间就没有一个懦夫。但是我又想，这些人匆匆的为什么事奔走呢？这是不可知的，正像我的到那儿去做什么在他们也是不可知的一样。但是就在这时间，我却又想，大概我可以决定，这中间没有一个人是和我奔赴相同的目的的，不会相同的！

车子疾驶着，又停下了，有些人下去了，而却有更多的人气势汹汹的挤了上来。卖票人喊叫着大家往里挤些，于是刚上车的人也挤进来了，当头的是一个穿旧青呢大衣的日本男子，头上戴一顶打鸟帽；他两肘很粗暴地推开了里面的人，因为他的粗暴，原来的人们都便让开一些，于是从他的腋下钻出一个女人来，在我面前站定了。我看了看那女人，那是一个矮小的简单的女人，好像上帝不会对于她的制作加过工，她也从不会为自己花上一些工夫加工改造过，所以看上去她不过是一种简陋的作物罢了。她穿一件花格子呢的旧大衣，领上有一沿灰色的皮也脱毛了，露出里面白色的皮板来。一顶绒线结的帽子，已很旧了，斜罩在她梳齐的短发上面，因为外面的风很冷，所以她的略略肥胖的脸都吹红了，特别是那一个吹红了的扁平的小鼻子来得触目。她的容貌很呆板，恐怕并不是冷风吹去了她的流动的笑颜，她的呆滞的大眼睛和略略鼓起的嘴唇便显得她

是一个不常常有笑的人。她很拘谨地站在那里，在她的臂中挟
了一个相当大的包裹，那包裹的绽开处露出里面包的是一些衣
物。而看到她的抱紧在包裹上的手时，那两只手是粗大的，全
给冬天的风给吹坏了，手背红肿得像小馒头似的，而且裂开了，
冻结着成条血印。我看着她不禁为她感到悲哀，她迢迢万里的
赶到异国来究竟为的什么呢？对她，一点都不引起我的被伤害
者的仇恨来，因为在任何事件上，女人总不过是一个附属的东
西，即使她作恶，也是整个恶中附带一部分罢了，我不能针对
了一部分而忽略去整个的恶。但是我为她感到悲哀的是她的从
远远的重洋外来到这里，究竟是什么也得不到。从她的外形看来，
也许她在国内时是一个女工，或者是一个农妇，到了国外来时
仍旧一点儿也没有能把她的命运改善，掠夺者的俘虏品中什么
是属于她的呢？同样的劳役，同样的辛勤，而维持了所有的勤
劳的人们被压榨的命运。中国是一片荒土、残墟，幸福是不属
于被驱策的人们的，于是她和像她一样的人都瑟索在寒风里，
让自己的手的龟裂中迸出血来，而别人却歌颂着征服者的业绩！
在她是没有一点儿希望的，既不会变成搽香水的贵妇，也不会
得到她的勤劳应得到的财富，而就这样漂泊到了荒凉的大陆上，
要为那些少数的人献出她终身的辛苦！

车子因为载重的缘故，行动时觉得特别笨重，好像有一个
大力拖扯着向前，而不久便显得平易得多了，好像重量在飞驶
中减轻了。那日本男子的身后还有好几个日本男子，一样的穿
着很旧的衣服；但是他们都兴高采烈地在谈笑着，虽然他们的
破碎支离的语言并不为我所懂，我却理会了他们的一种倨傲的

旁若无人的态度。我不知道是什么叫他们那样的高兴，也许他们就在高兴全车的人都默然不作一声而他们却可以畅声的谈笑吧。他们的语声里很有放纵的狂浪的意思，但是，那日本女人，却静默地站在我面前，把眼睛瞟着窗外的迅速移动的事物。好像那些男子们的高兴和她是全无关系的。

车子停了又开了，现在转入一条曲折盘旋的路上，路是狭隘的，充塞着行人。于是车子因转弯或停顿，常常使车里的人站立不稳，向前后左右倾侧，在人群中间略略的因为这些倾侧而起了一点纷扰，而接着，又一个倾侧又来了。这时我前面的女人特别觉得困难，她手里抱着的大包裹时时有挤掉的可能，而她紧紧地抱着，一个倾侧又使她站立不稳。我看见她在每一次倾侧时都要很局促地望望那些男子，似乎有害怕被他们责怪的意思。这样的畏怯，甚至有一次她因过分的倾侧竟完全倒在我的身上，窘迫使她的耳根都涨红了。因之又使我想起了许多对卫道者所卫的道的诅咒的不好的念头，诅咒他们的自私和狭隘。而车子在这时正左一个弯右一个弯地转动着，于是，那女人只好腾出一只手来去拉车顶上的铜杠子。可悲得很，她是那么的矮小，她的手伸直了竟完全够不到那铜杠子，而车子又一个转弯，她踮起了的脚尖支不住身子，于是便又跌在我身上。

于是我便站起来，把我的座位让给她坐了。这应该是完全合于让座于弱小者的道理的，虽然她并不是一个美丽的香喷喷的女人。但是，就在这时候，差不多全车的人都以一种谴责的眼光向我集中，我注意了其中一双仇视我的眼光，那眼光中放射着一种轻蔑的恶毒的嘲讽。于是我把眼光从他们的脸上移开，注视到窗外去，而我深深地理解了他们的谴责的意思。我知道了他们怎样的理解我，他们猜度我是怎样的人，他们肯定我的让座给一日本女人含有着怎样的意思。我知道他们的对我的轻蔑同时也触发了他们心中的哀怨，于是，他们投出了他们的反抗的憎恶的一眼。一种被误解的反抗的心情从我心中涌起来，虽然这些卫道者们比起先前的卫道者已经是强盛了许多的，但是，在那一瞬间我极愿意其中有一个人更坦率地向我提出诘责，不要仅以轻蔑了事；而同时，我也明知道决不会有那样的一个人那样做的，于是我更难过起来。这世间果真是没有一点儿爱，只有恨了吗？是的，我这样的回答自己，因为我知道每一个人的心头都压着许多的创痛的！

车子已到了我的目的地，我设法轻轻的从人丛中挤出去，一面招呼着，为挤动他们而道歉着，好容易挤到了门口，必须挤过那几个日本男子才能下车。我的身子从他们中间挤过的时候，我同样的说道歉的话："对不起，对不起！"

但那一个戴打鸟帽的日本男子却大声地用中国话呵斥我："咄，好好叫！"

我在他的呵斥中跳下了车，听见后面车门口的其他日本男子都扬起一阵哄笑，我往前走，带着更大的怅惘，车子又开动了，驶过我的身旁时，那震响着的声音加重压在我的心上，就像整个车子都压到我身上一样，把一切怪异的行动都压得粉碎了。

上海《大陆月刊》第（2）3 卷第 1 期，1941 年 5 月

浴

在浴室里，我们赤裸裸地对立着，没有一根毛发是遮掩着的；蒸汽腾起来，像是浓雾，温暖而潮湿的浓雾里，我们的毛孔多么舒服地张开了。盆里的水放满了，我们跳到盆里去，我们谢绝了擦背的：

——"我们怕痒哩！"

拍着水；用肥皂擦去身上许多时日堆积下的尘垢，再用毛巾拖洗着，热水从头上流下背脊，从胸前也有两股支流淌下；拖洗着腿，拖洗着双臂，扒着脚趾连细处都洗尽了。皮肤经过热润和摩擦都发出充血的红色来。然后，拔去盆底的橡皮塞，排除了污浊的水，换上一盆清的；我们安静地躺卧在温暖的水里，让水浸没了我们整个的身体，只有头是露出的。

"洗浴的情调太好了，"他从盆中坐起来说："人生有多少时候，大家肯赤裸裸地相对着呢！"

"洗浴的机会倒是多的，是心灵上赤裸裸地相对着的时候太少了。"我感慨地说。

他若有所思地望着我，似乎是猜揣我的话里有没有藏着针锋。

"自从最初第一个穿上了用树叶子做成的衣服，人们就从心上藏起了一个秘密，这秘密在心头慢慢地腐烂，烂成一束奇丑的罪恶。世故，人情，你曾几次用善意来劝劝我，是的，虚伪和欺骗，都是一件浓血染成的彩色斑斓的并不好看的外衣，但人们都拼命地抢来套在头上，钻了进去，不再脱出了。像是染上鸦片的人，像是一个孩子瞒着人在黑暗的墙角里手淫，他自己哪里不是明白的时候接受这懊丧的责打呢？但是一切过失的再犯，并不是不得已的：他不能克服自己的欲求的冲动，他没有勇气，他没有毅力！他是弱者！他是懦虫！一个人既然能够认识自己，却仍不能自持，反向丑恶和黑暗势力去妥协，而且甚至摇尾乞怜，他正如浮士德出卖他的灵魂给予恶魔一样，他终于要让恶魔裂碎了他的尸身，我们能静心地倾听恶魔的胜利的歌唱吗？我们自己的歌声不会淹没它们的歌声？"我知道自己的话是要使他认为是任性的。

在如雾的水汽中，我看见他凝视着我，木然地毫不摇动；脸上的汗珠挂下来，他也不拭。慢慢地他脸上绽出一丝微笑来，他是常常看我做小孩子的。他常说：你年轻，你是我的弟弟。

"一个人是总有真情相示的时候的，因为他到底是一个人。一个'人'是永不会有真情对别人的，因为他已经成为一个'人'。"我艰难地要表达出这句话的意思，引得他大笑了。他仍旧躺到水里去，一手按住龙头，在盆里再加些热水。悠闲地做着这些事。

"你的龌龊还没有拖洗干净！"我说一句双关话。

"像你这样，你在毒汁中浸着的时候已经太多了，因之你要渐渐将一切不合理的倒认为当然了……"我再要补充下去。

"唉，小弟弟，你知道你的周围都是这样的！"他淡然地加上一句。

"那么，我们去投降这丑恶的势力吗？我们自己的理想是这样的卑下吗？"我拍一下大腿，几乎是说教的姿势对他大嚷起来。

"谁不是这样想着呢？"他猛然在盆里坐起来。但马上他像是噤住了，颓然地呆坐着不动，两眼狠望着我像有许多话要说出来而说不出。我等着他，等着他，许久，他还是没有说出来。只让电灯在雾气里发着黄光。

但当我打算着要再接下去时，他却像梦呓般地说出话来，声音是低沉而带些嘶哑：

> "我是比你先走进社会两年了，以后，你是会明白，你还是会跟着我走。在一切不合理的事都会被认为是对的时候。"

我只是笑着，我也不知这时我的笑容是怎样，我只知道我的笑使他十分难受。他瞅着我，但不久他又像若无其事似的脸上又堆起了微笑。他也陪着我笑了。两个另外的浴客推了门进来，一阵室外的较冷的空气使我精神一爽。

他很快地在用干巾擦抹身上的水，我也跟着他揩拭起来；揩干了，趿上木屐走出门外，他已在很快地穿他的衣服；等我穿好了衣服，他已把浴钱付了。我们走出门外很快的在人群里赶着路，我们好像没有什么话可讲，似乎方才的话已经说得太多了。

浴后的清爽使我十分高兴，但他总是闷不作声。

殉　情　者

　　"你来了？好极了！"一见面，他嘴里就急迫地这样表示了不期而遇的欢迎，同时他的眼却看了看桌上的表，又滑过去瞥了一下默坐在桌子前面藤椅上的露的脸。"我们都盼望你来，我说这两天你一定会来一趟的。露，不是吗？你看他到底来了！但是，我可不能留着陪你们谈天。我两点钟要去上班，四点钟还要抽身出来开壁报队的会；现在，已经一点过了，我们还是一同出去到山上走走吧。"

　　他说完话，立刻一面披上上衣，随手把一些铅笔、表、小簿子等精细而熟悉地放进一个个衣袋里。想了一想，不再遗漏什么，于是向露点了点头，便把左手举起，抚在我的背上，推挽着一同下了楼梯。出门便是那横亘着的苍郁的山，我们沿着那斜高上去的柏油马路默默地走着。一队穿青制服的人走过，打着布旗，他们是募捐队，转一个弯，那边就是一条穿过山腰的隧道，旁边有很开阔的登山的石级。

　　"很好吗？"路上，我这样开了话头。

"唔，我正要和你商量商量。"

循着那上山的石级，我们便往上走。炙热的太阳叫我们渗出一身汗来，树阴下有许多卖荸荠的小贩，一串串白念珠球似的削了皮的荸荠浸在水桶里，引起又渴又热的人们的难以遏止的欲望。他停了下来，摸出了几个分子，捡了二十多个带皮的荸荠，把手捧了。

"我们到上面去吃，我口袋里有小刀子。"他说。

我们在一块从泥里拱出的岩石上坐下。他摸出小刀来，用手帕揩干净了，便削起荸荠来。我们一面吃着，一面便谈开了："我一定要请你来一趟，你帮我想想法子，露近来真弄得我不知怎样才好。"他苦恼地说，停下他的削荸荠的手。"你想，我白天要办公十小时，还有壁报队的工作；还有'青救'的工作。'青救'的登记呈请了很久一直都没有弄下来，现在又说是不合法了，要解散！这一部分的工作搁下来当然是不好了。另外，有许多职业青年，成立了一个青年业余社，这样，工作便可以化整为零的继续下去。这里的工作做得很好，我更放不了手。可是，每天夜里她总是要哭，我连觉都睡不好，这叫我怎么成呢？"

"怎么？她想家吗？"

"不，让我跟你详细谈谈。"他用竭力忍耐但显然仍不宁静的眼神看了一看表："我要赶一刻钟的路，现在还有三十分钟好谈。等会儿我们打那一头下去，你是不是就要过江？我们等下顺路一直谈到下山好了。原来，我的情形你是知道的：露是我朋友的妹妹，我得照顾她，但是事情又不这样简单。你知道我在南京的时候，那时我杭州的学校已宣传把我开除了，——而且许多同学都被捕了。我不愿意回家，所以一直住在苇的那里。苇是我杭州的同学，非常照顾我，我还用了她很多钱。那时她在一个机关里有职业，我们一向过的很好。直到我离开了南京到这里来，又在那小县城里坐了四个月牢，苇还一直跟我通着信，一直到她也找到了一个很好的男人，我们才很自然的结束了。不错，确乎是结束了，当时我就把她的许多来信捆在一起，放到一只动不到的抽屉里；就是那一笔钱我还没有还她。你知道，这次露她们起初是逃难到徐州，是我叫她到这儿来的，她自己也要来；我以为她来了之后，一则可以省得东奔西逃，再则，她还有能力做一些工作。我给你看过她的几封来信，你会知道她是一个个性很强的女孩子；尤其是她又做过几年小学教员。女孩子能够自立，当然便免不了要有点自负不凡。可是，她倒还有点尊重我，因为我们隔开了好多年，时常在通信中谈谈读过的书和许多各种的问题，我曾经花一些工夫和她解释过很多，这里面，她觉得我是对的。她相信我像相信一个可以相信的朋友一样，这使我更感到义不容辞的责任，从这里，也许你从前说的我们的恋爱关系就这样开始的。可是，谁想到在这几天，她却失望了，失望的很厉害；这大概是因为我每天有许多工夫消耗在外面，同时又没有能替她找到适当的工作，她在家没有事好做，便翻看了我的抽屉和过去的日记簿之类。于是，以前苇给我的那些信也给她看到了，这些过去的事情使她伤了心，她觉得我欺骗了她。——过去我曾在给她的一封信上说起大家还是做一个朋友的话，她计算出来，那正是苇和我很密切的时候，因此，现在，我不是爱她，而是把她来填补一个空档，这使她十分难过。你想，她是这样一个女孩子！她是要求一种开天辟地的'纯洁'的；也不，总之她是要求一种'纯洁'，一种她自己也说不明白的'纯洁'，她立刻就要离开这里，但是，又没有适当的地方好走，于是就时时哭泣着。我呢？我不能向她解释什么，因为她认为这不过是欺骗的文饰。她那气愤变成可怕的自残，拼命的抽烟喝酒，到晚上就一个人哭。这失望拒绝了一切的弥补，我一点办法也没有，我显得不知所措起来，朋友中我只有和你好商量，你一定要代我想个什么办法！"

"哪有什么特别的办法呢？"我说："无论如何这是要解释清楚才行。"

"解释？那我可不成！"他叹了一口气："我什么办法的解释都想过做过了，也许这也要你帮我的忙。"

"这倒不容易，"我摇摇头拒绝那一种要求。"要不呢，还是替她找点工作，让她在工作里找到点意义、安慰，让她看到还有这么多要紧的来不及做的事，知道恋爱并不是生活的唯一的意义。其实，我们现在本来是不能恋爱的，不是说我们就只有工作不能有恋爱，倒是，我们现在的恋爱多少是病态的。我们是要给的，而人家是要得的，这两方面的态度根本就不同。恋爱是要用两双手去抱着的，倒不比现在的结婚，拿来往后背上一背，两双手还可以空出来工作，这自然也是病态的。所以，我们到底是悲哀的，在这时间，我们简直不能恋爱！"

我的凭空的议论显然不会给他什么。他把最后一颗荸荠丢进嘴里嚼着，又看了看表。然后，他昂起了头，望着天空，像是决意要从那些衬在树叶子的碎缝里的晴朗的天空找出一点什么似的。

"这还得要你帮忙，譬如说，替她找一个工作，而且要她有兴味的工作。"他说："你给什么地方想想法子，什么宣传队、歌咏队、剧团都好，不过最好是能有一点薪水，你知道这是很必要的，为了她的自尊心。此外，我倒有这样一个想法，这又得从头说起。"

他不自觉地皱起眉头，开口要讲时又停了停，搓了搓手，显见得是在压制他自己要使他的心平静下来："她在南京做教员的时候，认识一个男朋友，现在也在此地了。露说她是为了我的缘故，她拒绝了他很多的好意；而现在，在这个情形下，她怪怨自己对我存着的幻想，当然更加要怪怨我了。他，也许你也认识，是一个干戏剧工作的。她在此地遇见了他，他们也常常在一起玩；我想，这里是有一个办法。就是索性让露来恨我，越恨越好，能使她恨到根本消灭一切从前的幻想，看得我非常卑劣，那么，她便可毅然决然地离开我，而跑到他那里去了。这样，她弥补了从前对他的缺憾；你想，这办法如何？对了，使她恨我，我一定要使她恨我，她便会竭力要忘记我！"

他的两个太阳穴里涨起了两条青筋，脸全红了，他说的那么认真、兴奋，差不多像赴死一样的坚决。他站了起来，看了看表，我知道是到时间了，便也开始和他打那一头走下山。我们走着，我心里同情他，为他焦灼又是好笑。他爱看戏，也演过戏，这里也是入戏了。

我说："你在学习茶花女了！难道茶花女是值得学习的吗？

玛嘉丽造成了她自己和阿尔芒的永久的痛苦，人家也为他们的痛苦流了泪，但仔细想想却是可笑的。玛嘉丽的牺牲精神，一面是顾及阿尔芒的妹妹的婚姻和主要的阿尔芒自己的前途，另一面她是否定自己的。其实她怎样知道阿尔芒的妹妹的婚姻一定是幸福的呢？阿尔芒这小子，除了在玛嘉丽身上有点成就外，也只会变成他爸爸那样的角色罢了；虽然，玛嘉丽终究不过是在这种生活里生长出来的女人！记忆却是痛苦的，那种矫揉造作，在记忆里一直痛苦到死！哎，朋友！"

他听了，也和着我狂笑了一阵，但立刻又沉郁起来，我们在两面夹着洋槐树的山脊的荫道上走着，他的脚步越走越快，我知道他在赶着时间。

果然，不多几日，我为她在江的这面找到一份工作，可惜这工作不能给她一点兴趣。终于，不久她还是回去了，仍旧沉浸在失望的痛苦里，终日哭着，叹着气，喝着酒。这回，他也加入了，他能一口气喝完了大半瓶白干，不知是把什么给过下去的，然后，吐得连胃里的黄水也呕了出来。但是第二天，还是支撑着起来出去办公，开会，干着那些工作。可是人能经得起的也是有个限度的，于是不久他病倒了，发着高热，终于送到医院里去，诊断是副伤寒。

自从他进了医院，她便整天到医院里伴着他，服侍他，自怨自艾地安慰着他。他却一天天的瘦下去，瘦得像在骨骼上包着一层喘息的皮，继续地高热着，渐渐地便血起来。她更伤心地叹息着，一面流着满面的泪听他高热中的吃语，四个星期，直到他的死。

我们坐着汽车，让八个人抬了棺材，把他葬在郊外的一座山上。葬的时候是那样炙热的太阳，但当墓坑快掘好时，四面的天空的云已连接起来了，刚掩好，大雨就来了；那夏天的阵雨是一会儿就过去的，等雨一停，我们到掩好的黄土上去插了许多红红白白的美丽鲜花和纸花，拍了纪念的照片。

她哭泣着，呼号着；忽然，她抬起头来，那平时很明亮的眼睛已经哭得红肿了，满脸粘了涕泪，而且那坚决得很有意志的嘴角也抽搐一下，她喑哑的声音凄怆地问我："是不是我对不起他？是不是我还对不起他？"我想安慰她："不要过分伤心罢，你尽了你的心力，你已问心无愧了！我们好走了，让他单独平静地留在这儿吧。我们还活着，还要留心自己活着。"可是，我是知道她的哀痛的，这话会把她刺伤，我终咽住了。

几天以后，有人听到她自个儿那样叹息："哎，六年的光阴丢在虚空里！希望破碎了，青春也过完了！"

难于解决的事

　　中秋节前一天的黄昏，农家们都兴致勃勃地在忙碌着预备明天过节的事了。白天，一些农妇们在石臼里舂着糯米，据说这样舂出来的米粉要比用磨磨出来的韧得多。这是预备明天包团子用的，赶先前一天舂出来。因为明天还要烧糖芋头、炒麦芽豆，以及烧许多菜，晚上还要吃月饼、吃菱藕，中秋节差不多是一个农家在收割期间最快乐的吃的节日。自从日本人的军队霸据了这地方，加之土匪的劫夺和勒索，差不多这样的节日已经有三年没过了。如今重新恢复到太平的岁月里了，农民们一点儿也没有迟疑地、好好地预备起他们的节日来了。所以，隔夜里农妇们已经有人开始在包团子了，她们在屋檐下围着一张大匾坐着，捏着米粉，夹了一大筷子馅心进去，搓成一个个圆锥形的团子，有拳头般大小，排列在匾里像圆阵一样。天色虽然渐渐在暗下去，但她们已经草草地吃过了晚饭，仍旧趁一点天光在包团子。

　　月亮已经升起来了，圆滚滚的一轮挂在村前一株楝树的枝梢上，没有事的农民全在坪场上乘凉，有蚊虫叮咬，便扑一扑手中的扇子。这时，有一个女人的声音唱起歌来，我听出这是张铁村家的大女儿唱的。这是一个眼睛里有些白内障的半盲的少妇，因之，她的父母为她招了一个客家人做女婿。她还有一个妹妹，叫作小翠翠，十四岁了，生得很矮小，整日里拿着一块白洋布在挑花，一绺丝线搭在肩上；常看见她在村妇女协会里跳来跳去。小翠翠和她的姊姊显然是另一代人了，她告诉我她将来不嫁人，也要做一个工作同志。我说："很好，将来也不必不嫁人，要高兴的话，可以和一个男工作同志结婚的。"

"死鬼，不要你说！"她怕羞的跑开了。

农村里很少人识字，东路教育委员会的普及识字运动还没有举办，她们姊妹俩虽然很有识字的欲望，可是现在她们还只能从一位做民运工作的女同志那儿口传地学会了许多歌，她们聪颖的程度是值得叫人惊讶的，一支歌只要在一起唱了几遍，她们就自己会唱了，而且，除了实在奥涩的文字以外，她们还大都能猜得出歌句的意义，讲解得一点不错，而且遇到普通白话文合上方言觉得拗口的地方，她们会很自然的把词句改成顺口的唱法，非常适当而熨帖。这样的聪颖，除了她们确实关心和切实需要之外几乎是无法解释的。现在，那位瞎大姐正在提高了声音唱：

前面有江抗的义勇军，

后面有抗日的老百姓；

大家携手进攻日本人，

把他消灭！把他消灭！

她的声音是自然而纯朴的，一点没有都市女性的那种刺耳讨厌的压榨出来的怪声怪调；我觉得这里有一种可爱的清婉的女性的音色，使人觉得那真正是一个女人在唱的歌。我坐在牛棚边的一段大木根上听她唱到完了，接着围听着的农人们也学着队伍里的同志们一般的疏疏落落的拍起手来，嘴里还咿咿唔唔的发出赞叹的声息。有一个老农民叫道：

"小翠翠也唱一个新歌给大家听听！"

小翠翠站起来要逃了，却给那老农民威严的声音给唤了回去，她假做倔强的抗辩说：

"为什么不请那边的霍同志唱呢？"

这样，小翠翠她自己脱了壳，而我却被邀进他们的乘凉集团去了。我说："好的，我和瞎大姊、小翠翠来合唱一个《秋风起》。"

小翠翠见仍旧脱不了身，也就许可了，于是我们合上了音，一起开始唱起来：

秋风起，秋风凉；

江抗民抗打东洋，

江抗民抗保家乡；

我俚在后方，

多做几件棉衣裳，

帮助俚笃打胜仗；

打胜仗，打胜仗，

明朝打到黄浦江。

这是冼星海作的一支民谣风格的短歌，我们把原来的词句改了一下，使它适合在当地演唱。一支完了，老农们摇头晃脑地称赞这支歌曲好听，要我们再唱下去，我们唱完了四支，回头再重唱，然后，又由小翠翠唱了一个《军民合作》。这热闹的乘凉晚会，随着夜晚凉意的渐渐散开便结束了。农家的生活是早睡早起的，现在已到了睡觉的时候，只有少数的人还坐在坪场上，好像对这风清月白的夜晚有点恋恋不舍。

一个中年的农民把他的竹凳移到我的旁边，把两手往膝上一撑，托住了头，和我说起话来，一股酒气直喷到我的脸上。

"同志，小翠翠的歌唱的真好，这小丫头聪明得很，"他说，带着一种感触的叹喟。"将来打胜了仗，人总可以有好日子过了。"

"是的。"我应他。

"但是，"他接上来，他的眼睛望在牛棚背后那黑黝黝的地方。"我们这一世已经吃了大半世的苦，过去吃的苦呢，吃过也算了，但是有许多过去了的事情，到现在并不曾完，而且也难于解决，真是没有办法的事。"

"是的，是的。"我说。虽然我知道已经快到大家睡觉的时间，但我希望他快点儿说完："你讲下去吧。"

他搓了搓手，好像一时里千头万绪无从说起，忽然问我道：

"你今天看见一个女人吗？她是小陈宅家里的，烫了头发的，穿一件黑香云纱旗袍的？"

我记了起来，我今天是看见这样一个女人的，她还有两个金牙齿。总之，她曾经引起过我的注意，因为在村上是不会有这样的女人的，而且说的话也不是本地话而是上海话，我觉得这样一个女人忽然在村上出现很有一点儿问题。所以，我已经问过村上人了，问出来是一个在上海做外国铜匠的人的妻子，现在回到娘家来暂住。我觉得这样的答复还不可以放心，所以曾关照大家在平时里留心她的行动，看看有没有另外的可疑之处。现在听他说起她来，倒很有想听一听的意思。便向他点点头。

"她是我老婆的女儿，同志，你知道，她是我老婆生的，不是我生的。我这个人人穷命又坏，这个老婆是第三个了，她本来是一个寡妇，跟我的时候，就带了一个女儿来。

"她的命也不好。把她养大了，给她嫁了一个不错的人家。女儿嫁出去了也算了，没有公，只有个婆，就指望小夫妻俩好好种种田，过过日子，苦日子过得过去，也就再没有别的巴望了，是不是呢？所以，——但是，偏偏她的命不好，她嫁到了一个不争气的丈夫，没有两年，赌得把自己的田面①也卖给了人家了，连老婆也卖掉了，就是卖给了我现在的女婿。他是在上海做外国铜匠的，倒能够挣几个钱，所以她一直就在上海过活，有好几年了。

"我的女婿，就是那外国铜匠原来还有一个老婆，所以我的那女儿只能算是小，懂吗？小就是小老婆，有了一大老婆，那第二个老婆就叫作小。那个外国铜匠喜欢我的女儿，不喜欢那个大的，所以带了小到上海去，把大的留在乡下。大的有三个孩子，他有七亩田给他们种，他自己就带了小的在上海过活，三年没有回来了。"

屋子里的同志把煤油灯旋暗了，他们已经收拾好东西，把门板搁了铺，睡了，我也很有想睡的意思，因为那农民说的不过是一点儿家庭琐事，而且混乱得很，并没有引起我的兴趣。他不管，还是继续说下去。

"他的老婆在家，就是那外国铜匠的大的在家，种田过活，也很不错，丈夫不回来，她觉得也好，她在家里另外姘了一个男人，而且趁这几年乱糟糟的，索性也住在一起了，而且，隔年里又生了个孩子。

"这次事变一起来的时候，人真是朝不保夕，今天不晓得明天的事。可是，到底妖魔当不得正道神，人总一点一点会有法子安排的。'江抗''民抗'来了之后，这个角落里的妖魔鬼怪全逃走了。地方太平了，长长远远没有东洋鬼子来了。来一次打一次，'江抗''民抗'就是老百姓呀，现在的老百姓可不比从前了，一样一条命，要拼命，那谁怕谁，同志你说是不是？

"啊呀，我说到哪里了？噢，是了，乡下太平了呀，我的女婿三年不回来，现在也回来了，这一回来，他大老婆的事情就麻烦了呀！"

"麻烦什么？"我说，"他也不能强叫他的老婆不姘人，他自己先有两个老婆。"

"是的呀，同志！"他说，"在从前的想法，和现在是不同的，但是一到现在，想想从前的想法真是笨得很。到底人在糊涂里边的时候，随便怎么也想不清楚。而且现在好像样样事情容易想得多，事情一想也就清楚了。我女婿一回来，就找了他的老婆，他老婆避开不见他，而他老婆相好的男人也避开不见他，只是托了他们村上的王二叔叔来带了一个信，说那女人不愿意回来了。而那女人相好的男人，也不愿意和那女人分开。

"总要有一个了断呀！于是这边也托了东村头上的南金叔叔过去传话，叫他们来个了断，两面都愿意了断，但是后来还是不行了。这里面，那个女人相好的男人答应把田归还过来，还答应送三百块钱过来，大家请中人写个字据，以后不得反悔生出是非。我的女婿答应了，不过他一定不要那三百块钱，他说：'现在在江抗地面上，样样都要讲道理的呀，男女平权，女人便不能像东西那样买来买去了。他当我是傻瓜吗？他要我做一个卖老婆的人吗？这可做不到，我一定不要他的钱。'但是，那边的那个女人和相好的男人，却一定要送钱过来，他们说：'他不收钱是什么道理呀，他预备日后无凭无据好赖掉，重新生出是非来吗，拿了钱一刀两断，不拿钱可怎么行？'这事情到现在大家僵住了。我女婿说他们有意栽赃他卖女人，那边说我女婿有心将来还要生事。你想，这是一件旧事，麻烦到现在，这是没有法子！"

不同的气候，可以形成不同的气流。这件旧事的新变化，却引起了我的兴趣。我望望他，他正两眼看着我，以完全的注意力在期待我给他一个解答，但我是不能而且也不必参与到这种纠纷里去的，因之，我只提醒他最好到村自卫会去寻求解决，因为这是他们自己组织的行政机关。

"村自卫会吗？"他摇摇头，"他们有什么法子，我们已经在那里提出过了，他们也没有办法。"

"为什么？"我说，"村自卫会不是应该处理这些事的吗？"

"没法解决。"他还是摇头。"一个要给钱，一个硬不肯收钱！世上也少有这样的事！"

"不要紧的，我们有许多事本来都是世上少有的，但是既然有了就要去处理它。"我为他解释："村自卫会是你们大家推选产生出来的，他们想的法子最靠得住，因为都是公意，将来就不会再生出什么是非。你们首先就应该相信你们的自卫会是有能力的，想不出法子吗？大家责成他想一个法子出来，一定有好法子想得出来的。"

他不作声，我便告辞去睡了。一月以后我又有事经过这个村上，我看见好多人围在坪场上，听小翠翠她们唱歌，那位上海来的金牙齿的女人也和大家在一起唱：

> 秋风起，秋风凉，
>
> 秋风吹过雪飞扬，
>
> 战士身上少衣裳；
>
> 我俚在后方，
>
> 多做几件棉衣裳
>
> 帮助俚笃打胜仗，
>
> 打胜仗，打胜仗，
>
> 太平日脚过得长！

那位中年的农民扯扯我的袖子。我立即问他："事情怎样了啊！"

他笑嘻嘻的告诉我："了结得很好。村自卫会判定那女人的男人依旧把三百块钱拿了出来，而我的女婿则并不拿进这笔钱，由村自卫会的人做中保，而把这笔钱，捐给队部做寒衣了。"

注：①田有田底、田面，地主所有的为田底，佃农可以将他们的田面（耕种权）转租或转让给他人。

乖得很的唐金炳

我们要离开这由老"民抗"改编成的"×支队"到苏州去了。船已经有了,一共七人同船走,就等任天石事完了一到就开船。船小得很,除了梢上必须登两个摇船的,余下刚好容得下这七个人,带上一点儿行李包,全放在船头上放不下,便更挤得大家周转不灵了。船舱下面铺了一层棉絮胎,上面还有一条可共同盖腿的棉被;因是今天要摇上大半夜的路,船没有篷盖,夜里露水很重,是会着冷的。

任天石不来。天已经渐渐暗下来了,河面上映一片悦目的红霞,映射的光使得树影与水的波纹愈加显得清楚起来。岸上的人们这时又都忙碌起来了,因为他们每天有预备出发移动的时候到了。一个小鬼背上背一把蓝布包着的雨伞,在我们的船旁跑来跑去的跑过了好几次,非常忙碌的样子。忽然他对我做了一个鬼脸,我不知道他快活的是什么。

还是上岸溜溜腿,因为往后有大半夜要老坐着、蜷缩着不能伸腿,还不能睡,夜里要通过日人据点,那不是玩的!

前几天落雨，岸上的泥地烂得很，因为践踏的缘故全陷成五寸多深的脚印，后来走路的人便真得踏在前人踏紧了脚迹里面前进了。一些铺了砖的坪场是干了的，各种各班的战斗员同志都分别在那些坪场上聚集着，指导员同志在大声地讲着什么。我想，奇怪，任天石到这时候还不出来？

一个二十七八岁的农民模样的汉子侧坐在一家农舍檐下的一张绳矮凳上，我看见他在吸香烟，等我望他第二眼的时候，便看出他是一个侦察员。他正吸满了一口烟，慢慢地吐出去，吐得很长很长；然后又吸了一口，用袖子擦了一擦嘴，便没有烟出来了。他自个儿很满意地微笑着。我走到他跟前去，他发觉了有人在向他走来，立刻便打量了我一下。我的样子是非常不伦不类的：一件破了的墨绿色的哔叽夹袍，赤脚穿一双沾满了泥浆的新的蓝布鞋。幸而这并不是什么大可疑虑的样子，而且可疑的人物是根本就难于进入到这地方来的；所以当他的相当狡黠而灵敏的眼光刚一碰到我，便立刻移开了，随后他又自管自的笑了笑。

我细细的打量他，在我打量他的时候，他的一双破毡帽底下的眼睛，好像并不望我，其实是非常注意我的。他的神色非常从容自若，使我想到一双善于捕鼠的猫。我心想，这是很好的侦察员。他身上穿一件灰麻布的短衫，下面围一条蓝布的长作裙，脚却是赤的。两颗木柄手榴弹，用蓝布袋络着搭挂在胸前，另外有一柄匣子枪则拖在凳旁差不多靠地的地方去了。他的体格是短小的，但是很结实，从他的闪动的目光上特别给人有矫捷的感觉。在他的黝黑的额上，微微地泛着亮光。

"同志，你的手榴弹还会炸吗？"我有意去打搅他一下，一面便去摸摸他的布袋子。

"这是玩的吗？同志！"他笑了笑说。"炸起来连你带我全不够炸呢！"

我估量斗起口来他一定是一张利口，还是稳当些攀谈攀谈吧。

"我是问这手榴弹是哪一年造的？"但心里又有点不服气。"浸过水的还是泥来埋过的？"

"这都没有关系。从前的时候，我们捞到了手榴弹就试试看，往河里扔，炸鱼吃。"他看来是个不买账的脚色，这个正合我意。"同志，我们军火不是有日人给送来的吗？你看，这是一颗新的乌龟壳。"

"乌龟壳是日本货，不行的。"我有意和他违逆。

"日本货怎样？"他笑了笑，"同志，你不正确。用他们的军火杀他们是最好没有的！"

"日本货的货色不好，我看。"

"你完全外行，他们拿出来杀我们的会拿蹩脚东西吗？顶好的！他们也是花了钱去买了顶好的，现在我们拿来用。你这人头脑简单了一点。"

"是了。"我接受了这一顿批评，心里想想好笑，真是好没来由，完全自作自受。但是他的那种反射也似对话和闪烁着的眼光实在引动我的兴趣。"但是你这位行家，又到底参加斗争有了几年呢？"

"什么行家？"

"诺，就是内行的意思。"

他嘻嘻的笑了，一面把那战利品的日本手榴弹在腰上挂好。

"抗战三年，我当了两年半兵。"

"那时这里就有游击队吗？"

"不不不，"他摸出了香烟来，一支整的让给了我，他自己吸那半段留下来的烟蒂头。"我是壮丁队，训练了一个多月，前线已经他妈的撤退下来了，我们说是要跟着大队往后撤，可是又没有人管我们，我就一个人悄悄的走他妈的，回到家里，那些家伙还没有到我们村上，家里住不得只好逃难。"

"你原来开过小差的，同志！"

"不开小差又怎么呀？我乖得很呢！"他说，他得意地笑着。"一直到逃难回来，我还不到自己家里去住，因为那个时候呀，地面上都是一塌糊涂，到处开香堂，收徒弟，大家都要拜个把老头子，才能过日子。我呢，老头子也不拜，也不到家里去住，今天住这里，过几天住那里。"

"倒是流动住宿。"

"嗳，对的，流动战术。"

"为什么呢？"

"为什么？老头子拜得吗？老头子当了强盗，你做徒弟的怎么能不做强盗呢？"他眨了一下眼睛。"我这个人乖得很，我这条性命是拾得来的，现在我也不想发什么财，我就想怎样可以安安定定的仍旧住下来，仍旧种我的田。"

"但是人家都种田，你倒当起游击队了，这又是什么道理呢？"

"同志，凡事不由得人算的！总要看做到哪里算哪里。我当游击队当了两年，大家种了两年安稳田，这事情就是这么回事。"他的慨叹过去了，又露出自得其乐的神气来："不过，人到上了紧要关头，也自然会捡一条路来的。那时候的土匪多得很：乐三、乐四、小六兴、赵塔芳、赵塔芝、李三、李四；乡间到处乱糟糟，有的人有枪，也不晓得他到底如何。村上人都晓得我受过壮丁训练的，所以要找我出来，我随便怎样也不肯出来，所以我搬来搬去，不住定一个地方，自己家里总不去住。……

"那一天，恰巧我回去住了，隔夜不知道给哪一双贼眼看到了，明天一早，倒说门口便围住了人，要抓我出来，我的老婆急得哭了，但是我乖得很，叫她快不要哭，一哭倒要给他们看出我在家。我教她赖，说我不在家，尽可以由他们进来搜，而我自己，则从后窗子里跳出去，躲在那小天井的壁缝里。……

"他们不肯进来搜，硬说是看到我回家的，一定要我自己出来，等了半天还是不走。我奇怪起来了，便偷偷地溜出来看了一眼，一看之下，原来都是认识的人。我说有话好好讲，这样吓人做什么呢？于是我把他们请到了家里谈谈。他们说，他们参加了任天石他们的'民抗'的常备队了，要我也参加，一同打仗，保家乡，来征求我的意见。我说，征求我的意见不作兴吓人的。……

"后来，我和他们订了条件：第一个条件，我回来后还没有在自己家中住过，要我进常备队，也没有什么不好，不过要让我在家里住过三天。第二个条件，过了三天之后，要让我先到常备队里来看看，看明白了，然后才加入；老天虽然名气很好，然而我要自己看看，我看得不好，如果不是真心抗日的，那么就言明在先，我还是要回来的。这样的条件他们都答应了。自然我的老婆又难过了，但是只好这个样子呀！我乖得很，我知道如果看了那边的情形不好，要走是不容易走掉的，所以，我打发老婆等我走后，就回三十里外的娘家去，我预备看了不好就逃出来到她那里歇脚。……"

"哎哟，你这家伙，还没进来就想逃！"

"可是我没有逃呀！"他揪了揪他的鼻子。"我为什么要逃呢？我们难道不应该抗日吗？当游击队自然是苦的，当常备队的时候，大家天天吃干菜，吃得舌头都怕透了那干菜。冬天冷冻得要命，但是我们要守纪律，守了纪律后才能够抗日。我们在阳澄湖的时候，有的人想家了，想家就远离抗日吗！常备队到期解散，我们好几个人向政治指导员提出要长期参加，因为打了好些回仗，把日军土匪全打跑了，但是还没有真的完全撤离，有一天还要来，所以，抗日是不能抗一下就让别人去抗的。从'民抗'到'江抗'的侦察班，没有一次战斗不是我们跑在最前线的。"

"不错，"我笑着说："你很乖！"

任天石匆匆地从里面出来了，他看见我在这，便走了过来。

"怎样？你又交了个新朋友吗？上船出发了。"

"是的，你先上去，我就来，"我还要回头问问这位谈了一会儿天的同志："喂，同志，你告诉我你的名字好不好？"

"好的。"他说。

他立刻从身上掏出了一支花样子的自来水笔和一本小小的

纸簿来，但是并没有写。他又在他的短衫左手上角的月牙形的小袋里掏摸了半天，摸出了一只乌木的长方形的小匣子来；这是一只图章匣子，里面放着印色和小小的假象牙图章。他在纸上仔细盖了一颗给我带走。

很快的和他告别了。我们的船开走了。船身轻轻地晃动，顺风顺水而下，人也就像船一样的轻快如飞。我想到农民的拘束而忧郁的性格，战斗的生活却使他开朗起来；从战斗中不断需要去创造，于是他发现自己也很乖，一双蒙蔽他的大手给拉开了，这种自觉不是也很好的吗？我想着自己也好笑了。在没有和大家扯开别的话题之前，我先趁一点还没有昏暗的微光，看清了那个图章上印下来的弯弯曲曲的三个篆字，那三个字是："唐炳金"。

苏民的死

小火轮的汽笛呜的叫了一声，马达便嗒嗒地震响，船撑开了岸，穿出那石桥的圆洞又向前驶去。一路上经过了重重的盘诘和搜查，这里已是最后的关口，已经平安脱过了。每一时间都可能地发生危险的恐惧解消了，紧张的心情松弛下来，全船的人都像重新有了生命。

"触那！"

一个乘客望望耸立在岸边的砖砌碉堡，对木立在铁丝网里的黄衣的士兵投了憎恨的也是轻侮的一眼，吐了一口唾沫在河里。

谁笑了起来，满船的乘客都轻松地笑了。我也觉得不必像原来那样的矜持，略略放弃扮作传教士的庄严的样子，和他们一起笑了。

船变得非常轻快地在水面上行进着，河面开阔了许多，在蓝澄澄的天宇下，流荡着愉快的自由的风，把两岸青绿的稻茎吹得摇曳不定。好一片祖国的田野啊，是什么使你获得了暂时的解放和自由？怎样才能保持着解放和自由？在茫无涯际的天幕下面，雪片也轻快地飞着。

谁忽然唱起歌来，我知道这是和我同船的同赴相同目的地的伙伴，他已经压抑不住他的感情了。但是，为了前面战斗的目的地，为什么不能再压抑一些呢？

"霍先生！到船头上去坐坐吗？"

有一位年青的伙伴狡笑着走过来招呼我，表示他已识透了我的行藏。我已不能再遮掩了，便向他笑了笑，点头打了招呼。于是我知道了在这船中，我们的伙伴一共有九位。我跟着他们钻出了船舱。站在船头上，被初秋炙热的太阳晒着，但风的吹拂是清新而爽快的，伙伴们尽情地唱着许多的歌，大声地唱，让风传扬开去，飘到岸上，水车棚里坐在转动着的水车盘上，看管水牛的村童，也望着船笑了。他们知道这船中又载来了新的"同志"。

"朋友们，留心些！"我说："这里还没有离开对方的据点很远呢！"

"别担心！"一位同伴回答我："不妨事了，我要拼命的唱一唱。他妈的，在上海闷得人好苦啊，唱歌也只好背过人低声地哼哼！"

大家都笑了，大家都唱了起来。

载着歌声经过了好些村庄，我为这些年轻伙伴们热烈的兴致鼓动了，我也跟着他们唱起来，不再顾忌和忧虑。在广阔的祖国的田野中，似乎教我们要唱出更多的赞颂的歌来，挺进着的船的马达的轰鸣声为我们击着节拍。

上了岸，穿过了镇市的石板路，现在我们已穿行在田野的草径中。我们的脚步，重新踏在细密的泥地上，觉得生疏而欢喜。背着布包，提着藤箧，这小小的行列，迅疾地前行，恨不得立刻便到达目的地。

一位伙伴跳上前来，一把夺去了我的提箱。

"霍先生，我来帮你拎！"

我吃了一惊，提箱已被他夹手夺去了。

"为什么？"我追上去，"我自己的，我会拎"。

"不，"他不肯交还给我，"我帮你拎一段，你尽管自己走好了。"

他飞快地跑到面前的木桥上去了。木桥上躺着的一条狗跳起来逃开，躲到村子的墙边向我们吠叫。

"不行，我为什么要你拎？"我追上他，"我会拎，我自己有力气。"

我把提箱抢回手中，自己拎着，另一位伙伴又劈手抢了去。

"这算什么道理呀！"我叫喊起来，一定要抢回来。"给我，我自己拎！"

他沿着田岸飞跑，一个不留神，一脚踏到水田里去了，立刻跳起来，仍旧拐着腿向前跑，蓝布长衫上的半段溅满了泥水。我追上了他，抢到了他手中的一个小包裹，这包裹很轻，大概这小小的包裹里面只有极少的衣服，我感到了他的战斗决心的分量。

但又一位伙伴又把这个小包从我手中夺去，让我一个人惭愧地空着手走着。

领路的交通叫我们在这里休息一下。这是一个野庙旁的坟场，塌平了的坟上长满了柔青的细草。一株大银杏树遮成了一片绿荫，坐下，这真是再好没有的歇脚的地方。交通同志告诉我们已经走了四里路，还有不到一半的路就可以到了。他摸出一包"仁丹"来，分了些给我们，自己也吃了些，然后敞开了胸躺在地上，他的衣服已经被汗水完全湿透了。伙伴们用手帕和包袱擦着自己的汗。

当我们身上的汗水被树荫里的风吹干时，前面的路上有一位村童走了过来。交通说："你们看呀，那是一位小鬼，来接我们了。"

那村童模样的小鬼走到我们面前，他笑嘻嘻地招呼我们：

"你们来了吗？好得很，到了交通站，今天买了大西瓜！"

我们站起来跟他走，大家都对这小鬼发生极大的兴趣，因为他不过是一个十四五岁的孩子，但是，他就像一个老练的成人一样，懂得不知道多少东西！他一路走着，一路告诉我们许多这里的情形，有时，他用显得很老成的教训的口吻，为我们解释许多大家觉得新奇的问题。

"××吗？"他笑了笑，"那有什么？前回我送文件经过××的据点，他们还给了一把糖给我吃，'大大的好！米西，米西！'好他个屁！"

在蜿蜒的田埂中曲曲折折地走着，又走上了塘边的堤路。他指着前面的村子说：

"喂，你们看，到了！"

说着，已经到了村口了，这村子是我们老早就望见的，伙伴们有人埋怨他为什么不早一点告诉我们。

"我要让你们不知不觉地感到了欢喜呀! 转弯! 就是这个门! 进去! "

我们踏进了一家地主大宅院的门, 阶台上长满了厚厚的青苔, 有阴森森的潮湿的气味, 在天井里, 长满了半人高的野草。檐下的大水缸里, 盛满了黑油油的污水, 花脚蚊子叮在长满浮翳的水面上。到里面是一间宽敞的大厅, 他便大声地喊起来:

"同志们! 新同志到了! "

侧厢里的二十多位先到的同志一起拥了出来, 迎接我们。里面有一位躺在床上老远便喊我:

"喂, 老霍你也来了吗? "

我完全没有料到会在这里遇到熟人。他是金, 还有容, 他们比我先到两天, 三个人一起下来的, 还有一位是苏民。

在这样的地方遇到故人, 真是说不出的欢喜。我们互相热烈地握手了, 我们真要拥抱, 要立时说许多话。外面已经剖开了西瓜, 喊着吃西瓜了, 于是大家去吃西瓜。

在举行晚会的时候, 大家互相介绍、互相报告了来历, 有学生, 有工人, 有职工。种种不同的人, 从各种不同的角落里走到这里来, 从来不曾相遇过的, 也几乎是不会相遇的, 现在都聚在了一起, 互相诉说了自己战斗的愿望。

苏民是一个颀长的、消瘦的青年。他是一位多才的音乐家, 唱得很好的男高音, 会指挥, 会作曲。我在这里初次遇见他。他从自己箱子里拿出一包"乐逸 Roy"牌的香烟来分给我抽, 我问他为什么不戒烟？他说要戒烟保养嗓子吗？那是都市歌唱家矜持的沿习，但在他没有必要。因为他不要使自己变成那样像珍贵的、奇货似的歌唱家，只要不妨碍他的工作，他不愿意戒烟。而且这烟也是带来的最后的奢华品，抽完了也就没了。他不是一个怎样会说话的人，但在这样的地方，人们相遇好像有许多话要说，他告诉了我许多事，因此，我们很快变得熟悉了。他是一个洋行中的职员，爱好音乐，自己学习了音乐。以后在难民收容所和许多团体中教唱歌，有好些流传的歌曲都是他作曲的，而现在，为了祖国的解放，他辞掉了洋行优裕的工作，离开了母亲、爱人，投身在战斗的群众之中。他要我替他写一些歌词让他作曲，我答应了他，而且约好以后大家取得联系的方法。

共同的战斗的愿望，使我们立时成了亲密无间的伙伴。

往前的关系接洽起来还要等待几天，所以有好些时间让我在交通站里和许多的新伙伴混熟。但是，还有一些事使我和大家形成了一点隔阂。在最初的两天里，大家用"先生"来称我，我请求大家称我"同志"，我屡次请求，他们还是一时不能改口。因之，在这样的情形下，使得我只能和称我"老霍"的金、容和苏民比较接近了。我和他谈起修佩良，谈起柴可夫斯基，谈起聂耳、冼星海和贺绿汀。

苏民上午去了一次镇回来，买了一顶新的麦秆凉帽。高兴得整天戴在头上，午后他跑来对我说：

"同志，你要出去洗衣服吗？我有肥皂。"

他已经把肤色晒成棕红色了，穿一件灰色的短衫，敞着胸，露出肋骨突显的胸部来，把裤腿卷得高高的，下面赤着脚，看上去完全是个农民了。

"出去洗澡去，"他说，"顺便洗洗衣服。你这样不对，同志，你应该把皮肤晒晒黑，像一个农民的话，有掩护。"

我们一同出去了，到了河边，因为当着附近村子许多农妇面前，赤身裸体的洗澡不方便，我们特意走得远一点儿，拣一个有河埠的地方下了水，水经过大半天炽热太阳的照射，已经晒得有些微温，但洗在身上仍旧能把满身的暑热赶走。清风吹着湿漉漉的身体，特别凉快，水很深，离岸三尺已经差不多要没人了。我不敢往深处去，只敢蹲在水边浸浸身体，水清得很，映出我们的皮肤格外白皙，一群小鱼像列着阵似的游到我们身边来，用嘴啄食我们腿上的皂沫，让人觉得一阵阵刺人的微痒，一动，它们又吃惊像飞射似的逃走了。苏民游出去了，我担心他，喊他，不要游得太远了。他却全不在乎，故意的往水里一钻，没到水底里去了，荡起一阵水浪，把岸边的我推摇得蹲不稳。但转眼他已从对岸那边冒了出来，湿淋淋地用两手扭着头发，捏着鼻中的水。

"哎，深得很呢！"他说，"两人深还不止，探不到底！"

"当心哪！"我说，"我不会水，出了险，我无法救你！"

"不妨事，"他快活地叫着，"上海游泳池的水哪有这样好！"

他在水里游了一会儿，游了过来，于是我们便起来洗了自己的衣服，由于平时没有做过，使得我们的手都搓伤了。我们还不肯离开水边，穿上了干的短裤，把洗好的衣裤摆放在草上，让太阳很快就可以把它们晒干。我们仍旧在河边埠的石条上坐着，看着水边的许多小鱼结阵似的游来游去，有的小鱼太小了，只有头部显着的许多小黑影，身体都像透明的一样。有的鱼游到石块上，忽然不动，让太阳把它们一条条的小影子照在水底的白石头上。从石块旁边的水草处，有一些小虾游出来，身体几乎透明得与水分不开，慢慢地用它们的长脚在水底爬行着。我们用手在水外赶它，小鱼们全逃散了，小虾似乎不大觉得。我们便用袜子放到水里去套捕它，果然捉到了许多，虾养在浸水的一个石凹里。因为要等衣服晒干，同时大家也晒晒身体，我们便继续在河边捉虾。虾很多，比较大的虾便警觉得多，我们在水中张着袜口的手略动时，它便把身子一弹跳开了，躲进水草里去，慢慢的又摇着触须爬了出来。我们一起计算着捕到的虾，我比苏民捕得多。

"同志，你应该学一学游泳！"他说，"你晓得这是很有用处的，这里一带的水因为靠长江，都很深，河道又多，你看四面都是水，如果遇到敌人追击，来不及过桥，又没有船，能游泳便可以自己渡过去。你想这有多重要！"

"是的，你能教我吗？"我说，"要多长时间能学会呢？"

"容易得很！看人的，有人很快就学会。"他说，"我也学了不长时间，你跟我一起学好了，我也要练一练。"

我们约好了从明天开始。等衣服很快的晒干了，我们便把石凹里的虾拨一点水，仍旧把它们放回河里，便回去了。

第二天，吃午饭的时候，大家分了好几班才吃完，各自把碗洗净，放回到厨房里。以后下午便闲着无事了。我想到前面孟将庙里去走走，顺便到近村的茶馆里去喝茶，就约金、容和苏民同去。金和容找不到，苏民却睡了，因为乡间蚊虫多，夜里没有睡好觉。我叫他，他不肯起来，只管睡。我很无聊，便向交通站里借了一份最近出的《江南》杂志和一本《联共党史》，也躺在帐子里去读书。

不知在什么时候苏民已睡醒了，他叫我去游水，我正读书读得有味儿，便回他说不去。他自己走了。但我想起昨天的约定，便放了书赶了出去。在村口，许多同志坐在一家农家和一位老伯伯谈天，招呼我，我便坐下来与他们一起谈天。那老伯伯正滔滔的讲述着他逃难的经历，日本兵和土匪蹂躏着村子的情形，他称赞同志们，年轻、爱国、刻苦、勇敢，他说如果没有我们，那他们只好每天忍受着吊打和勒逼了。

这时，忽然有一位老百姓惶急地从外面跑来，他气急败坏地望着我们。

"同志，不好了，那边一位同志掉在水里了！快去，"他回顾着屋里的人说，"拿篙子，拿篙子给我！"

我们跳起来，向着他指我们的方向沿着河岸奔去，跑了好多路，才看见河边的柳树下围聚着许多人。河里已经有一只大船，许多老百姓站在船上用篙子在水中打捞。水深得很，篙子伸下去触不到底，船在河心里摇着，移动着，总是捞不到。

"谁呀，你们看见的是谁呀！"我问岸边的人。

"新同志呀！我们不认识！"一个老百姓回答我。"长长的，瘦瘦的，在这里游水，先前游来游去蛮好，忽然沉下去了，已经捞了多时也捞不到。"

金、容也站在河边，他们说会是苏民。

"苏民？"我吃惊的问。一个旁边的同志肯定的说，是苏民。

我焦灼的望着水，希望很快从水里把人捞出来。一位同志脱了衣服跳进水里，潜水去搜摸，过了一会儿他又钻出来了，游到船边，说水太深了，水草太多，完全看不见有人，也摸不到。大概苏民是游得脱了力，沉下去时又被水草绊住了脚浮不上来。我望着水，只希望那篙子会一下子捞到。水平静的淌着，对我们的惶急全不关心，我开始感到这是一种可怕的怪物，它什么时候把一个人吞没了下去，仍旧若无其事的淳然不动，连影子也不给人发觉。风吹下一片树叶来，在水面上转了两下，浮着不动，好像那水原是不会沉没什么，对一切都没有负责任似的。

"碰到了！"船上喊起来："不要摇！在这里！"许多篙子都在那里伸下去。

"当心，不要把他戳伤了！"

顺着篙子的提起，人果然在篙子上吊了起来，篙头上的钩子钩住了人的裤子。把湿淋淋的人提到了船上，完全是瘫软的，已经没有了气。船摇到岸边来了，老百姓和大家叫喊着让开一块地方，有的人跑回去拿了一只巴斗来，关照着溺死的人不能近土，说是一接触到土便不能还魂了。这真是苏民！他被拖到岸上，女人全被老百姓赶开了，因为他们认为，女人在旁边是不吉祥的。由四个老百姓拖住苏民的四肢，把他的肚子合放在巴斗上揉转，希望这样会揉出他腹中的水来。但是，揉了半天，一点水也没有出来，却是从鼻中滴出了紫黑色的血水。

"有溺死鬼的呀！"一位老百姓说，"他没有喝水！"

他们放弃了救治，把苏民放在草地上。我们却还想再努力一下，用人工呼吸法把他抢救过来，但是无效，显然他是因为屏着气不肯喝水，把肺血管迸断了。我握着他冰冷的手，容在旁边哭了，老百姓有的也哭了，我也哭着，还想从他的鼻孔和肛门处找到所谓溺死鬼塞入的河泥，结果没有一点儿痕迹，说明他的溺死并不是因为水鬼。

当完全证明他的生命已经无望的时候，我便想赶紧找块地方挖个坑把他埋掉。但是，照惯例他应该有一具三十六元的棺木，同志们已经去为他买棺木去了。

我和金坐在他的尸体旁，伴着他，因为许多老百姓也坐在那里陪着他，他们不肯走开。天黑了，我们替换着去吃了饭，仍旧来陪他。他紧闭了眼躺在我们脚边的草地上，脸上显现着在水中挣扎时的痛苦。金把他带来的衣物全拿了来，预备一起放在他的棺木里。这是很少的一点儿衣服，因为他原是为祖国解放的战斗而来到这里的，为了行动方便只带了极少的衣物。天完全漆黑了，只有萤火虫像磷火一样地在田野上飘飞着，而老百姓吃过饭又来了，在旁边扑着扇子，用低沉的声音诉说着他们的惋惜。

远远的河上有划橹的声音，当我们听到了人声，买棺木的船已经摇回来了。棺木也涨了价，给他买的是四十二元的。当我们搬着僵硬的尸体给他穿上了衣服时，我心里涌起了一种深深的悲痛！因为，从这殡葬的形式里，使我想到了一个普通中国人送终的模式，我想起了这战士的死，在形式上，他是多么缺少温暖啊！

棺木抬着在前面走，许多老百姓来送葬。一位老伯伯含着悲怆的声音对我说：

"同志，我有些话要对你们讲。我看到从你们当中死掉了一个我是难过的。尤其是这位同志，你们都是新同志，下来了只有几天，怎么好随便就死？你不要难过，死的完了，活的总要当心自己的身体。因为你们是好人，我不愿意看到你们这样死！你们有什么事情，还是要来问问我们老百姓，譬如要游水，我们都游水的，我们知道什么地方好游，什么地方不好游，只有××和那些横行霸道的土匪队伍我们才不肯告诉他们，你们要来问问我们，我们还不告诉你们吗？"

我们来到了村子后面二三里外的坟场。这里埋葬的大都是附近村庄的人，一座座坟墓错落的排列着，有的坟前立有简陋的石刻的墓碑，有的只剩下长满茅草的坟包，还有的坟墓因长期无人看顾而塌陷了。苏民的墓地在整个坟场的后方，地势稍高了一些。大家将棺木抬到刚挖好的墓坑旁边，集体默哀了几分钟，然后三鞠躬，便七手八脚地将棺木放进了墓坑里，用泥土掩埋好。看着人们陆续的离开，想起了前几天与苏民相识的情景，我的心里更加感到了悲痛。我望着坟包上新堆起的泥土，止不住热泪流淌了下来。苏民走了，安息了，他那样年轻的、充满活力的生命，在战斗还没有开始之前就这样的走了，给我们留下了无尽的悲伤和更为沉重的责任！今后我会永远怀念他，把悲痛化为战斗的动力，去战胜那些日本侵略者！

蛇

  ……它熟睡着，自己盘绕在许多圈子的迷宫里，它的头在中央，满储着狡猾的诡计：还不曾睡进可怕的树阴或是可憎的洞穴里，也还不曾有毒，它却是无所畏惧也不被怕的睡在草上。……

——J. 弥尔顿《失乐园》

  耶和华上帝对蛇说："你既作了这事，就必受诅咒，比一切的畜生野兽更甚，你必用肚子行走，终生吃土，我又要叫你和女人彼此为仇，你的后裔和女人的后裔，也彼此为仇，女人的后裔要伤你的头，你要伤她的脚跟。"

——《旧约·创世纪》

  天地不仁，以万物为刍狗！

——老子《道德经》

  不知道是怎么一来，刚消了冰雪的初春天气忽然变得十分闷热，立刻浓密的云块便从四周的山峰上结起，更压得低低的让人喘不过气，于是，到了晚上，便开始不住的闪着电光，索性响起春雷来了。雷声在空旷的暗夜里滚动着，好像夹着怒气，震的四周死沉沉的暗夜都发抖了，接连的，愈加响亮。这时，骤雨也降落了，狂暴地扣击在坚硬的土地上，这雨势似乎是在极短的时间里在大地上积成一片巨浸的。这算是什么季候呢？

可是在第二天早晨，天便晴了。天又变的峭冷起来，淡淡的阳光无力的照射着，好像是忧愁欲雪的样子。

我走出门来。在那边菜畦边上，有几个孩子正在聒噪着，他们指着那菜畦旁边的土堆，好像很害怕的样子，可是也不肯逃开，只是站在适当距离的地方，望着那土堆害怕的叫。

"蛇！蛇！"

我循着他们的指点望过去，看见了那蛇。它正圈盘成一堆，在那土堆上。它一动也不动的把它有棱角的头搁起在它自己盘绕成的一个索圈似的身体的中央，向着那淡淡的太阳，似乎是在晒着它那僵冷的身体。这是一条二尺多长的花蛇，周体的鳞片黄黑相间地组织着，十分的美。谁知道它是不是在口腔里生着可怕的毒牙的毒蛇呢？从外状看来，它是非常温顺的，而且好像对于周围的孩子们的喧闹无所关心。这一定是有别的东西更牵引着它的思想吧？它几乎是毫无感觉地盘踞在那土堆上，它的一对发亮的小眼睛一动也不动，可是，却似乎是虽不在观望着外界的景物却倒在观望着自己的思想。也许蛇的思想只不过是像它的尾巴一样的细小而精巧的，但人却无法知道。

"这蛇是哪儿来的呀？"一个女人的声音说。

这是那边棚户里的女人，她走了过来，关照孩子们站远些，当心别给蛇咬了。

"不要紧的，这是草蛇。"另一个走来的女人说。

她说着便走开了。

"当心呀！这哪里是草蛇，这是火赤练，最毒不过的！"

另外一个女人警告着孩子们。

果然孩子们都往后退了几步。

蛇依旧静静的在那里盘踞着。好像它十分满意自己所处的地位，完全不愿意注意到自己的周围。但是它的危险实际上已经由最后一个女人的话而增加了。一个男孩子捡起了一块大石头，跨上一步，把石头举得高高地，预备砸到它的身上去。

"你做什么呀？"第一个女人拉住了他，她好像是他的母亲。"你这小鬼要作死了吗？你要它蹿过来咬人吗？"

那孩子放下了手，可是并没有把石头丢掉。

"砸它！砸它！这是毒蛇！"

孩子们叫着，他们都捡起石头来，可是，又都逡巡着，没有人敢真的砸上去。

"砸不得的，"那宣称是毒蛇的女人说，"蛇有灵性的，谁砸死了它，它是会来报仇的！"

孩子们睁大了眼睛，惊讶地望着她说话，她的话已经稍稍地为蛇解除了危难。可是，蛇依然是那么盘踞在那里。人们的关于它的谈话，也许正和人们不会知道它是在思想着些什么一样，它也不会知道。

"蛇已经砸死了，怎么还会来报仇呢？"一个孩子问。

"还有别的蛇呀？"那女人说，"砸死一条蛇有什么用，蛇多得很，看到这条蛇给砸死了，别的蛇就要来替它报仇的。"

"捉蛇的人后来总是给蛇咬死的！"那孩子的母亲说。

"砸死它！砸死它！"孩子们畏怯而固执的叫着。

"砸不得！"那母亲说，"你们看那蛇的样子，它盘成了一团，它的头刚搁在中间。这就叫作蛇张弓，张了弓是为了要射箭的。它要咬人的时候总先是这样的盘着，只要一蹿就像箭一样的射出来。"

"砸死它！砸死它！"孩子们还是喊。

种菜的汉子从那边走过来，他手里握着一条短棍子。他也许只是出来望望他昨夜给雨打坏了多少菜的吧。可是看见这里站了这么多的人，便也踱了过来，孩子们看到他走来，胆子也就壮了，大声的叫着："砸蛇！砸！"意思是告诉那走来的他这里有一条蛇是应该砸死的，当他刚走近的时候，孩子们中间不知道是谁就把手中的石头掷出去了。这是一块小石头，刚巧掷在蛇身上，蛇这时才好像吃了一惊似的，把头扭了转来。它的头扭转的时候，只是把身子稍稍在那圈盘着的一堆上拖动了一部分罢了，随即又停住了，依然不动，现在，它的两个小眼睛却默然地望着人了。

"砸死它，砸死它！"孩子们更起劲的喊着。

因为第一块掷出去的石头和平的反应，他们便都放了心。种菜的汉子站住了打量着蛇，他却不说什么话。

孩子们的石块便一起向蛇身上投出了，当一块很重的大石头落在蛇的身上时，它便负痛猛然向前一蹿。女人和孩子们失声地惊叫起来，一齐逃开了。他们站定时，原来蛇并没有蹿很远,却向那种菜的汉子的脚下曲折地游过来。那汉子也吃了一惊,连忙用手中的短棍把蛇使劲一拨,那蛇便被拨了回去;在离他脚前两步远的地方落下,又不动了。现在,那蛇在用似乎有点可怜的眼光在打量着人。

孩子们又捡起了石头,重新走回到种菜的汉子的身边来。这时,蛇却昂起了它的头,从它的略略张开的嘴里,吐出了像火一样的两股分支的舌头,唯有这舌头是这蛇身上的最迅疾的东西,当它舐吐着的时候,完全让人觉得那好像是令人不可琢磨的火,孩子们又大声地叫了:

"蛇吐信了!蛇吐信了!"

本来,在蛇原来圈盘在那里的时候,它看上去好像也不过是一条具有很少的生命的东西,可是,现在它的舌尖却显示了它的迅速的生命,叫人看着心惊。它吐了一会儿,好像又觉得很无所谓似的,便不吐了。它的头也低了下来,完全放平在地上,便好像一切又都过去了似的。这条像绳索一样奇怪的动物似乎真是一种忘去痛苦的东西,现在它又恢复到它的沉思里去了。虽然,它的曲折的身体却显示着一种随时可以游动的姿势。这是一种非常奇妙的姿势,因为从这种姿势可以向任何的方向出发,只要它的曲折的身体一移动,你便无法知道它是要向哪一个方向去的。

"打蛇是不能这样打的。"那种菜的汉子说,"老话说:'打蛇打在七寸里'。要打在它离头七寸的地方。"

他说着,抢了抢手中的棍子。

孩子们第二次又把石头砸了过去,这些石头都比第一次的大的多，因此，腕力小的便扔不到蛇的身上，先是很沉重的落在地上，然后继续向蛇的身边滚过去，但是也有许多的石头是扔到蛇的身上的。这一阵石头的雨至少有几滴落在蛇身的七寸上，蛇又负痛蹿走了，这次，它是向着菜畦那边逃走的；它的身体紧贴在地面上，迅速地游去，好像那是要缩进地面似的，而以曲折摆动的尾巴迷眩追击者的眼睛。可是，终于一块很大的石头击中了它，使它不得不痛苦的把身子蜷缩而翻转，在地上扭滚着。于是又略略的向前游行了一段路，又停住了；不知到底是受了伤还是不能游，还是它以为已经出了险了呢？

孩子们跳跟着，喊叫着，可是这条蛇实在并没有满足他们的兴趣。好像它的形状虽然是蛇，却缺乏着蛇的本性，一点也不狡诈，倒是十分的温顺，浑身的鳞片是这样的光泽，这样的细致，如果不是先有一种对蛇的警惕在心，真要引得人伸手去抚摩它，向它道歉适才在它身上所使的暴行。然而对于蛇，人总是不会这样做的。自从远古的时候，人类逐走了蛇而占有了这些地方来居住，蛇还在人的心目中永远留着一种畏惧。人和蛇之间所经过的斗争是持久而剧烈的。所以人们在无法制服那些不可琢磨的蛇时，则敬拜它，祭祀它，希望得到互相的谅解，大家和平相处。而蛇是出现在人们的眼前，太接近时，则无论是怎样厉害的蛇，人们也自要和它斗争，把它除去，以保护自己的安宁。但现在这一条蛇，它赋有着蛇的形状，又载负着可怕的名声，自然人们是决不会把它放过的了；可是它却又是那么的善良，善良得几乎不是一条蛇了！孩子们追迫着它，它却似乎连逃避也不大高兴，这真是使得孩子们失望了。

种菜的汉子沉思的望着它，搓了搓手说："这条蛇已经打过了，就不能再放它回去，现在它是不能动所以不动，等它能动的时候，它就会来报仇，要害人的。去，拿点干草来烧死它！"

孩子们高兴了，一哄都跑了回去。立刻，大家都捧了一捧干草来。于是种菜的汉子便指挥着孩子们把干草都堆在蛇的周围。孩子们小心谨慎地走前去，每走近一步，便愈觉得心惊；女人们在后面喊他们当心，叫着："别走的太近了。"蛇却依旧躺在那里不动，它看不懂这些人在忙些什么，所以是依然无所畏惧。

孩子们把干草在蛇的周围都堆好了。种菜的汉子便从腰带里摸出一匣火柴来，抓一把干草，打了一个草把，点着了火；他便走到前面去把所有的干草都点着了，哔哔剥剥的烧将起来。蛇依旧平静的望着那燃烧着的火堆，似乎火堆的热气稍稍地给了它一点活力，于是便略略的把它的身子欠动。可是那种菜的汉子，却把手中燃烧着的草把丢在它的身上。突然，那蛇便被烧得直蹿出来；它从着火的草把下钻了出来，迅速的向前游去。

"蛇逃走了！蛇逃走了！"孩子们一起高喊。

但是随即大家又惊异地喊道："咦，回来了！回来了！"

那条蛇向前游了不远，忽然回转头来，向那燃烧着的火堆望着。似乎它虽然被刚才的火炙痛了，然而还恋恋于适才未被火炙烤前的温暖。果然，它蜿蜒的游了回来，渐渐地游近了火堆。这时，草堆已经完全燃着了，火舌像蛇舌一样的四面舐吐着。那蛇很愉快的凝视着火堆，似乎满身都感到温暖和舒服。它陶醉于兴奋的火焰，凝望着，似乎又达到了忘我的境界。种菜的汉子却从背后掩了过来,用短棍子把它一挑,蛇便又跌入了火中,孩子们高兴地拍起手,围观的人都胜利的笑了。这可怜的蛇却在火中翻滚着,弹跳着,一阵浓黑的烟从火堆中升起,人们用鼻子嗅嗅。

"好香:蛇油都煎出来了!"

蛇的剧烈的挣扎终于停止了,它的昂转的雪白的腹鳞,都已被烧炙得焦黄了。现在,它已经僵硬得像一条蜷曲的锈铁似的。草堆已经烧完了,还冒着些微的热气。

种菜的汉子走回去提了一把锄头出来,在土堆上掘了一个坑,把蛇埋了。

"不要让别的蛇看见。"他一面掩着土,一面说。"别的蛇看见了要来给它报仇的!"

"这蛇不知道可不可以吃?"那母亲说。"有人说蛇肉鲜得很哩!"

"还是埋掉的好,给狗拖去吃了要变疯狗的!"另一个女人说。

这是一条不耐它的土窟中蛰居的蛇,给隔夜时令错误的雷声惊醒了,没有料到外面的气候还是那么的寒冷啊!

上海《文艺春秋》第 2 卷第 1 期,1945 年 12 月 15 日

建承难忘

人老了，记忆力衰退了。然而也很奇怪，往往是近事更容易忘却，例如上周接到电话通知要开会，等车子停在楼前来接时，我却忘记了有这个会了。许多记得很清楚的应该说的话，到口边时有时也会忽然想不起要说的是什么，说不下去，只好临时另换个话题，效果很不好。这真有些无可奈何！但二三十岁前后经历过的事情却记得比较清楚，忘不了；不过也有些忘掉的，而且也有变得相对模糊不清的，说起来就会显得凌乱。

我到建承中学教书，是1942年到1945年的事。大约是从1942年的秋季学期开始，到1945年5月底，春季学期并没有结束。那时我才二十七八岁到三十岁。所以记得的事情还是很清楚的，并且还是很多的，只是有些乱而已。

1941年2月太平洋战争突然爆发，日寇进入上海租界，党组织决定大换班——将原来在上海经常抛头露面的人（如我这样的），转移到解放区去，再从解放区调另一批同志来上海继续做地下工作。我当时暂时留在上海待命。过七八天，许广平、朱维基[①]两先生同一天午夜在各自的寓所被日寇逮捕。他们都是由我单线联系的人，于是，日寇的矛头便指向了我。我凌晨得到信息后，就赶紧离家出走，并与蔡芳信[②]先生一同离沪暂避。等我再回到上海时，与我单线联系的林淡秋同志已去了解放区，我便失去了与组织的联系，只好改名"蒋福涛"领了居住证，在上海居住了下来。为了避免里弄里有人起疑心，我便每天提着个书包到辣菲德路（复兴中路）的鸿英图书馆[③]按上下班时间去看书。由于每天都要经过海格路（华山路），我在路上遇到李平心[④]先生，他邀我到他家里坐坐。他问了我的情况，觉得我这样整天躲避并非长久之计，建议我还是找个职业为好。于是，他便介绍我到建承中学去教书。李平心对我介绍了戴介民[⑤]校长的情况，说戴是研究社会科学的，专攻哲学，笔名"巴克"，曾经是"社联"的成员，在政治上完全可靠，可以放心。但是，李平心并没有告诉我建承中学是地下党办的学校。出于对熟知朋友的信赖，我就和戴介民同志见了面，谈了话，决定到建承中学教书了。

那时建承中学在白克路（凤阳路），与一条忘了名字的南北向的路垂直相交的东边转角处，租用了一栋弄堂里的三层大楼，有许多房间，还有附属的连接弄堂口的过街楼。我已记不清大楼有多少个房间了，只记得当时楼下是高、初两级小学和初中的一部分教室、办公室，高中的教室都在二楼，教务处的办公室和教员的休息室在二楼楼梯拐角处的亭子间。三楼的楼顶上原来是晒台，进行了简单的装修之后，做了高三的教室。由于学校还有寄宿生，就将三楼的几个小房间拆通成为一大间，里面住校的教师和寄宿的学生。有寄宿生就得办伙食，故而一楼还附设了厨房和食堂。建承中、小学共有十二个班的学生，教师的人数也不少。我很佩服戴介民夫妇（他夫人项一楼同志是小学部主任），两位都善于"螺蛳壳里做道场"，每个学期都调度得秩序井然，连走廊和楼梯上以及校门口都丝毫不乱。欠缺当然也是有的，由于学校是在弄堂里，没有多少空间，学生们上体育课，搞体育活动都得在马路上进行，十分不便。

建承是私立学校，要依据课时来给教师发工资。因此，我担任的课程就很多，开始是教高中三个班级，后来又加了初中二年级的国文。初二学生的人数很多、年龄又小，他们刚刚进入中学才一年，还无法很好约束自己，常常活泼好动，课堂秩序也不好维持。再加上我的课也讲得不太好，师生之间的交流、互动也未能达到预期的程度，使自己很感头疼。从第二个学期起，我就把初二的课程辞掉了，在高中另开了两门课："文学概论"和"西洋史"。这样，每周上午的课都排满了，常常需要下午也去上课。其实，安排下午的课程是很有好处的，不仅课余可以有较多的时间可以比较从容地和学生谈话，还能随时解答学生学习中遇到的疑难问题。建承的国文教学中有一项很好的措施——要求学生除了每两周交一篇命题作文之外，还要每周交一篇"周记"。"周记"是学生随意写的，想写什么就写什么，想说什么就说什么，而且长短不限，只是必须交。作文是教师要批改和给分的，而"周记"则不批改，只是把学生找到休息室来，当面看，当面谈，学生把教师的意见自己记在卷子上，爱怎么记和记多少都行。"周记"的内容很庞杂：有谈自己家庭情况的，有谈社会见闻的，也有谈爱情悲欢的，还有谈时局政治的；有牢骚和愤懑，也有和老师开玩笑的；十分丰富多彩，不像作文那样枯涩和刻板。通过这种思想的流露，教师很容易掌握学生的思想情况和动态。以便抓住契机针对不同的学生，有所侧重、循序渐进地进行指导，往往能收到相当不错的成效。

建承使用的教材是我们自己编的。当时，开明书店和北新书局都有印现成的"活页文选"发卖，只要去两家书店要来目录，就可以从中挑选适合初中二年级和高中三个年级的文章来使用。我们是文言文的和白话文都选的。文言文的教材中也会有些内容相对陈旧或不太合适的，这不要紧，可以通过课堂上的分析、讲解来指出其弊端和不足，既增进了知识，又开阔了学生的眼界。另外，还可以选一些散见的材料，让同学们分头复写了每人一份，补充进去。我讲的《西洋史》和《文学概论》都没有教材，是我根据英国 G.H. 威尔斯的《世界史界》下册中的 38 和 39 两章，列出一个讲授提纲，上课时再临时发挥一下而已；《文学概论》则是根据王任叔⑥同志的《文学初步》，因为要讲课，就给同学列出一个可供抄写的提纲。提纲十分简要，只把相关的章、节一一写在黑板上就完了。

建承中学有些良好的传统，我觉得还是值得加以发扬和传承下来的。（一）学校的民主风气很活跃，各年级都有年级会，中学还有全校的校学生会。年级会由高中和初中的教务主任抓，校学生会由校长自己抓。我还记得校学生会主席叫夏诚希⑦，是一位朴实勤奋、学习成绩好、工作能力也很强的青年，在师生之中都是受到重视和拥护的。他把学生会的工作抓得很好，1945 年 5 月学校被日寇发现破获，他也随校长和好些教师一起被捕入狱了。（二）各级之间有学习、卫生、纪律的评比竞赛。评比竞赛分成四等级：1. 飞机；2. 火车；3. 奔马；4. 乌龟。这是从苏联的学校或工厂学来的，我请木刻家麦秆⑧同志画了四张炭笔画，再制成镜框挂在二楼的走廊上。每天各个级都从学习成绩、秩序、礼貌、整洁等方面进行评比，按总分定出名次，把班级的名字挂在相应的镜框下面。每次评比揭晓，同学们都群聚观看，情绪非常热烈。（三）各级都有手抄的墙报和装订成册的手抄的期刊，内容有文艺习作、论文、翻译等等，也有精选而加过修润的"周记"；墙报则多为短评和班级的新闻、生活花絮，有的文字还要插入漫画或饰以花边。我经常参与他们的编选工作，并对版面设计提出意见。这些手抄的报刊经过张贴和传观之后，也要按内容、形式和书法等方面加以评分，加进班级评比的总分里的。（四）由于学校的活动空间较小，学生的文娱活动只好打破班级界限，到居住得比较宽敞的学生家里去（举行这样的活动，还会有主持者的亲友等人参加进来）。有唱片音乐会，学生们根据兴趣集中在一起聆听成套的古典名曲和交响乐的唱片，记得在高三级同学董喆池⑨家举行过，我曾去参加过一次；也有郊游会，记得我曾与同学们一起骑脚踏车到过离城五十里外的夏诚希家，此外还到过庙行和真茹。大规模的文娱活动要数那次募捐演出了。大约是 1944 年吧？当时物价飞涨，学校的经费十分困难，大家决定用公开演剧的方式来为学校募款。剧本选定以后，我去请了老戏剧家蔡芳信先生担任导演，刘汝醴⑩同志担任舞台设计。演员都是由建承的学生来担任，记得主要演员有申怀琪、田杰人、姚云、陈华文等。其他的一切剧务工作，也都是由同学们来分担的。为了搞好这次的演出，学校还特地举办了一期演剧训练班。这次演剧募款活动的效果很好，有了一些盈余，后来都交给学校了。（五）组织校外学生读书会之类的活动。这类学生读书会之类的活动，是打破了班级界限的，还带有点秘密的性质。对参加者有较严格的要求，必须有两名以上同学推荐，参加后还需遵守相关的约定，不得随便告诉他人。读书会所读的书有《新民主主义论》等地下流行的书籍，也讨论过当时敌伪报刊上所提出的值得关心的问题，我也曾被邀去参加他们的讨论。由于这种学习的秘密性，所以集会时常常要转移地点，现在还记得的只有福煦路（延安中路）民厚南里南端的朱维新[11]一家了。由于学校房舍和经费不足，不能设置图书馆，但学生的求知欲旺盛，敌伪发行的书刊虽不少，无法满足大家的需求。所以，校学生会提出了办一个小小的图书馆的建议。号召同学们把自己有的课外读物——小说、诗歌、戏剧、散文，以及历史、哲学、文化、外语等图书，与自己读过、认为较好的图书列成书单，有学生会集中成图书目录，以供同学翻检，每周限量借读；同学们有愿意捐赠或存放的图书，则在学校辟出一个较大的房间存放，由学生会派人负责管理。这个设想立刻得到了戴校长的支持，原来二楼有间教室曾用隔板间出一条狭长的储藏室，现在把储藏的物件挪到别处去了，变成了图书室。每周二作为借还书籍的日子，由寄宿的学生管理。我很支持这个活动，把自己的几百册书——记得其中有郑振铎先生编著的《文学大纲》四本——不算捐赠存放在那里。不过到了 1945 年 5 月学校就出了事，因而那个图书室也遭到了劫难。

以上都是些还没有忘记的琐碎记忆，且打住，写一件正桩的吧。

我原来并不知道建承是地下党办的学校，然而，我到校不久便知道校内是有党的组织和党的活动的。当时在白区工作，必须学会通过感觉（我不说是"嗅觉"）去识别周围的共事者和一切能接触到的各色人物，不像现在这样可凭着组织的介绍。这也并不很难，我们很容易通过人的言谈和行动去辨别他的政治立场。这是极难掩饰的，一次摸不准，有几次就差不多了。所以，我到学校不久就察觉了教务主任袁明吾同志的特殊身份。有时，下午因与学生谈"周记"，直到放学后才准备回家，他便邀我就着花生米喝点儿绍兴酒（也有几次，项一棱同志还给我们送了几碟下酒菜）。我们先谈了一些学生的思想情况，到后来他就向我摊牌了——要我帮助他分析分析，哪些同学的思想认识比较坚定，哪些人还处在左右摇摆不定的状态，从而决定哪些人已经可以送往解放区了。我只能说出我的认识和意见供他作参考，至于最后决定让谁去解放区，以及要通过什么样的手续和渠道我都没有问。因为，我还并未与学校的党组织接上关系。当时在白区的地下党有一条严格的纪律，像我这样的原来是单线联系的党员，不允许与他人发生横的联系；别的党组织是如何工作的情况，也不允许我去打听。这是因为白区的工作条件特殊，不时会发生危险，所以不知道倒有好处，一旦遇到危险也就不会暴露了。为党组织的安全起见，我们都必须严格地遵守这一纪律。这一点，解放区的党员同志就不知道，甚至有些不理解。袁明吾同志的工作抓得很紧，很有成绩，所以每个学期都发生这样的现象，开学初各个年级的课堂都坐得满满的，一个空位子也没有，到了学期中和学期末就陆续减员，渐渐变得稀稀拉拉的了。戴介民同志有一次跟我开玩笑地发牢骚说，"老袁这个人哪，真是又好又不好。你看，我们辛辛苦苦的办学校，他也辛辛苦苦工作；可是每个学期到一半，你看学生走了多少？这个学校怎么能办得好呢？"我知道他是在开玩笑，因为他也知道我参与了老袁的这项工作。

协助老袁干这项工作的，还有一位教务处的副主任（或教务员）孔令杰同志。他不是党员，因为在谈话时曾流露出想参加组织的强烈愿望。但在我与老袁喝酒和谈话时，他也参加了，大约是初中学生的情况归他管吧。老袁离校后，接手他的工作的是沙重叔[12]同志。大约有一个多学期的时间，我要定期向老沙汇报同学的情况。到1945年的5月末，一封从根据地（解放区）寄回上海的书信引起了日寇的注意。他们发现这一封来自根据地（解放区）的姓唐的同学书信，是寄给在建承读书的学弟们的，建承已有不少学生去了根据地，有些书信还提到了"蒋福筹"的名字，断定建承中学有地下党。于是，便对建承中学进行了突袭。孔彦英同志因在学校值班，日寇就将他与其他一些师生通通抓进了宪兵队。我因临时有事还未回家，而躲过了日寇的追捕，幸免于难。沙重叔同志的情况我不太清楚，但他不住在校内，应该也是幸免了的。由于我提防校内党组织的情况因我而泄露，故而我从未有意去了解校内党组织的情况，所以，建承当时究竟有哪些党员，我还真是说不上来。

其实，在"孤岛"沦陷后的上海，像建承中学这样的学校恐怕不止一家。当时我就知道，大约在宁波路附近，就有一家"储能中学"，它的情况和建承十分类似。我虽一次也没有去过那个学校，但对"储能中学"的情况却颇能知道一些。我知道，"储能中学"的校长是冯宾符同志，有两位在那里担任过国文课的同志，一位是魏金枝⑬，一位是楼适夷。他们都是年长我十岁以上的长辈。现在，冯、魏两位都不在世了，楼老健在，1981年还来过长春。现在，我每次去北京也总去看望他。可是，当时在上海我们却绝不往来，这都是提防因自己的不小心，会连累到别人。当时在上海我还能知道他们的一些情况，是因为建承和储能两所学校的学生之间来往比较密切，还有几位储能的学生来找我问过问题、谈过话。现在能想起来的是一位叫姚芳藻的女同学，这是我最近在读徐铸成先生的《"阳谋"——1957》一文时，看到她的名字而忽然想起来的。这使我想到当时这批青年不但在校内很活跃，而且在校外也十分活跃。1949年7月，第一届文代会结束后，我搭乘南方代表团的专车由北京返回上海。在同一节车上，我和魏金枝、许杰⑭、孔令境⑮四人共坐对面座，他们三人都是年长我十岁以上的前辈，也都是"孤岛"沦陷时期在上海生活和工作过的。在漫漫旅途的闲聊中，我才知道储能中学也出现过因书信暴露而被日寇宪兵查抄、封门的事情。谈到建承的出事以后，原来我担任的课程就由许老接着教了下去，他说："好啊，你这几班学生都不错，他们的特点就是思想活跃。"

1945 年 5 月末的一天，哪一天忘记了，那一天上午恰巧我没有课。刚起床洗过脸，摊开写了一半儿的讲星象知识的稿子打算接写下去，建承的女学生姚云突然骑车来到我家，告诉我她骑车去上学时，看到学校已被日本宪兵包围，日本人已经在校内开始抓人了。她怕我不知道情况而冒失前往，便赶来通知我，要我从速离家躲避。我站起来把那部书稿一卷装进兜里，就和她一同离开了家。好不容易才找到一位熟人家里住下，考虑怎样应付这场变故。当时我已经不方便在外面行动了，就委托姚云四处奔走。得到消息说日寇已到过我家，把我父亲抓走了，家也被抄了，并留言要我去投案自首，否则唯我父亲是问。我当然不会如此愚蠢，况且听说我父亲是与建承被抓去的人关在一起，是会得到照顾的，于是，决心找路子离开上海。困难的是要去解放区却找不到直接的关系，只好趁天黑找到了在红十字会工作的沈孟先⑯同志，说明了自己必须找他的理由和苦衷。他说他可以帮我接通工会系统的关系，但是他们的交通员离开上海去了解放区，不知何时能够回来。他问我，告诉我去解放区的路线和几个联络站的话，我能不能独自前往？因为路上要过好几道"阴阳河"的关口，是很危险的。我说我必须离开，时间拖长了，困难就更大。这样他就给我开具了组织介绍信，并且告诉几个比较安全的落脚点。接着我就要筹办自己的旅费了，幸亏范泉⑰同志预付给了我那半部《星象》一书的稿费，姚云也把她手上的金戒指摘下让我带着。别人给我买了火车票并送我登上火车，到镇江下车住了一夜，又渡江到瓜洲，雇一只小船行到半途，又遇上拉夫的伪军，在经历了种种曲折之后，终于找到了交通站，被送到位于安徽天长县乡间的新四军军部和华中局。这些经历虽然很曲折、惊险，谈起来却不无趣味，但因都与建承无关，就不去谈它了。

1989 年 3 月 31 日·长春

上海《建承五十年》，1989 年 3 月 31 日

注：

①朱维基（1904—1971），现代作家、诗人、翻译家。上海人。毕业于上海沪江大学。1928 年后历任南国艺术学院教师，上海正风文学院教师，上海建承中学及中国艺术学院教师，上海大同书店编辑，华中建设大学教授，烟台外事办公所《英文报》编辑，华东大学及山东大学教授，华东文化部艺术教育科主任，上海新文艺出版社编辑等。著有诗歌集《世纪的孩子》，译著诗集《在战时》《神曲》(《地狱篇》《炼狱篇》《天堂篇》)、《唐璜》《卢森堡夫妇诗选》等。

②蔡芳信（1902—1963），戏剧家、翻译家。江西南昌人。20 年代初，受"五四"新文化运动的影响，与刘和珍一起来到北平，入陈大悲所办的"人艺"戏剧学校学戏剧。1925 年到上海，曾在"第一舞台"演"文明戏"。后与周扬相识，与夏莱蒂等办《火山》月刊，与朱维基等办《绿》月刊，提倡唯美主义。1934 年与锡金相识，1938 年参与锡金、朱维基等人组织的"上海诗歌座谈会"，创办"诗歌书店"。曾任世界书局特约编辑，华中建设大学、关东医学院教授。新中国成立后，历任文化部编审处、

人民文学出版社编辑，中国戏剧出版社副总编辑。译有果戈理《钦差大臣》、奥斯特洛夫斯基《大雷雨》、列夫·托尔斯泰《两个骠骑兵》、高尔基《底层》等。

③鸿英图书馆：位于上海徐汇区淮海中路（旧称霞飞路）1413号。其旧址前身为黄炎培等人于1924年发起创立的甲子社所属的专门收集历史人文资料的编辑部。1932年由实业家叶鸿英捐资，在淮海中路1413号建造馆舍——人文图书馆。1933年4月，叶鸿英捐款50万元成立鸿英教育基金会，以10万元办图书馆和乡村教育，以40万元扩充人文图书馆。1933年6月改名为鸿英图书馆，收藏特色"以社会科学为范畴，以社会科学之历史为核心"，并"尽量搜集关于近代史及其史料"。1938年鸿英图书馆试行开放，1942年10月正式对外开放。1946年12月8日，因鸿英图书馆主任辞职，黄炎培以董事身份兼任。1950年2月，鸿英图书馆由上海市教育局代管，后由上海市文化局接办，接办时杂志留上海市馆，珍贵的史料调拨给中共中央宣传部，大量的报纸由近代史研究所收存。1953年，鸿英图书馆改为专业图书馆，专门致力于期刊资料的搜集、整理与推广应用，并编制专题资料索引。1955年1月，鸿英图书馆与新闻图书馆合并，成立上海市报刊图书馆，成为一个报纸、期刊专业图书馆，馆址在原鸿英图书馆。1958年10月，上海市报刊图书馆与上海图书馆、上海历史文献图书馆、上海市科学技术图书馆合并，全部藏书移并至上海图书馆。

④李平心（1907—1966），当代著名社会工作者、历史学家、学者。原名循钺，又名圣悦，笔名李鼎声、邵翰齐等，江西南昌人。

1925 年 8 月考入上海大学社会学系，开始接触马克思主义理论和系统学习社会科学。1927 年 1 月，受党组织的安排，肄业离校，赴浙江第六师范学校任教，加入中国共产党。蒋介石"四一二"反革命政变后，潜归上海继续从事党的地下活动。1928 年 4 月被捕入狱，后经保释回到南昌乡下。1930 年 5 月重回上海，先后在中共地下党上海市法兰区委和全国苏维埃代表大会准备委员会任职。抗战时期，积极投身上海"孤岛"的抗日救亡宣传。1942 年 12 月被日寇逮捕入狱，后经多方营救，始得出狱。抗战胜利后，参与发起成立中国民主促进会，撰文揭露蒋介石的内战阴谋，为日益高涨的爱国民主运动奔走呼喊。新中国成立之初，他一度出任《文汇报》特约主笔。1952 年 8 月任华东师范大学历史系教授。1955 年起，当选为中国民主促进会中央理事、全国政协委员和上海史学会副会长。"文革"中惨遭迫害，于 1966 年 6 月 15 日含冤而死。一生著述丰富，有《现代社会学理论大纲》(1930)、《中国近代史》(1933)、《生活全国总书目》(1935)、《社会科学研究法》(1936)、《国际问题研究法》(1937)、《各国革命史讲义》(1939)、《社会哲学研究》(1939)、《中国现代史初编》(1940)、《论鲁迅思想》(1941) 等著译二十多种，及《平心文集》(三卷本，1985—1992)。

⑤戴介民 (1902—1973)，原名戴邦定，曾用名巴克。浙江黄岩人。1924 年就读于上海大学，1925 年参加中国共产党。1926 年年底，被派往杭州从事革命工作，后任台州特别支部书记和临海特委书记。蒋介石"四一二"反革命政变后，回到黄岩。1928 年转移到上海。1929 年 7 月回上海后，得到上海社联和

上海大学同学会的支持，典卖妻子的首饰，筹款创办了建承中学并担任校长，校址设在宁波路130号，后迁至白克路（凤阳路）。他的办学宗旨是："培植革命青年，探讨改造旧教育之途径"并亲自教授哲学和社会发展史等课程。建校不久，中共地下组织在校内建立支部，并设立党的交通联络点。戴介民为党组织和学生在校开展革命活动提供方便。当敌特便衣来校搜查时，他就嘱其妻子项一棱（当时在建承小学部工作）先在楼下挡驾，并通知有关师生撤离学校。1945年5月，日军宪兵到校将戴介民等师生8人带到宪兵队严刑逼供，但戴介民等坚强不屈。敌人因得不到证据，将戴介民交保释放。党组织根据他在狱中的表现，批准戴介民重新入党。上海解放后，调任虹口中学、晏摩氏中学任校长。后调华东师大历史系任教材教法教研室主任。"文革"中受到残酷迫害，于1973年去世。1983年6月被平反昭雪。

⑥王任叔（1901—1972），笔名巴人。浙江奉化人。1920年毕业于宁波第四师范学校。曾担任宁波《四明日报》编辑，并加入中国共产党。1930年在沪参加中国左翼作家联盟。抗日战争爆发，上海沦陷后的"孤岛"时期，担任过《译报》的编辑和《申报·自由谈》《大家谈》等副刊主编，从事抗日救亡宣传；还与许广平等人共同主持《鲁迅全集》的编辑出版工作。1941年后到南洋一带，协助胡愈之开展华侨文化活动与统一战线工作。1947年10月到香港，不久去解放区，在中共中央统战部工作。1949年中华人民共和国成立后，首任驻印度尼西亚大使。1953年起，历任人民文学出版社副社长、社长，《文艺报》编委、

中国作家协会外国文学委员会委员、全国文联委员等职。著有《文学论稿》《遵命集》《论鲁迅的杂文》《论鲁迅的小说》等。

⑦据锡金回忆,夏希诚原来姓王,是哪里人记不清了,其父是一位邮局的工人。他后来为天津艺术学院教授,新中国成立后未见。

⑧麦秆(1921—2002),现代版画家。原名王兴堂,笔名麦秆,山东招远人。抗日战争时期立志以木刻为武器,取笔名"木苹"。19岁因创作《日寇的暴行》木刻被投入牢房。此后又两次被捕,但矢志不移,而创作内容更具尖锐性。1940年在上海与同学组织"革艺""刀笔社",先后主编《铁流版画集》《鲁迅五年祭》等刊物。1946年参与组织上海美术作家协会、中华全国木刻协会。曾为鲁迅、邹韬奋和诗人闻一多刻像,并为他们的作品作插图。

⑨董喆池(女),建承中学学生,未及毕业就投奔了解放区。1946年春,锡金在新华社华中分社工作时曾与董喆池共过事。"文革"后,锡金曾到上海参加过新四军研究会上海分会印刷印钞大组的年会,从得到的《会员录》上看到,董喆池似在上海交通大学工作。

⑩刘汝醴(1910—1988),别名刘百馀。江苏吴江人。擅长粉画、美术史论。1927年入上海艺术大学,后转入南京中央大学艺术科。1932年参加上海左翼美术家联盟。1933年毕业于苏州美专,同年赴日留学。1936年回国随徐悲鸿赴广西讲学。1940年任教于苏北鲁迅艺术学院。曾任四野大连工军部文艺顾问。1949年后任教于杭州艺专,南京艺术学院教授。《美术纵横》

《美与艺术》主编,《中国大百科全书·美术》副主编。著有《苏联艺术史》《古埃及美术》等。

⑪朱维新:建承中学学生,未及毕业即到解放区参加革命。现名朱星,在陕西人民出版社工作。1981年锡金去西安开会曾匆匆见过一面;后来,在北京亦会晤过。

⑫沙重叔(1910—1999),原名史水,曾用名沙文威,浙江鄞县人。1925年加入中国共产主义青年团,曾任共青团浙江区委员、共青团上海沪西、沪北区委书记。1934年加入中国共产党。此后,长期从事秘密工作。新中国成立后,历任中共南京市委统战部部长、江苏省委统战部副部长、中共中央华东局统战部秘书长、中共中央统战部部长,第四五届全国政协副秘书长等职。

⑬魏金枝(1900—1972),浙江嵊县人。1918年考入浙江省第一师范,1920年开始写诗与散文,并参加文学团体晨光社,毕业后任浙江省孝丰县立小学、上海国民女子中学教师和上海总工会秘书等职。1923年,因参加进步团体,一度被杭州警察厅拘留。1926年起,发表短篇小说《留下镇上的黄昏》。1928年,短篇小说集《七封书信的自传》,被鲁迅誉为"优秀之作"。1930年,加入中国左翼作家联盟,编辑左联刊物《萌芽》月刊。1931年"左联"五烈士被捕后,被迫离沪到杭州财务学校任教。1932年夏,因五月花剧团的关系被捕,出狱后失业回乡。1933年,在上海麦信中学任教,参加《新辞林》和《文坛》的编辑。1949年5月上海解放后,任上海市教育局特约研究员、《文艺月报》编委、《上海文学》副主编、《收获》副主编、上海市作家协会

书记处书记、上海市作家协会副主席等职。1959年起，兼任上海师范学院中文系主任。"文革"中遭受残酷迫害。有《魏金枝短篇小说集》。

⑭许杰（1901—1993），笔名张子三。浙江天台人。民盟成员，中共党员。毕业于浙江省立第五师范。曾任小学、中学教师，安徽大学、暨南大学、广东省立文理学院教授。1949年后历任上海复旦大学、大夏大学、华东师范大学教授。华东作协副主席，上海市作协顾问，上海市政协委员，上海市人大代表。1924年开始发表作品。1953年加入中国作家协会。著有短篇小说集《惨雾》《许杰短篇小说集》（三册）、《暮春》《飘浮》《火山口》《子卿先生》《别扭集》《胜利以后》《一个人的铸炼》《铸炼集》《〈野草〉诠释》，文艺论文集《明日的文学》《新兴文艺短论》《冬至集文》《文艺·批评与人生》《许杰文学论文集》《鲁迅小说讲话》《现代小说过眼录》，散文集《椰子与榴》《许杰散文选集》等。

⑮孔令境（1904—1972），又名孔另境，字若君，桐乡人。现代作家。1922年就读嘉兴二中，后考入上海大学中文系，1925年毕业，加入中国共产党。参加过北伐，曾任武汉前敌总指挥部任宣传科长。1927年在杭州任县委宣传部秘书。1929年在天津被捕，经鲁迅托人保释出狱。后在上海职业写作，并热心戏剧运动。1945年被日本宪兵逮捕，抗战胜利后出狱。新中国成立后，任山东齐鲁大学中文系教授、上海文化出版社编辑等职。十年动乱中被迫害致死。有散文集《齐声集》《秋窗集》《孔另境散文选》等。另有戏剧创作及《现代作家书简》《中国小说史略》等著作。

⑯沈孟先（1906—1970），又名沈孟仙，字广连，江苏镇江人。1920 年 9 月，入英商华洋德律风公司工作。1921 年 9 月加入中国社会主义青年团，后因参加罢工被公司开除。1924 年考入上海邮局为拣信生。同年转为中共党员。1925 年 8 月与地下党支部一起，发动职工举行"要求改善待遇、成立工会"的罢工斗争，被选为执行委员。1926 年和 1927 年，分别发动邮局职工参加上海工人三次武装起义。1928 年，任中共地下闸北区委常委。1935 年进中国红十字会第一医院工作。1948 年被国民党政府逮捕，获释后撤往皖北解放区。上海解放后，任上海市工会联合会宣传部副部长，第四人民医院院长，五十八中学副校长。

⑰范泉（1916—2000），现代作家、编辑家、翻译家。本名徐炜，上海金山人。1939 年毕业于复旦大学新闻系，抗战时期和 40 年代后期，他在上海主编《文艺春秋丛刊》和《文艺春秋》月刊，杂志的作者大多是沦陷区的作家。50 年代初，加入中国共产党，不久在"肃反运动"中莫名被捕，后经审查无罪释放。1957 年，被错划为右派，发配到青海劳动改造。粉碎"四人帮"后，他的冤案得以平反，留在青海师院中文系当教授。1986 年冬，从青海调回上海，任上海书店总编辑。

小　说

恋爱的插曲

当邓同志为大家所侧目的时候，他特别显示出一种岸然不顾的精神，他觉得许多同志对他的半像责难的神情，是无谓，可笑，甚至是可恶的。他是新来到工作队中的，来了不久便和其中的一位姓李的女同志特别接近起来，这在工作队中是非常特异的。

因为工作队中在邓同志未来以前，有七位女同志三位男同志，好久以来，在他们中间从来没有什么恋爱事件发生过，因为说来很奇怪，那三位男同志都好像是很害羞。大家要排戏了，这些戏大概都没有剧本，临时在什么情况下要演什么剧大家商量一个故事，分配一下谁担任什么，便一面排一面编下去。很像是文明戏子的演幕表戏。到分派人物的时候，男同志说："你们去演吧，我们做事务工作，大家分工。"于是常常弄得男角没有人演，单演没有男角的戏剧。虽然在都市中或者很受欢迎，但常演又不像样，老百姓不相信到处只有女人，于是弄得演不下去了。女同志没法子，只好恳求男同志演了，但是，大家推说：

"还是他演吧，他也演，我再去找几位教导队的别的男同志来演，我还是做事务工作，事务工作也不能没有人做呀！"这使得事情很糟糕，女同志也赌气了，"不演就不演！"于是她们请求加派几位男同志到工作队来，邓同志就是这样来的。工作队的工作不单是演戏，邓同志来了以后倒没有演什么戏，他经常在做着许多另外的事，上文化课哩，教歌哩，事情也很多，他的和李同志接近都是因为他常向她借书，李同志是管理图书的。

吃过了晚饭，要移动了。李同志在屋子里把一些书都打在一个包裹里，邓同志在把地上打扫干净，又把门板替老百姓上好，免得他们觉得不满。大家都很忙碌地在收拾这样那样，部队里的生活就是这样的，什么东西都得很有秩序，一些携带的东西要收拾得简单、便当，唯有这样才能迅速行动。

"你看，这些劳什子的书！"李同志说："都是为你拿的，又难包，又重，你看书看得多，你应该拿这些书！"

邓同志正用力在上一块门板，那门板一下子对不上臼，大概是和别的一块调错了，他抬起头来笑了笑。

"同志，"他说，"我现在上的是你睡的门板，你为什么不自己上呢？"

李同志不买账真的自己来上，可是他已经上上去了。

"别那么小气，"邓同志说："看我今天就背这些书。"

在移动的途中，邓同志背了一包书跟在大队里走，书到底是重的，压得他满头是汗，迅速行进之后，简直累得他喘息不止。吴队长在后面取笑他，告诉他平常时李同志自己是并不背书的，书总是放在担架队或船上走，而且现在包裹里还有李同志自己的衣服。

邓同志听了她的话苦笑了一下，也不作声，单把背上的向上耸一耸，依旧仰着头向前走，大家都笑了。天黑了，沿塘的大路上有许多嵌在泥里的石板，走得不留神很容易颠踬，尤其是许多堤岸上沟道的缺口，走入田埂的时候不当心踩歪了脚要踏到水田里去。邓同志果然滑了一下，一只脚踏到水田里去了，但他挣了一下跳了起来，一声不响的仍旧往前走。前面传下稍停行进了，大家都歇下来，邓同志把包裹放在地上，坐在柳树下歇歇腿，离开大家一点。

李同志找到了他，向他笑笑。

"对不起，"她说："让我也背一段吧！"

"不！"他跳起来把包裹拎开。

但宿营地的时候，大家找好了宿处，邓同志不说什么话，便睡了。

第二天上午，上完了文化课，李同志向老百姓家借了一只木盆，到河畔去洗自己的衣服，她来找邓同志。

"你把衣服裤子换下来吧，"她说，"我顺带给你洗一洗，你看，都是泥！"

"不，我自己会洗的。"他回答。

但李同志还是催他换下了衣裤，洗干净了，当天晾干了给他。这样以后，他们间便不曾再继续开玩笑。他们继续常在一起，常常讨论一些书上看到的问题。不知在什么时候起，大家觉得他们之间有些恋爱的意思了，于是大家嘲笑了他们一会儿，接着也不管他们了。

　　有一天，两位男同志在一起谈到关于恋爱的话，这些话也许是从邓同志和李同志最近的情形给引起的，虽然他们所谈的并不是指他们。杜同志对恋爱有很深的成见，他说他从来没有遇见过一个可爱的女孩子，女孩子在初遇的时候或者看来很可爱，但是接近了，往往在各方面都不和外面的可爱的形状相合，譬如思想吧，他认为女孩子的思想都是比较落后的。他说得很激烈，他皱紧了眉头用手使劲地拍打着自己的膝盖，他说女孩子全是顽固派。林同志和他的意见很接近，他补充着说，女孩子的兴趣都是自私的，她们只求自己一点很浅薄的满足，而且她们很容易满足，为了她们的十分自私和个人主义，有时竟达到可怕的残酷的程度，他背了一大串，说她们是只为自己高兴，也只为自己悲哀，在一切事件上她们是乐天主义的、实利主义的，庸俗不堪。他把自己家里的姊姊妹妹作例，说得非常透彻，并且叹息不止。这些谈话被吴队长听见了，她便加入了进来，她指出他们是只看到普通的现象便作结论是不正确的，她称他们为现象论者，她为女孩子辩护。两位男同志不睬她，对她冷笑。她不高兴极了，于是她大声地指斥他们，以至把许多同志招引来了，当然，她们无疑问是站在吴同志一面的，她们气势汹汹的诉说了许多男孩子的恶劣情形。

　　而他们正在屋子里作热烈争论的时候，邓同志和李同志却没有参加在他们一起，他们不在屋子里，他们已经在这之前什么时候出去了，因为下午有一些空闲的时间，她走出屋子去走一走，不知不觉穿过那司令部的屋前，邓同志刚从里面出来。

　　"你上哪儿呀？"邓同志高兴地问。

"不上那儿，"她笑了一笑回答："没有事，上庙的那边走一走。"

"那边第二连在那儿做演习呢。"他说。

"庙里呢？"她随便问。

"恐怕教导队在那儿上政治课。"

"那么在那外边走一走也不妨事。"她说。

她依旧往前走，他也跟上了，他们一同走去。沿着河边的大路向前，上了木桥，他们略微站了一会儿，又走了下去。于是又沿着一道田径走，她随手采了一支稻穗子，用它轻轻地在自己的脸上拂打了几下。

"我说，"她说，"我弄不明白，理智和理性这两个词到底有什么分别？"

"有分别吗？"他说，"我想，我想。……"

"你说呀。"她望了望他。

"我想，"他说，好像是要从脑子里去把所读过的书当中翻捡出一个答案来："理性，是人类思维的一个最高的阶段。在这一个阶段上，把一切我们所估量的事物，在它的运动，发展和变化中，在矛盾因子的斗争中，矛盾中来考察。"

"那就是说，"她说，"依照辩证法的法则进行。"

"是的，"他说，"在这个阶段上，做一个决定、决断。"

"那么理智呢？"她问。

"我想，我想。"他说，"我想那是差不多的，我们说一个人有理智，就是说他有智能，就是说他是合乎理性的。你为什么不查一查辩证法唯物论辞典呢？我们不是有那本书吗？"

她笑了笑，没有回答，依旧向前走去。到了庙前的坪场上，他们又站下了，靠着那株五六丈高的大银杏树，看到那些第二连的指战员同志们正在那边大草场上做演习。他们伏在一些灌木和坟堆的后面，两脚分开，使整个身子都贴紧在地上，枪都端在弯转的右臂中，顶住在肩上，头微昂起，注视着前方。一片高朗的澄蓝的天静静地临罩着他们，一位指导员跑到一位战斗员跟前说话，声音很清楚的传过来。

"不对，同志，"他说，"你的头抬得太高了。低一点儿，这样会给敌人很大的目标呢！"

"前面有坏人我恨不得站起来打呢！"那战斗员说，一面笑着把头低下了一点儿。

一个命令下来了，从那些坟堆和灌木的后面，所有的人都端枪爬起，低俯着身体迅疾向前冲，像从一个手掌中掷出的一把大豆。一位伏在一块石碑旁边的轻机枪手急切地站起来时身体的倾斜角度太小了，"扑的"趴倒在地上，立刻他赶紧挣起来，赶上前去，引得站在前面坟顶上瞭望的参谋长哈哈大笑。

"不行呀，同志！"参谋长喊他，"第二次站起来的姿势不对，会给人很大的目标呀！要照姿势迅速地站起来。"

他却不回头的向前冲去了。

他们俩在银杏树下观望了一会儿，又走开了，沿着墙向庙后面走去。

"你对于宿命论怎样想法？"他忽然问。

"为什么你想到问这个？"她望了望他，"我相信人为的力量。"

他们依旧向前走，前面是一道河塘上筑起来的坝，上面缺口处架了两块长石条，给雨水淋洗和人们踏得十分光洁可爱。他们在这石条上坐下了，旁边的两尺多高的稻茎随风摇动着，遮掉了他们好些视野，于是他们就看水，水清得很，显出粉绿的颜色，水边有许多的萍片，开了黄色的一朵朵小花，一些翠绿色翅膀黑色身体的草蝶在那些萍花上飞舞着，一阵子小白鳔鱼游了过来，看到水面上人影子，吃惊似的又窜开了。他们觉得有些疲乏，便把脚搁起在石条上，抱着膝盖，背对背的倚靠着，看看天上流走的一些游丝一样的薄云，像是一对理想主义者傲然地满足在他们的空想里。

"为什么你们拦着路？"一个换哨的同志托着枪走过来唤醒了他们。

他们立刻跳起来让他。他托着枪从草径中头也不回的走了。他们想到要回去，也许是应该料理一下，准备晚上又要移动了。

不久的时候，吴队长传下来邓同志和李同志以及还有一些同志都要移调工作，邓同志调在教委会，李同志调做民运工作，这命令由吴队长带下来向大家报告过后，明后天他们就要离开工作队，出发到自己的新的工作部门去。只有留下这一两天是他们仍旧在一起的日子。在这余下来的短促的时间里，他们仍旧照常的做着工作。但是邓同志在吴队长报告的时候就提出过，他不愿意移调，李同志也说她不愿意移调，他们都把对新工作不熟悉作为理由。可是什么工作是开始就熟悉的呢？在革命的游击区里，也许没有一个原来在参加一部门工作以前就是这部门工作的专家，可是为了必要，他们就做起来，从实践的经验中教会自己。而往往为了情势上的必要，他们又要被调走去做别部门急切的工作。因之他们的请求被否定了，邓同志必须到教委会去，李同志必须做民运工作去。

这移调工作虽然在邓同志和李同志都是预知的有那回事，但现在他们却觉得是对他们的一种恶意的布置，虽然同时别人也在移调，而他们的移调却是为了要分开他们。因之特别引起了邓同志的愤怒，但是，他的愤怒的对象是谁呢？没有谁，只有所谓工作上的需要是逼使他们分开的原因。那么，他恨工作吗？又不能。他们互相商量了好几次，于是把本来没有的说出来的互相的爱也都说出来了。于是，他们都以爱为理由，再申请即使是移调的话，也申请调在一处。譬如说把李同志也调到教委会。

为了这请求工作队里召集了一个小组会，加以商讨。邓同志和李同志就以最简单的理由提出来。

"我们相爱，所以我们要求调到一处工作。"

满屋子都笑了。接着大家便开始了严肃的批判，最后，一位周同志深思地说："我认为李同志和邓同志必须辨明参加革命，参加抗战的目的。"

会议决定他们提出的请求是错误的，要求他们自己做更深的省察，而且迅速的决定。

一天过去了，这天下午邓同志很痛苦地在屋子里看着书，因他不能为自己解决，他随意的翻检着李同志整理得好好的书，《联共党史》《两年以来托派罪行的总结》《新民主主义论》《论修养》……他想从这些书中使自己完全不再思索到自己的事，但是这些书虽然平时很能使自己潜心忘物，现在却全不能够了。他翻了一本又一本，把一堆书全抽乱了。

李同志从外面走了进来，看了他一下，把他手里的书抢了下来。邓同志用一种苦恼的神情望着她。

"你怎么把书翻成这个样子呢？"她把书原旧整理起来。"我要整理一下，你快帮我整理，等会好交代。"

"什么？"邓同志惊愕了："你想怎样？"

"没有怎么样呀！"她说，一面想怎样也劝慰他一下呢？她向邓同志淡淡地笑了笑："我决定了，明天走。"

"明天走？"邓同志有点痛苦似的抑住了："你决定走？"

"是的，明天走。"她说："你呢？"

"我吗？"他低沉地说："也许也是明天走。"

到傍晚时还没有准备移动，大概这是例外的不移动了。大家唱起了平时唱的歌曲，但是现在却像是有意的相互传唱着，虽然，邓同志和李同志是不需要这歌声来激励了。

> ……为了祖国，为了自由，
>
> 一切都值得牺牲。
>
> 哪怕是爱情，生命，爹娘……

邓同志和李同志正在一起，听见了这歌声，互相望着笑了笑。一位老婆婆抓了把炒蚕豆递给了她，她分了一点给他，两人剥食着蚕豆，在河边沉默地来回走着。一个老百姓家的男孩子站在牛棚边愣着望他们。李同志走到男孩子身边蹲了下来。

"小弟弟，你识字吗？"她温和地问他。

那孩子摇摇头，向她傻笑。

"不识字不好，要识字！"

"妈。"那孩子看见了妈来了。"这两个同志叫我要识字。"

"哎哟，我们没有福气识字的。"那妈妈说，"没有本钱，念不起！"

"不要紧！我们来教你们，"邓同志说，"不要钱的。"

"是啊，"李同志好像是对自己说，"明天，他要到教委会去，编出书来给你们读，办小学校给你们念书。而我，明天要做民运工作了，民运工作同志也会教你们识字的。"

于是两人又相视而笑了。走前去，前面是副官处，院子里有谁在唱歌。

"进去吗？"邓同志问。

李同志点点头，两人走了进去。

《上海周报》第 3 卷第 16、17 期，1941 年 4 月 12 日、4 月 19 日

我很喜欢你

她醒来的时候，好像身上缺少力气。室内是昏暗的，垂着的窗帘把外面的光遮住了。在枕上回转头来，看过去那桌上的小镜偏偏又映着一片玻璃面的反光。看不清楚，不知道是什么时候了。

可以休息还是休息一下，她平静地在床上躺着，想一想今天还有些什么工作？要遇到些什么人？她便想到昨天实在是睡得太迟了，原来说是不喝咖啡的，就是为的怕睡不着觉；但后来他那样殷勤，而且劝得那样可笑，却又喝了一杯。这不太好，好像这给他看了自己是拿不定主意的人，他不是那样的又要劝喝一点酒？又要自己回来得晚一点？这家伙完全自作多情！不过，喝了这杯咖啡到底不好，回来真的睡不着觉，想爬起来写写文章，写好了交给哪一家杂志拿去发表。拿起笔来又写不下去，人实在疲倦了，还是睡，睡又睡不着。所以，男人们总是讨厌的，他们的殷勤都殷勤得那么蠢！而且，他也难看，一脸的小疱子结成的红块上还有一点点的小白点，留的那小胡子，唉，自己以为很潇洒呢！好在他今天动身走，不过隔几天一定就有信来的。

她想想真好笑，再一转念到今天的工作时，便又急于要知道现在的时刻。她决意起身了，要把衣服穿好，不然要一有空袭警报时又来不及了。她一坐起来便看见挂在门背后的那件印花旗袍，在屁股那处所有一条大折纹，心里很不舒服，这件旗袍刚穿了两天，要烫平吧又没有熨斗，这里的生活真够寒伧！但为什么自己又那么不当心，另外的一件在洗衣店里还没有拿回来，今天只好穿素色的一件了。而这种印花布自己特别喜欢，现在大家都学着穿这种料子，那素色的却是太普通的。穿了这件素色的人家会怎样想呢？嗳，你看她今天多么朴素？多么淡雅？嗳呦，不会的不会的！这太平凡了，一点也没有引人注意的能力。她又回想起自己为什么要做这件素色旗袍来，真是，为什么？

跶了一双拖鞋，便赶紧冲到门边把那堆衣服上的睡衣拿来披上了，束好带子，才发觉这房里原来是静静地只有她一个人。她走过去揭开了窗帘，外面是阴天，窗沿上的爬山虎的叶子上沾着水珠，原来夜里还下过雨的。看看钟，已经十一点半了。阴天不会有警报的。她觉得上午的时间虽然还只有这一些，这一些时间却很空洞。但是，她仍旧是要忙上一会儿的，她走到梳妆镜面前矮凳上坐下了；立刻又站起来，从写字台上拿起了热水壶，倒了点水在面盆里，细心地洗干净了脸、颈子、和两条手臂，漱了口，才又坐回到梳妆镜面前来。现在，她在面前的大镜子里望见她自己了，虽然那是每天都望见的，但她总要仔仔细细地望上一会儿，然后再侧转身子，把双手扶在颈上，换动个位子，再望上一番。自然，对自己的影子她是熟悉的，非但熟悉，而是觉得太熟悉了，有的时候简直有点怕看自己。她非常不快地从镜子里看到她的微黄而且有点灰暗的肤色，这是不是又是睡不好的缘故呢？也许是在外面跑多了，多吹了风，多晒了太阳？但她知道这决不是一两天的缘因，因为其实她每天都这样看到的；而且，每天她就细心地在镜子面前化妆，等费上一番功夫，她几乎又变成了另外一个娇嫩而艳丽的模样了。这些在镜子的旁边的椅凳上搁着的小梳子，小剪子，小盒子，高矮的各式各样的玻璃瓶子，都是帮助她每天装饰自己的；每一次使用到这里的每一件东西时候，都给她一回欢喜，每一件东西都带给她一份美丽，一份青春，无论花上多少工夫，最后她总是满足地站起来。不同的时间在不同的镜子里，她看见过不同的自己；因此她觉得，一切真是变换得太快了。她清楚地记得那一天在镜子里替自己的两条辫子上打起两个大红结，自己高兴得那么快活，而现在，不时行这样的打扮了；即使时行又怎样呢？自己还会打上两个大红结吗？她感到这才是真的变，她不敢去想这变。她用手掌心给自己脸上抹上冷膏，可是，从前就不是那样抹的；从前的时候，就没有现在这样要花费工夫，早上起来洗一把脸，把头发梳一下也不妨跑去了。哼！难道这就是每一个女人到要担心的时候便担心着的老了吗？她在额上轻轻地扑上点淡红时，她对自己恶作剧地轩起眉毛来，额上立刻出现两道深刻的皱纹，她有点惊慌地放下眉毛来，于是皱纹便平复了；用手指摸摸，怪光滑的，凑近镜子去看看，平滑得很哩！于是她把青黛修了修眉角，再把唇膏推出来，均匀地涂红了嘴唇。

她对着镜子笑了，现在这镜子里的自己无论如何还是惹人爱的。她一面用一点粉扑上两条圆浑的手臂，她觉得这是无论如何，比从前充盈的多了。谁说是一个女人要害怕年龄的增大呢？自己是无论如何不会的。到底像我们这样的女人可夸耀的还不仅仅在这一点容貌的美丽上，那些都是看轻自己的想法，但是有些是不会老的东西，譬如说艺术，那就是永久的。自己是不是算已得到了大家的承认？但，那是不是就是永久的呢？她迷惑起来，但立刻决定，自己是还能写文章的，这很有兴趣，同时，这也还有很长的时间好让自己努力啊！还有，……尤其是在这伟大的神圣的战争里，人是不应该想到这些的，那些伤兵多可怜！那些到战场去的战士多勇敢！去给他们唱歌，一切美丽的记忆也是永久的。不要那样懦怯，不要那样自私，现在，有更永久的事业！她鼓舞起来，站起身来，脱下了睡衣，在镜子里望了望自己的饱满的丰腴的身体，于是走过去，把那件素色的旗袍套上了，扣着钮子。

"嗒嗒嗒"，外面谨慎地叩着门。

"进来！"想起门是锁着的，便自己去开了，探头进来的是明，那傻气的小伙子。

"嗳，你还没有出去？"他进来，四面望了望，还有点不安地问。把一件外衣搭在臂弯里。

"是呀，你坐吧，嗳，你看我刚起来，"她笑着。"昨晚有点事，睡迟了，可是今天下午要开会，便赶着起来了。你要喝茶？

我跟你沏。你从那儿来的？"

"吓，我跑一上午了。你看我还没有吃过饭，可是赶紧要来通知你。跑累了！"他抽出条花手帕来揩着汗。

"什么事这样要紧？"她在床上坐下，望着他笑："等会儿一起出去吃好了。你说，你来跟我说什么的？"

"嗳，也好。让我喝一口茶，你有扇子没有？"

她从手袋里拿出一把小牙骨扇给他，他打开来，很急的扇出一阵小风。她望着他的样子，索性在床上躺了下来。

"今天晚上，"他说，"七点半钟，我们明天的会提前在今天开，因为扩大宣传周不延期了；你是被推做干事的，今晚到两仪餐室出席。要准时到。"

"嗳哟，不行。今晚我已经有了一个约会！我不想去。"

"不！那是很重要的，你一定要出席，不然，谁来替你负责呢？"他着急起来。"那是很重要的！"

"好，我倒没有什么重要，"她咯咯地笑了。"我回头去那边说一声好了，你为什么这样着急呢？"

"不，并不，我并没有着急。"他也笑了，"我怕你不去，不是我白跑一趟？嗳，你去就好，你一定去，把不重要的那边的什么约会给回了，这样才好。"

"是的，"她说，"我也这样想。那些应酬真是怪无聊的，现在这样的时代，我们来不及要做的事太多了！像你，真是了不起的，每天这样忙，从不误一件事，而且每件都负责，而且干得好，这是不容易的。"

"那里，"他觉得应该谦逊一下，"我我我，我想一个人总要尽自己的力。"他勉强地把整个的精神从工作里分了些出来，应付了这位漂亮同志那么一句夯话。

"对了，我也觉得这样。"她望着他，"可是，我们女孩是不同的，人家总看我两样。不过我总觉得不管那些讨厌的东西；其实，这许多朋友中间，你真是最天真了，你很可爱，我要跟你学习，我很喜欢你。"

"唔，唔。"他忸怩起来，"哪里话？不敢当的！噢，我想起来了，我还要跑一处地方。本来我是可以和你一起出去请你到有一家新开的江苏馆子吃饭的，不过那边一定要跑一趟，我还是要走。你晚上来吧，准时！等着你。"

"好，那一定晚上见！"她躺着挥手送他。

他匆匆地拎着外衣带跑带跳地走了，砰的一声带上了门。现在，她重新感到一阵新的寂寞，像是晚上单独在雨天里走着的那样，又像是失去了一件什么想不起的东西；于是她站起来，提了手提袋，懒懒的拉开门，出去了。

第 一 名

　　战事发生的第四天，湖北省政府的东湖游泳专车便停开了，因为夏季下午停止办公的规定取消了。战争在华北进行着，离开这儿还很远。事实上恢复了下午的办公，并不是由于战争中的公务变得紧张繁忙而有这样的必要，所以公务员中一些素来清闲的特殊分子依旧自己集合了人，私下雇了汽车到东湖去消暑。可是，武汉大学学生张贴在游泳场的刺目的文字使他们也有些觉得惭愧，而且自从大多数的公务员不能来游泳后，原先每天拥挤不堪的游泳场便变得疏落而清冷了，一时间聚集的游泳女郎们也减少了，因此那些特殊分子也渐渐地放弃了游泳，回到了他们的办公厅里。

　　盛传的丰台、廊坊的克复曾使大家兴奋若狂，但接下来平津失陷了，日军进攻南口，并有沿平汉铁路直下之势。虽然报纸上还说外交之门未闭，公务员却一时都怀了杞忧。再过后，便担心上海战争会不会爆发。上海终于在"八一三"打了起来，虽然大家都怀着不安，不过在意识上却肯定战争是必然的。直到东战场战局的稳定，安慰了所有的心。依旧完全和未有战争时一样，省政府各厅的大办公厅里，许多穿山东府绸中山装的公务员，都端端正正坐在像课桌一样排列着的办公桌上。忙碌的是那些抱住职业不敢不勤勤孜孜的人，公文在他们的桌上堆积起来，不停地掉着汗起稿，一手还要不停撵紧被电扇不时要吹得跳动起来的公文纸。另外有许多桌上的人确是闲着的，抽抽香烟，写写私信，喝喝红茶，还有人在自己的桌上焚起一炷线香，用朱笔抄写工整小楷的《金刚经》。大办公厅里虽然摆满了九十多张办公桌，整个办公厅里倒还能保持着安静，偶然有这桌上的人跑到那桌上去，商询公事或者谈天，都把话声放得很低。送稿和送递茶水的公役们也悄悄的在走过的铺席上往来，没有声音。只有早上报纸上的战争消息，有时会引起大家的争看和聚论。那些小办公室里才是热闹的，事务室里聚集着形形色色的人，川流不息地出出进进。大凡事务和会计都是厅长亲信的人，他们连制服也不穿，随身轻飘飘的纺绸衫裤，斜靠在藤圈椅上，大声的谈论着隔夜的输赢手气和花酒排场。公役们常在这里转动，以应随时的使唤。那些大办公厅里的人们也常到这儿来商量支借薪水，一会儿又标出了很大利息的标会。录事室中无时无刻不是繁忙的；那些弯腰曲背的录事们一笔一笔地抄写着，一页一页地校读着，一面还不时互相唠叨着生活的穷愁，牢骚和夸说着昔日曾有的或盼有的光耀。监印室和收发室则是小公务员们的避难所；公役会代替监印人用印和登记，这里差不多完全是一举手之劳的机械工作，事实上经手的公役做得比谁都熟练，所以，主管人可以躺在藤躺椅上发着大声的鼾息睡觉。一些到这里来偷闲一下的人无忌地纵谈着，有时叫公役打点酒，切点烧肉，可以消磨整个冗长的下午。管卷室是其中最最悠闲的了，棋手们都在这里下着围棋，聚起好多围看的人，棋手的棋艺都很高明，往往难分难解地支持一星期之久。秘书室是和厅长室比邻着的，十分肃静。人们有时被召见或有事必须进见都会在门外先整一整风纪扣。门紧闭着，近侍的公役守立在外面；从外面经过的人谁也不知道他们这时是不是在里面。天气十分的热，大家传说办公钟点又要改动，而且还说主席有延长办公时间的意思，纷纷的议论着。虽然这些议论都是在枉费的，因为改不改和延长不延长时间并不由大家的议论来决定，完全看主席下不下这个命令。如果把时间延长了又怎样呢？夏天的公事总比平时少，即使你把办公时间加多了，事实上另外的机关和各县县政府也并不会加紧多少。到了下午四点钟时，离下班还有一个钟头。闲着的人都在收拾桌上的东西，揩着公役递上来的热手巾，预备等时间回家了。有些人跑到别桌上去，兜着今晚的牌局，有的匆匆的穿好了衣服，不声不响装作有公事溜走了。而所有的人却都等待着，等待着那挂在进出口的门上的大钟的长针移到它的位置。

　　我坐在我的办公桌上看我的《马哥孛罗游记》，觉得时间差不多了，抬起头来看钟时，还有一刻钟。我看看周围的人，我右手旁边窗子下的是编审科员沈朝铨，我看到他写了一下午的信，现在却一只手在桌上支着头睡着了。他是一个五十多岁的灰白的老头子，编审部的工作本来没有什么，实在他每天不是写写私信，便是呆坐着东观西望而已。上午上班时间不怎样准时之外，下班的时间倒是很准的。他很孤独，很少和同事们谈话；我虽然坐在他旁边，除了每天见面偶然点点头之外，从来未交谈过一语。我的左手旁边的桌子一直是空着的，因为它的主人是偶或来一下，不常到的。现在公役在代替他整理今天的来文了。而这时这桌子的主人洪子安却匆匆的来了，他是一个年轻而漂亮的小伙子，一坐下来，就摸出一块麻纱巾揩着额上因走而出了的汗。公役便把今天来的公事点交了给他，然后去倒茶去了。他皱了皱眉头，接着向我做了一个滑稽的歪脸。

"讨厌！一来就这么一大叠，怎么办？"他说，立起来脱了他的灰色法兰绒上衣："总说我们办得慢，你看一来就是这样来法子的！"

我只是向他笑了笑，没有回答。我的抽屉里积压下的公事比他多好几倍。

"我要想法子，"他笑了笑说。接着摆了摆头，显得已经有法子了。他拿了他的公事走到他前面还在忙着的汪福荃的位置上去。"喂，老汪！帮一帮忙。替我把这一点公事办掉它好不好？谢谢你！"

老汪抬起他疲倦得没有血色的胖胖的脸来，放下手中的笔望着他。

"前回我刚替你办完。"他的湖北话的声音重浊而微弱，"我自己的还有这多。"

"哪里，哪里！"胡子安连忙换了湖北话赶上去，"一客不烦二主了，你这就一手承包吧。大家都是老朋友交情嘛！"

老汪为难的望着他。

"帮帮忙，帮帮忙！前回三十件，这回二十件。来，抽支三炮台。"他摸了一支香烟给老汪，"我一共——你不要客气，我要送五块钱给你。请你喝点酒。——"

"这不好，"老汪苦笑着说，"我替你办好了，钱不要送，只是要到下个礼拜交。"

"好！没关系，"洪子安说，"我们不客气，你也不宽裕，我应该请一请你。这是合理照收，应毋庸让！"

他把一张五元的钞票一手塞在老汪的中山装胸前的小口袋里，那袋口正开着，好像正是为收钱而准备的。老汪一定要拿出来，被他揪住了手，把公文留在桌子上，就走回来了。坐在他的位置上扇起扇子来。他后面的潘伯星一直看着他们，现在走到我和洪子安的桌子的中间来。他那黑黝黝的苍老的脸上老是赔着谦和的笑容的。

"成交了吗？"他笑嘻嘻的问。

"成交了！"洪子安毫不在意地说，"这大家是公事公办，不用客气的。老潘，你忙不忙？"

"还不是这样？"潘伯星慢应着，"我们总是这样的，天天都是一定的工作，没有你们那样惬意。"

人们差不多都在同时站立起来，一双双的眼睛都看到时刻了。大办公厅里的桌椅响成了一片，人们都很快地下楼往外走。而这时，外面的下班的号声也吹起了。

"怎么？这样快？"洪子安说，一面披上他的外衣。"我还刚来呢！"他望了望沈朝铨，"你看他还在打瞌睡，喂！走了！"

那老头猛地惊醒了，挤了挤蒙眬的睡眼，匆匆的站起来和我们一同下楼。他走得很快，好像回家的心比我们还急。各厅的人都从三个门里像水一样的涌出来。走到大礼堂时分开了，向大门和侧门涌去。我们走的是侧门，因为回家的路近些。走到前面保安处，里面那些穿军服的人也涌出来，好像一条河流加进了颜色不同的溪水。忽然，那里面有一个人走到沈朝铨的身旁，拦住了他。因之走到他后面的我们也被拦住了。

"是沈先生吗？"那人问他说，"沈朝铨？"

"是的。"他惊疑地回答。

"很好。有点事情请你到保安处来一下。"那人说。而且张开了两臂拦着他。他犹豫了一下，便一声不响地走进保安处去了。

洪子安望着他走进去了，随即从后面追上了我。

"什么事？"他问我。

"管他什么事！"我说。

"奇怪得很！保安处和我们财政厅发生什么关系？而且那老头子？"他说。随即便把这事丢开不管了，却一路劝告起我来了："锡金，"他不称我老什么老什么，这是因为我们是比较狎熟和亲热的。"你的公事也压了不少了，也应该想法子清掉它才对。"

"你这样的法子别人不说闲话吗？"我说。

"谁说闲话？他们敢吗？我们吃厅长的饭，谁能管我们？"

"我想随它们放在那儿。"我觉得我的公事大都无甚重要，存候备查便行，所以一直没有去理它们。

"这不行的，"他说，"还是我的法子好。你的公事多，请人办一角钱一件太不合算了。我看一起算，送这么三四十块钱就行了。你找得到人吗？我看有一个人挺好，就是潘伯星。"

第二天，早操之后，洪子安约摸十点多钟便到了厅，他今天兴冲冲地是为报告消息来的。

"你们大家知道么？"他向正在各自的桌上刚嚼完馒头和油煎饼的大家大声地说，把大家都吸引来了。

"么事？么事？"大家问。

"我们财政厅里出了一个汉奸！"

"什么！谁！"大家问。

"喏！"他向我这边一指，大家都望到那空了的位置上去，"就是他，昨天下班时候给逮起来的。"

于是大家又涌到沈朝铨的位置上来，一齐诧异而好奇地望着他的桌子。嘴里发着"哦哦"之声。洪子安继续大声说着他的消息：

"昨天我过江有应酬。孙股长在联保里替他的姑娘做花头。保安处的刘黑子也在那里，——这个人真不错，交际是好极了。——是他说出来的，他说他们昨天逮住了，武汉的第一名汉奸，就是我们财政厅里的沈朝铨。你们想第一名汉奸！偏就出在我们财政厅里！"

"第一名汉奸出在我们财政厅里！"

"是啊！"洪子安说，"这正是荒唐之极！财政厅竟查出汉奸，殊属非是！——我刚才进来时已经问过厅长了。"

"厅长怎么说？"大家连忙问。

"我说：厅长你知道财政厅出了汉奸吗？厅长说：我已经知

道了。小孩子别多管闲事！我说：财政厅出了汉奸你厅长怎样呀？厅长说：我怎样？我不怎样！我的人也都是别人介绍来的，沈朝铨也有他的介绍人，又不是我的私人。何况，国民政府行政院的秘书长黄秋岳也是汉奸，我们负什么责任？"

"这话对！"大家说。

这消息虽然新奇，但在大家的心上，并不像与自己有切身关系的改钟点，或更换长官那样主要，何况厅长也是那么不以为事，自然大家也就淡然置之了。乱哄哄的人正要散开，忽然，第二科的廖春甫说我们来查查他的抽屉吧，于是大家又涌去查沈朝铨的抽屉。

把他的抽屉和小柜子打开，里面有一大叠空白的稿纸，稿头和稿尾都不多，稿中纸却领了很多。此外，签条簿也有好几本，还有许多毛笔，铅笔，橡皮，领来都未用过。都整理得很好地放在那里。中间一支抽屉是锁好的，把大家身边的钥匙来配一配，也打开了。里面有一本财政厅办公规例和一本职员名录。此外就是一些"美丽"牌香烟的美女画片，和一些写好的信稿。可疑的东西却没有。大家喊喊喳喳的议论了一会儿到底他是怎样的汉奸？也猜测不出什么结果来。廖春甫读着他的信稿，忽然大叫起来：

"你们看呀，这家伙！"

大家都来读信稿。这信稿乃是写给省政府的一位秘书的。当中说，他来财政厅当科员已两个多月，薪水收入，不够开销。现在闻悉第二科科员廖春甫办事不力，上司甚为不满，或能调动。希望能向厅长说即以他接充廖春甫的位置，则升任了一等科员，略可贴补。云云。

"你看这家伙！"廖春甫涨红了脸说，"这不是汉奸是什么？"

"他是什么人荐来的？这位秘书又和他有什么关系呀？"我在旁边说。我的话立刻被大家嘘止了，劝我少管闲事。接着，大家像怕沾惹到什么似的散开了。

一星期后，沈朝铨被押送回省政府里的一座小监狱里来，那监狱是经常羁押着一些贪污舞弊的局长和县长的。沈朝铨的身上已经换了灰色的长衫，但仍佩戴着省政府的徽章，所以大门口看见徽章就行礼的门卫依旧向他大声行着敬礼。他低着头从我面前走过，后面押着的士兵前面，跟着两个女人，一个是和他差不多年龄的老妇人了，一个是像他女儿般的少妇，手里抱一条棉被，老妇人手里提一只食篮。沈朝铨把眼光刚和我接触，便又有点羞愧似的低着头走。他的脸色是苍白而憔悴的，头发都花白了。我跟着他走，想看一看他怎样关进牢去。他好像不愿意被人看见似的一路尽低着头。现在可以看出他袖着的双手是铐着的。走到那监狱门前时，那木栅的门是打开了；一个穿公役衣服的狱卒在接过那少妇手中的棉被包时笑嘻嘻地捏了她一把，她惊叫一声，闪开了。他瞪着眼，似乎发怒了。

"混账！"他骂起来。

那公役却随手给了他两下耳光，把他的徽章摘下了。

"神气什么？"那公役喃喃地说。把他用力一推进去，便把门锁上了。关于他的罪案仍旧由洪子安从应酬中探得了报告给大家听：原来他是黄秋岳的党羽，黄秋岳的罪案暴露了之后抄出了一本名册，便按图索骥地捉了他。他到底做了什么样的间谍情报呢？据洪子安探得的，他自己招供出来：来到财政厅两个月中，只不过做了一次情报，就是报告了财政厅的全部的职员名单。

"这真是笨虫一条！"洪子安说，"这名单报告了有什么屁用？这又是随便哪里都可以弄到的嘛，真笨透了！"

"日本人是厉害的，"潘伯星在旁边喃喃地说，"你看他们连我们财政厅里有多少人，有些什么人都知道。可见他们多厉害！别的厅里也一定有人混在里面的。"

"那有屁用！"洪子安说，"沈朝铨供出来的，他到这里来了以后，他的津贴一次也没有领到。可见那有什么用呀？"

可以佩服的，是洪子安把他的身世还调查得很清楚，沈朝铨从前还做过几任的县长。

"那家伙！"洪子安说，"你看他那副倒霉的样子，从前是阔过来的，做了好几任县长，钱总刮得了不少了。但是他也很会花，你看他这副样子，家里现在还有大小老婆。小老婆是堂子里的姑娘，年纪很轻，很漂亮的。自然不够用，只好做汉奸了。"

我想起那跟随在他后面的两个可怜的女人来。

过两天清早，洪子安跑到我家来把我从床上叫醒。

"快，快，看枪毙去！看枪毙去！"

"沈朝铨枪毙了吗？"我蒙眬醒来问。

"是的，"他说，"这么贪睡！快起来，快快！你看我昨夜打了一夜的牌，还没闭过眼睛就赶来找你去看枪毙了。快快！看了回来再睡好了！"

"我不想去看。"我说。

"为什么？"他说，"这是难得的，你想这是第一名！又是我们厅里的！去去去！"

我被他拉了起来，一同到了省政府。出奇地，今天许多人的上班都特别早。从办公厅的建筑的许多窗子里，每个窗子都塞满了黑压压的攒动的人头。面向着大操场，总办公厅前的水泥走道上设了一张公案，几个保安处的穿军服的人坐在那里。公案上，陈列着笔砚，还有一大盘牛肉和一大碗烧酒。当沈朝铨被武装的兵士拉出来时，他的两腿不住的抖索，脸色灰白得像死人一样。大家都涌出来，围着公案站着看。沈朝铨走到了公案前站着。

"跪下来！"主审人大喝一声。

旁边有一个教育厅的公役跑上来向沈朝铨的腿弯上踢了一脚，他扑地跪倒，好像一个没有生命的草人一样。

"你姓什么，叫什么，多少年纪？"

"姓沈，名朝铨，五十四岁。"

主审人一面和手里的单子对着，问明了他的正身。

"对于你的逆谋通敌，供给情报，危害民国等等罪状，还有什么话说吗？"

"没有什么话说。"我听到他的牙齿格格的发抖的声音。

"好，"主审人提起他的朱笔在白布制好的斩标上一点。"绑起来！"

"求求开恩！"沈朝铨伏在地上痛哭起来，"我可怜得很，我家中还有老母亲，有老婆儿女！"

"你有老母老婆儿女？"主审人拍一下桌子，"你就能害所有全国人民的老母老婆儿女吗？"

沈朝铨不响了，哀哀的痛哭着。旁边的兵士跑上去很熟练的把他反绑了。

"喝点酒吧！"主审人说。

一个公役跑上来把一大碗酒端到他的嘴边，他张开嘴一口气咕嘟嘟的喝了下去。脸立刻就涨红起来。公役抓一把牛肉，向他嘴里乱塞。他却闭紧了嘴摇头不吃，围观的人大声哄笑。军号吹起来了，押队的兵士在大操场上列了队，还打起鼓来。沈朝铨被旁边的兵士捉起来了，他好像已经喝醉了酒，歪歪倒倒地跟着走上去。看到他去死的样子，就和他要死的原因一样茫然。那些兵士分成两排，把他夹在当中。大家跟上去看他，他低着头什么也不望。军号和鼓声又吹打起来了，旁边有人大声的嘲讽他：

"沈朝铨，你今天好阔气呀！"

洪子安扯了我一把，要我和他一同跟到黄鹤楼去看看，我坚执着没有去。

到这一年的冬天，有一天的夜里，不知是怎样财政厅的事务室中起了火。烧了一夜，把省政府的办公处延烧了一半，把教育厅也烧掉了。于是，又有人传言财政厅有汉奸纵火。然而未能证明，却证明了那火是由于走电或火炉冒火的缘故；至于怎么夜里还生着火炉，以及火炉的火怎样会烧到外面来的，这是叫人无从想得明白的。而侥幸得很，我的许多压积的公事，却被这奇怪的火卷去了。我暗暗的祝祷着我的毫无意义的公事的火化。可以不用我再办了。

然而我现在又常常想起那在武汉枪毙了的第一名汉奸来。并不是悼惜他。却是自从武汉沦陷之后，那时的许多同事，大都向西撤退了，然而我又有好几次在路上遇见了一些那时的旧同事，他们正在从事着从前自己也以为是大不韪的事情。他们从前曾在沈朝铨临刑时鼓过掌，大声哄笑！今天我又在一家茶室里遇见了洪子安，他满脸含笑地走了过来。

"啊哟，久违，久违！"他拍了拍我的肩膀。相隔四年，他已经连从前的一点稚气都脱掉了，现在，已非常圆滑老练。"现在什么地方得意？"

我望着他，自己倒感觉一点局促。

"你现在的气色很不错呀！"我说，"在哪里得意？"

"我昨天从南京来的，"他微笑着说，"混口饭吃，在财政部。你没有到南京去玩玩吗？现在复兴了！不过，杀戮和破坏得太厉害了！总不免有点凄凉。"

"近况如何？"我问住他，省得他问我。

"对付对付。其实，生活程度太高了！许多人还在对付不过去。我幸而与司长是同乡。许多情形，和从前也差不多的。"

"家乡怎样？"我接着问。

"还不是，——总之一塌糊涂就是了。我们管不了！"

"我昨天倒遇见一个贵处来的我的朋友，他在中国军队里，说起了一点那边的情形。那边的军队在你们乡里建立了抗日民主根据地，实行二五收租，和老百姓弄得很好。——"我故意逗他，顺便也故意的向他宣传一下。

"哦，他们去了吗？"他低声说，"我知道，那是——"

"是的，"我说，"我的那位朋友，拿了一本捐簿给我，要我为他们募一点冬衣，你怎样？"

"好极了，好极了！"他皱了一下眉头，随即满脸堆下笑来。"遵命，我一定报效。不过不瞒你说，最近我输得太多了！嗳。"他摸出皮夹来。"这里是二十块钱，小意思，聊表心意而已。真的，我这个人，就是这样：爱国是素来不敢后人的！"

上海《奔流新集》第 1 辑《直入》，1941 年 11 月 19 日

少 女 病

　　一夜没有睡，直到天亮他才把他的工作干完，抬头望望窗户里射进来的淡青色的光，便觉得这不是隔夜一天的完结的时候，而是另一天开始的时候了。那黎明的天好像经过了一夜的酣睡而醒来，精神饱满的睁开了它的眼。立刻便很快的从蒙眬中转如清明了。受着这朝晨的气象的影响，他一点也不觉得困倦，反倒有点亢奋的样子。他仍然在桌子前坐着，静静的望着渐渐发亮的天。他在等候那将要来到的时候。他在前几天和她定了一个约会，说是今天早上八点钟去看她，因之他怕一睡就爬不起来，误了这约会。便索性点起一支烟在桌子前坐等时间的过去。这时，邻近人家的庭树的枝头上，嘈咭起一片鸟鸣。

　　独身者的生活是免不掉许多琐碎的事务的，他觉得肚子有些饿了，咕噜噜地发了一阵子响，他便站起来，打开抽屉，那抽屉乱的就像是老鼠窝一样，看看里面的一块面包已经在隔夜吃完了，他把那面包纸上剩着的一些碎屑撮起来吃掉，于是把蜡纸一团，丢入写字篓里。走到那边桌子，从热水瓶里倒出一杯水来，喝一口，已经是微温的了。这屋子里他看看再·也找不出什么办法来。于是他想到，这时可以到外面去找了。人有许多事情上和普通动物是完全一样的，譬如说，睡眠，饮食。但是，人已经不像动物那样单纯了，当他走出那一间为自己的歇宿预备的屋子时，他打开了另一只抽屉，把里面的几张单票子和零星的角币分币，全揣进怀里。

走出门后，他轻轻的把门带上了，里街里很静，但走出里街，宽荡荡的马路上已经有很多早起的人在匆忙的奔走了。在路头，许多食摊上已经围坐着许多人，炉子上的铜锅子当盖子一揭开时，冒起蒸腾的白色的热气来。他走到一个摊子上在板凳上坐下，要了一份咸豆浆，另外向旁边的蒸饭摊，买了一份蒸饭，便大嚼起来。一个巡捕走来了，那是隔夜值班的巡捕，现在大概交了班，要回去了。他来到摊子面前转了转，那摊子的老板便赶紧招呼他坐，从已经变成了灰色的白围裙的小袋里掏出几张角币来塞在他手里，巡捕收下了，老板却已经又赔笑地送上一碗豆浆，当第二个也许是接早班的巡捕看见这个摊子上已经有一个巡捕在吃时，便向那巡捕笑了笑走开了。巡捕吃完了就走，也没有付钱。而当他吃完了付钱给老板时，他觉得老板特别注意的收了他的钱，而且从里面找出一张破烂了的分币来退还给他掉换了一张。

路上的人更多起来了，出厂的电车拖着空的车厢当当的在路上驶过，增加了路上的热闹。这是把一天繁忙的都市的各种人物带到各处的工具，从它的喧嚣的奔驰，路上又平添了一层驱策人们奔走的威胁。他想立刻跳上一辆电车到她那里去，早些赶回来睡觉，但转念离开约定的时间又太早了些，所以还是循着电车的铁轨缓步的走去。

约摸走了一个多钟头，他才走到了她的住处，看看时间还早，便在门外徘徊了一些时候，他发现有一个守街的巡捕在注意着他，一直把目光跟着他走来走去。于是便走到她的后门上去按了按电铃，里面一个仆人出来开了门，先把眼光上下打量了他一下，然后，用几乎斥责的声音问道：

"找谁？"

"找你们二小姐。"

一个老妈子闪了出来，望了望他。

"二小姐还没有起来呢！你贵姓呀？"

他说了自己的姓，并且说明是二小姐约他在这时候来的，于是老妈子叫他在门外等一下，上楼通报去了。他望望那守街的巡捕，已经不再注意他了。

他被那老妈子领到客厅，打开了门，让他在沙发上坐下，倒上了茶。等了好一会儿，才听得她从楼梯上走了下来。一进客厅便向他笑着说：

"好早呀！昨晚上我跟家里人一同出去听了程砚秋的戏，回来晚了，所以今天起来迟了。"

"你的事情，我已经给你问过，这里就是回音。"他递了一个信封给她。"至于怎么进行，你自己酌夺酌夺吧。你先把这封信看一看，如果还有什么要和他们商量的，我可以再为你带信给他们。"

"真是谢谢你！"她说，拆开了那封信，"让我看完这封信，你坐坐，喝茶吧。"

一个年轻的女孩子走了进来，看见里面有人，便退了出去。

"四妹，"她喊，"怎么样？今天你还上学去吗？"

"不！"她站在门口回答，满脸带着不愉快的颜色。

"不要那样！"姊姊说，"母亲疼你，你要知道。"

妹妹没有作声，走开了。

"噢，"她对他说，"这件事，麻烦得很。因为，我现在不想去了，真是困难。你想，我倒不是不想去，但是，现在真麻烦。"

"怎么？"他说，"他们听说你要去很高兴，他们很盼望你会去。"

"谁知道呢！"她叹了口气，随后又笑了笑说，"我现在有许多事情要考虑，虽然，我是极愿意去！极想去！"

"我不知道你有什么困难？"

"等会儿告诉你罢，"她说，"你来得这么早！那些老妈子真可恶，我的客人她老是领到客厅里坐，现在我们到我房间里去坐吧。"

"不了，"他说，"我昨儿一夜到现在还没有睡觉，我想听你一个回音，赶回家睡觉去。"

"那不行！"她赶紧打断他，"这我是有经验的，玩了一夜不睡，到明儿早上是睡不着的，有点儿疲倦，但是睡在床上无论如何也睡不着，那味儿才不好受。你吃过东西没有，上我房间里去坐坐，叫他们弄点东西给你吃。"

"吃过一点东西来的。"

"再吃一点好了，我还没有吃什么呢！"她回头向门外叫道："张妈，张妈，给我做点三明治，客人也要，送楼上去。"于是她站起来说："我们楼上去吧。"

她领他到了楼上她的房里，让他坐在她书桌前的椅子的软垫上，便自己去整一整她的起来后还未整过的床。那房间的窗帘还没有打开，暗沉沉的罩着一层隔夜的温暖。桌子上的瓶花虽然也是隔夜的了，但是依然很新鲜，放着浓郁的香气。她整好了床，便去把窗帘挂起，把窗子也打开了，房间里顿时亮了许多，从窗外扑进一阵凉爽的风来。

"昨夜里你上哪儿玩了吗？"她问。

"没有，"他说，"有点儿事情，赶一夜才做完。"

"你知道，这是很不卫生的！"

"是的，"他说，"我因为约定今天回话给你，所以，先到这儿来了，然后再赶回去睡觉。"

"真是谢谢你！"她感谢地笑了笑，"可是别忙，我要告诉你，我有许多话要告诉你。"

"照我的意思。"他想能立刻把她的事干完，"你能去是好的，对他们，对你，都好。所以，你应该做一个决定，然后，给一个回信给他们。"

"那自然，"她说，"我真是想去，我极愿意去，这你是知道的。所以，我上次一定要请你去和他们接洽了，能去多么好呢？现在，你告诉我，你也愿意去吗？"

"我没有考虑这个问题。"

"我想，你最好也去。"她望着他。

他想了想，没有回答。

等到张妈送了三明治上来，他们便吃了三明治，她还倒了一小杯酒给他，说那是她父亲在时所喜欢喝的酒，而现在家里没有什么人喝酒了，只是有时有客来才用。他喝了那杯酒，这醇冽的一杯使他的精神重新振奋起来，好像觉得一些涣散的念头又重新能够集中了。他称赞这酒很好，使她很高兴的笑了，她说她父亲在日的时候，喝酒是很考究的，并不喝多，也不喝中国酒。

他觉得很无谓，他谈的事还没有一点结果，他想，坐在这儿要闲谈到几时？

"现在回想起来，父亲不死多好！什么困难也不会有了。"她慨叹地说，他听着，想会听到什么了，但她轻喟地叹息了一声又没有接下去。

"我想，你写一封回信吧，他们等着你的回音，我顺便就给你带去。"

"我提议，"她说，"我们出去走走，对于你，能晒了晒太阳是最好也没有了。现在晒了晒太阳，等一会儿一睡就睡得很熟，我最知道了。不用写什么回信了，我和你说好了，我们一同出去逛逛去，等会儿，有一位美国回来的女朋友请我去吃午饭，你高兴也可以一同去，我跟你们介绍一下好了。"

他想了一想，便决定和她出去走走。

他想，这到底是什么缘故呢？当她来找他的时候，她说她极想到那儿去做一些事情，这当然是好的；而且那时，她是那么热烈地表示要去，所以他答应去找他们接洽一下。他对她今天的情形弄得含糊起来，他不明白，为什么今天的话谈得这样散漫。他的精神并没有感到疲倦，但是，这样谈下去怎么才会谈到本题，而把事情得到一个究竟的解决呢？他发觉也许是因为一夜不眠的缘故，他的思索好像弛张无力，找不到一个系统，可以用很少的话便得到她究竟的答复。而她，却精神非常饱满地在路上连跑带跳地走，他觉得她今天完全和从前不同了，今天的她不是从前的她，从前的她没有那样含糊，也没有那样精神焕发。扑面的风把她的短发吹扬起来，而把一些发丝粘在她微汗的额上，她的略略苍白的脸上，现在泛着一层健康的嫣红。

走出街口的时候，他们又遇见了那守街的巡捕，那巡捕微笑的招呼了她，现在那巡捕的眼睛里一点也没有对他怀疑了。马路上现在已经完全在一种平日间的正常状态中了，所有的行人，车辆，完全在正常地行走和奔驰着。她挽了挽他的手臂，把他拉到对面的马路去，那边有一爿花铺。

"我要买一点花。"她说："买好花我们就到公墓里去，到我父亲的坟上去看看，就在那里晒晒太阳是很好的。如果，我父亲会知道你去看他，他一定很欢喜，他活着的时候，只见过你一次面，他后来向我问过你好几次。"

在这时候，他好像没有什么主意，因为，他是和她出来晒太阳的。他们走进了花铺，她在许多淋洒了水的鲜花上拣了许久。

"你看，这白色的好还是紫色的好？"她问。

"紫色的吧。"他说。

她便拿了那紫色的，从自己的手提袋里付了钱。

"我也买一束去，白色的。"

他买了那白色的花。她惊异地望了他一眼。

于是他们不声不响地走去，她低头望着她手里的花，很有趣的沉思着。过马路的时候，他扯着她很快的越过，几乎给汽车碰了。

到了公墓，他们便推开半掩着的门进去了。里面是一片静谧的非人境的天地。从那笔直的夹着高大的树荫的甬道望进去，是一座红砖的小教堂，教堂的尖顶上的十字架，映在清明的淡蓝色天空里的是两枝交叉的深黑色的小木梗子。而两旁的墓上石的十字架却是白色的，鲜明的映在碧绿的浅草上。也有些墓上塑着白衣的安琪儿，和赤裸的肥胖的白石小天使。有一座墓上却塑着一个老年的跋涉者的铜雕，背上负着一个巨大的包裹，似乎那包裹的重量把那老年的跋涉者的衰老的背压得更佝偻了，而那头却微微的侧转，望着那墓石上镌刻的金字："永久的安息"。

她指着路，从入门的大甬道转入旁边的小径去，曲曲折折地走到了他父亲的墓上。那是一座用四块花岗石条围着而上面铺着浅草的墓，只用一块小石板刻着她父亲的名字和生卒年月。一只红瓷的花瓶倒在墓上，她把那花瓶扶正了，把她的花插了进去，把他的花也插了进去。于是，静谧地望着那墓上的花，立了些时，接着她轻轻地喟叹了一声。

"让我们就在这里草地上坐坐吧，"她说，"我要陪陪我的父亲。"

于是他们在草地上坐下了，这青绿的柔软的草地，因阳光的照射，微微的有点儿温暖，上面还开着许多一点点的黄色的也有白色的小花，花瓣特别肥厚，闪放着像涂了油彩一样的光泽。她摘了一朵，捻在手指上，把它轻轻的在自己的脸颊上拂弄。

"父亲不要那么早死多好！"她说，"至少，他活着我们要快活得多了，父亲活着的时候，我们全家都是无忧无虑的，而现在，完全不同了。"

"到底有什么呢？"他问她，"好像你和前些日子的你有了很大的差异，仅仅很少日子以前的你。"

"是的，"她说，"你看得完全对。我自己也知道我是改变了。你想，现在我们家里，真麻烦透了，我和你说说我的妹妹吧，今天早上你不是看到过她吗？就是她，她昨天晚上简直就哭了一个通宵。这完全是一种少女病。"

"少女病？"他想着。

"是的。少女病。"她狡黠地神秘地笑了笑，而他感到似乎是受到了一种威胁。"她整天不快活，好像有什么委曲似的。其实很简单，我做姊姊的当然懂得她的。大姊出嫁了好多年了，我是和她最亲近的最大的姊姊，我是非常懂得她的。但是，她现在变得深沉起来了，有些话也不肯对我说。但是你想，我做姊姊的哪会不知道呢？她和一个男同学很亲近，其实，她还太年轻，她懂得太少。另外，她和我的一个表弟也很亲近，有一天，母亲不过说她很喜欢那表弟，她便烦恼起来了。你想好笑不好笑？"

他心里想：那有什么好笑的呢？你自己也似乎不大明白自己。但是，他说：

"这就是少女病吗？真是很有趣的。"

"没有什么有趣。"她说，"你知道，她后来就变得沉默起来，她是一个早熟的少女。她和我和三妹都不同，她是忧郁得很的。她有一天告诉我，她想自杀。我问她好久，她不肯把原因告诉我，但是我完全明白她。我跟她开玩笑说：再活几年瞧瞧吧，现在太早了。"

他在心里对自己说：罗曼蒂克！罗曼蒂克！

"这真是一种麻烦的病症！"他说。

"想想看，"她笑着说，"倒有什么法子可以帮助她一下，可怜的四妹，她和我一样，已经没有父亲了！父亲没有死多好，父亲没有死我们多快乐，谁叫他那么早的病死了呢？不过你知道，我们的父亲是一个好父亲，他如果不死，也许说不定现在也会被人打死了。你知道，他是同情进步的思想的，他对落后的顽固的官僚政治表示极大的憎恶，不过，他是他们中间的一个，自己却绝不肯和他们一样干。临到抗战爆发以后，他本来也想离开上海到内地去走走，但他没有去。他看到内地的有许多糟糕和腐败的情形和抗战前依然一样，他觉得很痛心。但是，你知道，人家是不放过他的，那些人一定会来找到他的，但是他绝不会去，所以，他即使不病死，他说不定也会给那些人打死的！"

太阳晒得他浑身暖洋洋的，微微的出了些汗。他望着她，她用一个手臂斜支着身体，而另一只手却在安闲地抚弄着地上的小草。从那薄薄的衣衫里，他看到她的丰满的胸部在微微地起伏。他觉得她在生理上是完全成熟，而且可以说是达到一种饱和量的了。当他和她的巨大而明亮的眼光接触时，他感到了一阵晕眩，他用手帕揩一揩额上的汗，他觉得有时和异性在一起而不免有一种性别的自觉，简直是非常可怕的事情。而她望着他，似乎在等他回答一句他对她的父亲的意见，他想了一想，却简直找不出一句应该讲的话来。于是，他微微的有点焦灼，他想今天是无论如何要牺牲了一个上午而得不到什么结果的了。也许是由于身体的疲倦，他也有些采取放任的态度。但是她却还是追问着：

"你看怎样呢？你想个法子看，怎样帮助她一下？"

他真的从脑子里搜索了一下，第一个浮起来的思想是用工作或什么来代替，他有很熟的一套"恋爱不是人生第一义"的理论，但是似乎在这时他说起来有点碍口，于是他问：

"她爱看书吗？"

"爱极了！"她惊喜地说。

"看些什么书？"

"她程度很浅，"她说，语调不像刚才的兴奋了。"她还太年轻呢！"

他在搜索一些可以介绍读一读的书。首先便想到了读鲁迅的作品总是好的。但一转念，他在自己心里轻轻的喟叹了一下：

"我想她看小说总爱看的。"

"给你说着了，"她又笑起来，"她简直是一个小说迷。"

"看点谁的小说？"

"巴金的《家》《春》《秋》她全看过。"

他蹙了一下眉头。慢慢的说：

"如果高兴看译本就好了。"他说，"有一部小说：如果你没有看过也不妨看看。那罗曼·罗兰的《约翰·克里斯朵夫》。"

"噢，我看过了。"她说，"没有翻完呀！为什么那翻译者不翻下去呀？"

"就把翻出来的一点儿来看看也好。"他兴奋起来，"一个坚强的人性，不绝的迈进的精神，会给人一点生活的勇气和魄力的。"

"但是，那是个人的奋斗……"她看到他要辩说，立刻便打住了他，"你知道，那还太深，你的药方太凶，对她不合适。总之，我们谈别的吧。"

"《约翰·克里斯朵夫》,《约翰·克里斯朵夫》。"他像是加强她的印象似的，喃喃地念着这名字。

于是他们沉静了一会儿，听到了一阵子啁啾的鸟鸣。她用手把那些草花一朵朵的拔起来，堆在一处，一阵风吹来，吹散了。

"我父亲活着的时候，"她又说了，"是最喜欢我们四妹的，如果他现在会听到我们的谈话，他一定是很担心的。"

他仍旧没有作声，却望着她。

"我们现在都是没有父亲的孩子了啊！"她低着头，"所以一切困难都来了。"

这困难又一次提醒他。但他这次没有问她。他只是望着她，她的低垂的头发披盖了半个被太阳的热线晒得绯红的脸颊。于是他也不禁轻轻地叹了一声气。

他被自己的叹息声惊醒了，他不知自己到底纳闷的什么。却在这静寂的片刻里，他又浮起了许多关于女孩子的概念来。

"你知道我父亲说你什么？"

他被她的问话惊愕了一下，他想，怎么又是她的父亲？

"想不出来。"他说，"你说吧。"

"他说，你这人很老成的样子，这样的人是……"

他看着她的嘴唇精巧地开合着，嘴角略过微笑的影子，有点儿出神。而她望见他在望着她，却停住了。

"是怎样呀？"他问。

"是很吃苦的。"她笑着回答。

这好像是给他的刚才在心中浮起的一些遐想下了一个否定的宣判。而她仍旧那么对他笑着，现在却引起他想立刻结束今天未谈了的事情的念头。他想快把她去不去那边的事情给决定了吧，她说有什么困难，快把她问出来就好谈了。

这时却正巧有一个看守公墓的巡捕踱到了他们的面前，用像敲着木梆子一样的声音对他们说：

"喂，起来！草地上不能坐！"

他不禁有些恼怒起来，但他们站起来走出草地了。像是大家觉得这时是走出去的时候了。于是一同沿着小径转入甬道走出门去。他想，巡捕真是无处不在！

"怎么样？"他说，"那边你到底是不去了？"

"你看怎么呀？"她有点撒赖地问。

"你说有困难是什么困难呀？"

"唉！"她忧愁地说，"困难多的很呢！"

步完了这一条长长的甬道，已经是公墓的木门了。

一出了公墓的门，外面又是烦嚣的街路，回到了人的世界。他一心只想回家睡觉，而这乘车的路是和她回家的路是顺路的。所以他们仍在一起走着。

"你陪我一起去吃午饭好了。"她说。

"不。"他坚决地回答，"我要去睡觉了。"

车站到了，他们站着等了一会儿，车便来了。他上了车，她在下面向他挥手：

"随便你几时有空再来找我，我要找你谈谈我的许多困难！"

上海《万人小说》，1941 年创刊号

戏　剧

台 儿 庄

第一幕

时间：一九三八年，三月下旬的一日，从峄县方面的敌军渐渐的逼近台儿庄了，那一天的下午——

地点：在台儿庄的西门外的运河的一个已经破坏的旧码头上。

人物：

黑妞儿——一个跟着妈妈在一起"缝穷"的十八岁的女孩子，她的青春炫耀着，她是活泼泼的，稚气的，使每个码头上的男人们都在自己的心头暗暗地埋下个希望。

陈寡妇——黑妞儿的妈，守寡十多年的女人，曾经那么艰辛地度过了悠长的岁月；她是被人们熟知而且钦佩着的。带着她的女儿在码头上"缝穷"，许多单身的男子从她们的针线收拾起自己生活的破碎。

小陆——年轻的码头工人，二十四岁，前几年到青岛机器厂里去做过工，失业回来，便也在码头上混着了。到过青岛的人到底见过些大世面，在码头上他虽然年纪轻，却晓得些人们不晓得的事情；他壮硕年轻，尤其使人羡慕的是黑妞儿好像和他最亲近。

王大海——码头工人，老粗里面的老粗，一天做完工就躺躺睡睡，再就喝了点老酒跟人家抬起杠来。就这样生活着也很快乐，他绝不想起昨天和明天，可是眼前的事就老是教他看不顺眼的，看不顺眼也没办法，于是便一天到晚气愤愤的。

曹老棒——码头工人，年纪大了些，码头上的事也看得多了，然而在码头上他是算不上老前辈的；他虽然资格很老，却没有用了，他自己也那么说。他是衰颓，因此他怕生活的震动，他希望好好的什么事也没有的把一生度过去就好。

刘四——码头工人，二十六七岁，像一般的苦力一样地劳动着生活着的，到晚来也有抹抹汗休息一会儿的时间，却不大愿意在谈话里提起自己的生活。

其他码头工人——（数人）

何德山——三十余岁，一个从峰县的农庄里逃出来的难民；原是一个自耕农，是无论如何也抛不开对自己的田庄的回忆的。他目击过自己的田庄被敌人所毁坏；他恐惧，他哀伤。

孙李氏——三十余岁，难民。原是一个农妇，如今却是孤零的一个，丈夫失散了，孩子丢落在运河里，惊惶里，她苦苦地想念着孩子的死，她疯狂了，只是还剩一些记忆在扰着她，她全没有办法。

张万财——四十多岁的难民，原来是杂货商人，他丢了他的店，是实在不能不逃出来的缘故，他非常庆幸他自己的脱险，然而前途茫茫，他还是不知道到哪儿去好。

王三儿——小贩。和码头上每个人都混得很熟，他的生意是很艰难的，因为码头上的人们的欠账，他要时时地复习在心里，他也有时放一点儿债出去，小本的高利贷，没有一时不在提心吊胆。

吴玉桂——一个小兵，还没有满二十岁，但是从十三岁他就入了伍的，到如今就有了五六年的内战经验了；他在战争里长大起来，他懂得了许多新的事情。他是战争的儿子。

赵裕春——一个不务正业的游手好闲的流氓，年三十余岁。在"帮子"里他虽没有什么地位，但他的机警狡黠，却很能够掩护自己。他在当地的汉奸组织里，也仅是一个不大的角色。

王排长——一个果敢的军人。

卫兵——（数人）

船家——（数人）

唱小调的——（男女二人）难民。

置景：这冷落的旧码头是自从战争延展到鲁南时便恢复了运输的繁荣的。虽然铁路运输早代替了运河运输；如今却是军事倥偬，运的不复是煤，也不是盐和粮食，而是大批的军需和弹箱要从这儿起运，许多的盐包都给停搁下来了。

码头是一个附廓的古老的码头，半边的倾坏的石栏杆还植在岸旁，天空被暗云掩罩着，像是要下雨的样子。有一些风，运河的水沉闷地冲打着堤岸和船舷，在沉闷中听得见水声哗哗地响，一些粮食袋是堆在一楹低矮而破败的瓦廊里的，在廊外的那一边，却是一箱箱的弹箱，吴玉桂守着，他背着枪兀立不动，看着码头工人们把一箱箱抬下船去。杭唷，杭唷，码头工人们正在把子弹匆忙地搬运上船。船的桅杆摇撼着，船夫在照料着每一箱每一箱的搬上来。廊檐下，缝穷的母女俩坐在小矮凳上，正在缝缀着些什么，女儿似乎没妈妈那么耐性，不时地抬起头来张望一下什么；靠着栏杆的三个人是刚从别地方逃来的难民，他们忧伤地望着河水，像是在河水上会浮起他们记忆中的影子来似的。这天，春天的天气仿佛已经是夏季，正像是要下雨了，天一点儿一点儿暗下去。

杭唷，杭唷，码头工人们呼喊着，搬运着弹箱。

开幕：

孙李氏　（哭泣着）呜，呜，呜……

何德山　大嫂子，别哭啦，哭是没有用的。

孙李氏　你说怎么办呢？你说怎么办呢？呜，呜，呜，……

黑妞儿　（向陈寡妇）妈，好可怜！

　　　　（陈寡妇抬起头来疲倦地看了一眼，没有作声。码头工人杭唷杭唷地呼喊着。她怔了一会儿，又低下头去缝着她手里的东西了。）

张万财　这时候，什么办法也没有，逃脱了性命已经是赚来的了！

孙李氏　（低沉地）不，不，我不能没有小黑子，我不能没有我的小黑子，小黑子的爸爸不晓得哪儿去了，我不能没有我的小黑子呀！呜，呜，呜，……（突然）小黑子是掉在那水里的，（指运河）那水，那水，啊，我的小黑子啊！

（杭唷，杭唷，码头工人只管搬着。）

何德山　别去想他了，什么都完了！

张万财　留得青山在不怕没柴烧，有山总好打柴呀；谁又不是那么呢？我的店，我的家，鬼知道怎的了！火，一把火就全完了。

孙李氏　啊，是的，火，火，火，啊我的小黑子的爸呀！（突然又哭起来）我说过要死也就死在一起，一个人活着又……完了！唔，（好像还有点希望似的）我的小黑子是会有人给救起来的。（又绝望）唔，不，那水，那水，我的小黑子啊！

吴玉桂　你的小黑子怎样了？

孙李氏　在水里，在水里。

吴玉桂　在哪儿水里？

孙李氏　在那边，那边水里。那天，渡河，他掉了下去，在水里还望着我，连一声妈也没有来得及喊出来，就沉下去，沉下去了！我的小黑子，小黑子，沉下去了。

张万财　你的小黑子几岁了？当家的呢？

（孙李氏怔着，不语，在想着什么。）

何德山　何必再问她呢？她已经受不了啦，你别再问她。

张万财　娘儿们倒真是受不了的。唉，其实呢？谁又不伤心呢？说我吧，我的一爿小杂货店是自己给撑起的。辛辛苦苦，哪一天不是算进算出？一下子就完结了！谁没有老婆儿女？但是没有法子啊，店也烧了，人也死了，人就活着也顾不着了，总算留着一条命是好的，这样的日子里自己的性命也保不住，再还保得什么呢？咳，我的店，我就算完了。

吴玉桂 你们是从峄县下来的吗？

张万财 不是，不是，我的店在枣庄。

何德山 我是田家屯。

吴玉桂 田家屯，那是没几天的事。

何德山 是的，小兄弟，几天，就是十四，那天晚上好月亮！那么快啊，噼里啪啦的一阵子枪，轰隆，轰隆，大炮就来了，一炮打在我隔壁的田老五家的那棵大树上，屋子就塌了，我的屋子也震塌了，梁就倒下来架在我的头上，牛栏里的牛"哞——"地长叫着，我可来不及顾到它了，我爬出来，月亮照得挺亮，我打瓦堆里翻出我的妈啊！我妈头上一头都是血，已经冷了，小椿子的妈躺着，小椿子的头就埋在砖头堆里。枪的声音越发紧了，也越发近了，我站起来就跑，在田垄上我飞快的跑，一颗枪弹飞过我的头上，差些子给送了命。可怜我田里的麦还正青嫩着我真不肯踏着它们走；我又想躺在麦田里躲一躲，不成！枪又来啦。我再跑，回头望望就只有烟绞着火，火绞着烟，天都烤红了！跑到天亮到了运河边，我走着，走着，便走到这儿来了。真可怜我的村子，我的家园，我的妈这么大年纪就没有好死，生前享不了儿子的福，到头来我连葬她都没能够。

黑妞儿　（向陈寡妇）妈，你听见没有？日本兵会不会到我们这
　　　　儿来呢？

陈寡妇　我们管不了的，但愿菩萨保佑我们，别遭这劫数。

黑妞儿　假如来了我们怎么办呢？妈！

陈寡妇　快缝罢，缝完了我们好回家了。

　　　　（杭唷，杭唷，孙李氏还在哭着。）

张万财　小兄弟，说是鬼子离这儿很近了是不是？（吴玉桂不答，
　　　　他只好自言自语。）真要想一个好地方跑跑，这儿也是
　　　　倒霉地方，铁路，运河，一下子来了；还不如赶早到
　　　　远处去，要怎样能到远处去才好。

何德山　来了，来了，我再往哪儿跑呢？我的田地没有了，麦
　　　　子在田里，完了！牛，赶从牛犊子长大的，完了，全
　　　　完了！家破人亡，还有什么话讲呢？饿死，对的，饿死，
　　　　冻死，终是死，倒不如就在家里死。

孙李氏　啊，死了，人死完了，我也要死了；小黑子，你在水
　　　　里等着我，我也来了。我也来了！

　　　　（她纵身便往水里跳。）

何德山　（一把将她拉住）啊，不成，不成，寻短见是不成的，（恐
　　　　怖地惊叫）这河里有鬼！快来，快来，不能死，大嫂子，
　　　　你静静心，我们还得有一天要回去的。

　　　　（大家全站拢来看了。）

孙李氏　我的小黑子啊！我的小黑子的爹啊！我怎么能活下
　　　　去呢？

张万财　（叹息着向大家）这日子女人最遭孽了，逃出来了还

是好的，逃不出来的更要惨，这班鬼子就真他妈的没
人性！娘儿们落在鬼子手里就是没了命的，不论老的，
少的，蠢的，俏的，就说我们那边虎子堡，鬼子把娘
儿们全给关在一个屋里，不许穿衣服，大伙儿换班进
去轮流糟蹋，糟蹋死了的就往外面抛，有的是割了乳
头，有的是破了肚，有七十岁的张老太婆两条腿也给
剁掉了；说是一天，鬼子兵脱了衣服在屋子里正乐着，
一些恨极了的娘儿们便一齐紧紧地把鬼子抱住了，空
着的娘儿们就从壁上挂着的鬼子脱下来的腰带上把腰
刀给解了下来，一面拼命抱紧着，一面就一刀刺下去，
鬼子是给结果了。可是这班娘儿们也就死得更惨，说，
也不忍心再说。

王大海　他妈的，这日子过不去，就拼他个奶奶熊的！

船　家　排长来了。

　　　　（王排长上。）

王排长　怎么你们围着看什么？赶快搬呀！（大伙儿立刻散开，
　　　　杭唷之声又起。）还有多少？

吴玉桂　报告排长，这儿还有二十六箱，就统统上完了。

王排长　船家！

船　家　是。

王排长　上完了，船泊在这里；一个命令下来就要开去。

船　家　是。

王排长　（向吴玉桂）码头工人别教散开，等会儿要发工钱给他
　　　　们的。教他们在码头上等着，不要散开。

孙李氏　啊，老爷，我的小黑子在水里；老爷你叫人救救他。

王排长　她是谁？

吴玉桂　**报告**：她是难民。

王排长　叫散开些，不能让随便什么人跑近这儿来的。

　　　　（他四顾了一下，略略迟疑了一下。）

孙李氏　啊，小黑子，你自己爬出来吧，我的小黑子。

陈寡妇　唉，太可怜了！

黑妞儿　妈，要是鬼子来了怎么办呢？

陈寡妇　怎么办？要不来才好！

　　　　（王三儿上。）

王三儿　花生啵？芝麻糖啵？烟啵？（他一眼瞥见了张万财衣衫还比较整齐，便盯在他身边）花生啵？芝麻糖啵？烟啵？

张万财　你哪儿还来烟卖？

王三儿　只有这一包"哈德门"，加了价，卖两个半月卖不出去，还是这一包。烟啵？烟啵？

张万财　他妈的，去你的，去你的！这时候还吃烟，命都没有了。

王三儿　你怎样开口骂人？不买就算了啵？烟啵，花生啵，芝麻糖啵？

　　　　（码头工人们搬运完了，捎一根竹杠子走上岸来。）

吴玉桂　工友们，刚才排长说过，请你们不要散开，等会儿要发工钱，说不定还有事情要再劳动你们。

王大海　是吗？还有工钱吗？这好事儿倒不错。有事找俺们的，俺们不走；打鬼子是俺们大家的事。王三儿，俺有了钱就要买你的烟，多少日子鼻子里难受，今天的烟跌了价没？

王三儿　（怕他似的）您老哥哥买算三毛钱，不还价，顶顶便宜的，这一包卖完了就没有了。

王大海　俺欠账你卖不卖，俺不还你价。

王三儿　别捣乱了，现在欠账几时还？前面的账还没清哩！曹老棒，你欠的也要给我点儿。给些利钱也好，不能等你死了我没处要。

曹老棒　（恼怒而畏缩）浑蛋！你这小王八蛋，你的钱哪儿来的？欺我没用了，你也敢这样胡说！前几年的话，看我不把你的篮子丢河里去。

王三儿　你不要倚老卖老，我是只认得钱不认得人的，除了你往棺材里躲，我的钱借了给你总是要讨还的。刘四，再抓一把花生啵？

（小陆最后一个从船上下来，他走到黑妞儿身边去，站在她背后。旁边的声音小下来了。）

小　陆　黑妞儿，还在缝谁的袄子啊？陈大妈，你也快歇歇吧，你看这天色黑得快下雨似的。

黑妞儿　小陆，鬼子来了我们往哪儿躲呢？

小　陆　躲吗？上哪儿躲？（指难民）看他们躲到这儿鬼子又追到这儿来了，没地方好躲的。

陈寡妇　台儿庄要遭劫数的话，要躲也躲不了的，有钱的人好逃难，咱们的苦命可难得逃，不过听着人们这么那么说，越听越害怕。

王大海　陈大妈，俺说呢害怕也别害怕，俺们生就这一副穷命，
　　　　活着也没有好日子过，鬼子来，要侵害俺们，俺们就
　　　　拼了这不值钱的命，怕什么？

小　陆　逃命是有钱人的事，俺们是逃也逃不了的，你看，这
　　　　些日子城里的大人家全走完了，（指粮食堆）谁知道这
　　　　些粮食赵大爷要运到哪儿去的？好久没有货运了，忽
　　　　然他要运，忽然他又逃走了，扔下这些粮食在这里，
　　　　现在充作军粮，也不错。

黑妞儿　赵大爷为什么丢下这些粮食不要呢？

小　陆　谁晓得他！

陈寡妇　我说现在的日子没有钱的苦，有钱的也是苦，说来说
　　　　去呢总是鬼子害人，天总会有报应给他们的。

王大海　天报应？天才没有报应里，你陈大妈辛辛苦苦守了十
　　　　多年寡，俺们从小就看着你的，天给了你什么报应呢？
　　　　好没有好报应，坏没有坏报应，鬼子来了，那才真狠！
　　　　见屋子烧屋子，见人杀人，就他妈的没报应。没报应！
　　　　俺们辛辛苦苦牛马似的活着，他奶奶的现在就保不
　　　　了命！

曹老棒　不会没有报应的，这是劫数，前些日子人们丧良心的
　　　　事做多了，报应就落在我们头上。天没报应，人的心
　　　　也不会平的。

王大海　放屁！人家干丧良心的事，报应落在我们头上？

小　陆　我说曹老棒，人的心是不会平的。你一天到晚叽里咕噜，
　　　　人家也一天到晚叽里咕噜，这日子固然过得不好受；

但是呢，人还得要活着。那年在青岛的时候，我们厂里有些学生们来找我们谈话，说是所以要活着，是因为一个人总有一点儿盼望，人人的盼望是不同的，但是都在盼望着，盼望不到，人心就不平了，就要叽哩咕噜了，不过光叽哩咕噜是没有用的，人心不平，就得做点事出来。

曹老棒 没用了，老了，人老了就什么事也没趣味，俺年轻时候还不是和你们一样跳跳蹦蹦地高兴？盼望，盼望什么？俺们是没有盼望的。俺就这么叽哩咕噜，没别的，就是这日子也磨够了，现在老了，天没报应是平不了心的。现在老了，没用了！陈大妈，你也老了，二十年前你还不是像黑妞儿现在那样年轻？那时候你们的日子是有盼望的。现在，让黑妞儿和小陆他们盼望去吧。

王大海 （孙李氏的哭声又大了）盼望，盼望，我就没有什么盼望，昨天去的去了，明天来的来就成。不，我倒不盼望鬼子们真个来到这里。（大家哄笑了）笑什么？不盼望他来他还是要来，那么他就来吧，老子瞧他的。

陈寡妇 （补好了手上的褂子）刘四，你的褂子拿去吧，这次肩上补得很结实，好让你多穿些日子。

刘　四 （接过褂子，翻着肩头看。）好，谢谢你，你老人家缝得真好，一会儿就给你钱。

小　陆 黑妞儿，我的肩头等会又要劳你缝一缝，它老爱在那里破。

黑妞儿 好啵，你就脱下来，我缝好这件就给你缝，你们就在肩上用力气嘛。

（赵裕春上，他手里盘弄着两个光滑得发亮的铁球，黑色的短衫裤，紧紧的。走向石栏杆去吴玉桂拦住他不让往前走；他又转回来到廊边，站下来，一面用眼角偷看着船上，一面留神听大家谈话。）

曹老棒 这日子就这么过的，记起从前的事来全在心头；俺当初到码头来上工时爷爷还活着，自己也就只有他那么大，（指指吴玉桂）现在呢，前一辈子的完了，自己这一辈呢，活着的就有我还在支撑这营生，我看着这码头怎样一来给铁路夺去了生意的，只有在打仗的时候，才又找回这旧码头来，旧码头，旧码头，你倒有时还有点用处呐！

王大海 得了，得了，曹老棒就是只会一天到晚翻陈账。

王三儿 可是曹老棒就是不想还我的账！（原先坐着，忽然看见了赵裕春，便赶过去。）你老人家抓把花生啵？

赵裕春 （随手拣了几个花生。）这船是往哪儿去的？

（吴玉桂瞟着他。）

王三儿 你再抓一点，算两大枚。

（赵裕春往腰袋里取钱，取出了一个青铜元，连忙塞进去，却被吴玉桂瞅见了。立刻赶过来。）

吴玉桂 什么，站住！（用枪。对住赵裕春）你们谁过来搜搜他。（小陆略略疑迟地走过来）他腰里有青铜板，也许是汉奸的记号。

众　声　汉奸?

王三儿　他是这儿地方人，不会是汉奸。

吴玉桂　不成，要搜。

小　陆　好，站着别动，让我搜。(他搜赵裕春的腰袋，赵裕春略略挣扎。)

赵裕春　有这样的事? 你搜不出来怎么办? 你们冤枉好人!(小陆从他腰袋里搜出一大把铜圆，交给吴玉桂，吴玉桂一数里面有好几个是青铜质的。)怎样，我是汉奸?

吴玉桂　你绝不是好东西! 你先来东张西望，再打听船往哪儿去，腰里又有青铜板，你要它干什么? 说，青铜板从哪儿来的。

刘　四　汉奸记号他要带这么多干么呢?

赵裕春　青铜板是用来用的嘛，人不能用青铜板喽?

王三儿　你，你，你，为什么有这么多的青铜板呢? 我们好久好久没有看见青铜板了。

赵裕春　我看着好玩嘛。

　　　　(大家面面相觑。)

曹老棒　他叫赵裕春，地方人，地方人! 没什么的。

吴玉桂　好，你走开，不许在这儿东张西望。(向难民和王三儿)你们也走，不要留在此地。

　　　　(难民们下，孙李氏是被拖拉着下去的，她还哭着。赵裕春整一整衣衫，也下了。)

王三儿　喂，你给我两大枚，你给我两大枚。(追着赵裕春下。)

王大海　(见赵裕春走了)他奶奶的，这杂种不是个好东西!

吴玉桂 　什么？你为什么不早说呢？捉汉奸是大家的事，到手再让他跑了！

王大海 　他也是在"帮子"里的，可是我就看着他老不学好，放赌，贩烟，私运，样样都来得。那副嘴脸倒装得很像样，你没有证据拿不了他！

吴玉桂 　那可太危险了，鬼子已经逼近了，我们要随时随地留神一些人的行动，遇到可疑的就要查问一个究竟。你别姑息自己的街坊，好邻居我们要互相帮助，不然的话呢，坏人越近身，祸害就越近身。清除汉奸是要大伙儿一齐来干的。两个月前我们在西战线上，那里啊，有一个村子就叫作许蔡村，那里的汉奸很多，预先在那儿说日本人怎样怎样好，我们的军队过去时老百姓全躲起来了。我们要找一点什么，没有，找人，找不到，后来啊日本兵来了，那一村的大汉奸小汉奸就一齐出来欢迎，于是鬼子向他们要姑娘，他们就到处去搜出姑娘来供鬼子糟蹋；鬼子问他们要脚夫子，他们便到处去找出壮丁来供鬼子使用，姑娘被拖出去了就没有回得来的，壮丁也一排排地死在大街上，真惨极了！后来，我们的军队反攻过去喽，好！老百姓们在村子里拆鬼子的后台，鬼子吃不住便一哄逃跑了，汉奸们有些逃了，大多数来不及跑，老百姓拿住了他们，便送到营部里来，枪毙了，有的半路上就给老百姓揍死了。好痛快！可是，因为预先没有防备，吃了的苦头是无论怎样也收不回来的。

小　陆　妈的，这班狗东西的心就他妈的不知道是什么做的。

黑妞儿　小陆，你把衣服脱下来吧，我等着缝呢！

刘　四　（学黑妞儿）小陆，你把衣服脱下来吧，我等着缝呢！
　　　　　（大家哄笑）

王大海　你看，黑妞儿替小陆缝裤子就特别有劲儿！好小陆，
　　　　　"年纪二十五，衣破无人补"。你也该打一下算盘了嘛！
　　　　　（大伙儿哄笑，陈寡妇也笑，黑妞儿有点不好意思似的。）

小　陆　这年头，这日子，命都保不了，说不定白天晚上鬼子来，
　　　　　谁再有这个闲心思？（突然）运河啊，我们是在你旁
　　　　　边生的，现在，也还要在你旁边死去。

王大海　噢，我想起来了，那家伙是不是一个好东西。

曹老棒　谁呀？

王大海　赵裕春呀！那天晚上，月亮很好，我呢，喝了点酒要
　　　　　回去睡觉了，走过这码头上了，嗨，我看见两个黑影
　　　　　子在这运河岸上站着，我想，见了鬼了。吓，那影子
　　　　　回过头来了，叫声我王大海，我说你叫我干吗？他说，
　　　　　这几天大兵到了不少啊，我说是嘛，他说这几天有东
　　　　　西运了是不是的，我说有东西运怎样？他说有东西运
　　　　　好喽，好喝酒喽，我说好喝酒怎样？……后来，后来
　　　　　啊，他说了：一个地方还是不打仗顶好，越打仗日本
　　　　　兵来了杀得越凶，中国人是一定打不过他们的，不打
　　　　　仗他们就不杀人，是他说的。

吴玉桂　还有另外一个人是谁呢？

王大海　还有另外一个人吗？另外一个人吗？（懦弱地）就是他，

（指曹老棒）曹老棒。

曹老棒 （发起急来）什么？你这酒鬼！你乱栽好人！你胡说八
道！你岂有此理！你，你这个酒鬼！

吴玉桂 你别发急，你说，你说好了。

王大海 我没有说你。

曹老棒 谁不怕鬼子来？谁不是爹娘养的？谁就他妈的没有良
心？看鬼子来时我还有一条老命和他们拼！看你这酒
鬼才……

吴玉桂 老爷子，你别着急，要抵抗鬼子是大家的心理，然而
大家的心理不是完全一样的。但是，只有一条计策可
以打败鬼子，就是大家要同心合力，不分军队，不分
老百姓，只有鬼子是敌人！现在打仗是打鬼子，我们
不打鬼子鬼子就要来害我们，只要是能帮助打仗的事，
我们都要做，清除汉奸，尤其是我们要顶顶要紧先做
到的。

曹老棒 不行，王大海不能那样冤枉我。

吴玉桂 什么冤枉不冤枉的，就要看那姓赵的是不是可疑，他
对你怎样说法呢？

小 陆 对了，这位小兄弟说的很有道理。

曹老棒 他没有说什么，我和他有点子亲戚，转转弯弯的亲戚，
他的奶奶是我死了的弟弟的弟妇的堂姊妹；那天晚上，
我们不过是碰巧遇到，谈些家常的闲天罢了。

吴玉桂 有些话是要留心的，他为什么要说起那些话呢？他说
不打仗鬼子就不杀人，他说中国一定打不过日本，这

都是汉奸的话。我们要多留神他，再看见他有可疑的地方，就立刻抓到营里去，让我们查问他。

小　陆　小兄弟，你今年多大年纪，看你年纪轻轻，说话倒周到得像大人似的。

吴玉桂　（被夸奖很高兴）我吗？我今年十九岁，十三岁就当了兵，已经六年了。可是，东奔西跑就没有一次打仗打得像现在这样高兴的；没有一回和老百姓谈得像现在这样合适的，这回打鬼子打得太好了，我们弟兄们都欢喜，上面一个命令下来，谁都会特别的感觉得兴奋感觉得快活，路走多了，看见的东西也多了，人是学着做着的，我们一面当兵，一面学着；长官和许多学生们都这样说这才是我们中华民国的新军人。要和老百姓打成一片，我们原先也是老百姓，现在我们要和老百姓一起打日本人，那我们就非打胜仗不可。

小　陆　真不容易，往年的军队哇，我们见了真害怕，现在呢，看见了就像自己人，往年里的军队打来打去就打自己人，现在的军队是打鬼子的了，往年的军队是糟蹋老百姓的，现在的军队呢，太好了！比自己家里人还好！

吴玉桂　许多年来，说起来很惭愧的，我们是什么也不晓得的，现在我们晓得的多了，我们走过的地方多了，看看我们所到的地方，真可爱！那些田地，那些山，那些河，那些房屋，那些里面住着的老百姓，太好了！……就是因为太好了，鬼子才来欺侮我们。往日我们是一个部队归一个部队的，说不定什么时候忽然变成仇人立

刻要开火，现在啊，我们这时有河北军，有广西军，
有本地山东军，有四川军，什么军都有，我们都要在
一条战线上打仗，我们的敌人是日本人。

（天渐渐地越发暗下来了，是暴风雨将要来到的象征。
陈寡妇已经闲着很久，在等她的女儿。）

陈寡妇　黑妞儿快些缝，我要先回去了，天说不定就要下雨了，
你缝好就回来。

黑妞儿　好了，快做好了，妈妈，你为什么这样赶紧回去呢？

陈寡妇　我要先回去弄些东西吃了。刘四，你的钱交给黑妞儿，
若不，明天给也行。

刘　四　好，一定，一定。

（陈寡妇下。有两个卖唱的从另一角走上来。）

黑妞儿　小陆，褂子好了拿去吧，你看这儿缝得怎样？

小　陆　好得很，谢谢你，钱也明天给你好吗？

王大海　你们还要算账吗？

（大伙儿又一阵哄笑，两个卖唱的走到人前去，敲了两
下小锣。）

卖唱男　老板们，俺们是逃难来的，没得个吃的，唱个家乡小
曲儿糊糊口，词儿是一个学生替我们编的，没办法要
请老板们赏赏光，赏几个大枚。伙计，先唱起来。

卖唱女　（唱）我问你呀，过的呀
　　　　什么样儿的日子呀？

卖唱男　（唱）我们是逃命。
　　　　天下奔哪！（锣）

我问你呀，受的呀，
什么样儿的苦呀？

卖唱女　（唱）我们是受尽
　　　　饥和冷哪！（锣）
　　　　我问你呀，遭的呀，
　　　　什么样儿的难呀？

卖唱男　（唱）我们是家破
　　　　人也亡哪！（锣）
　　　　我问你呀，哪一天
　　　　忽然平地起灾殃呀？

卖唱女　（唱）去年秋天里
　　　　把仗打哪！（锣）
　　　　我问你呀，为什么
　　　　要把那仗来打呀？

卖唱男　（唱）鬼子毒心肠，
　　　　要把中国亡哪！（锣）
　　　　我问你呀，家乡里
　　　　人们怎样的苦呀？

卖唱女　（唱）娘儿奸淫死，
　　　　壮丁没性命哪！（锣）
　　　　我问你呀，几时呀！
　　　　俺们怎样把仇报呀？

卖唱男　（唱）只有一条路，
　　　　拼性命哪！（锣）

（曲刚唱完，还没有来得及要钱，忽然远处的炮声响起来了。）

王大海　不好，是炮声！

小　　陆　是炮声！（黑妞儿惊慌地靠在他的身上。）

曹老棒　啊，啊，啊，打来了，打来了！

　　　　刘四和其他码头工人，船夫，卖唱的：打来了，打来了！

　　　　（大家哄乱了起来。）

吴玉桂　不要慌，慌没用的，排长一定快来了，马上发工钱给你们，你们没事的赶快走开！

　　　　（卖唱的四顾没有办法可以要钱，匆匆下，炮声更大。间有枪声了。）

黑妞儿　小陆，小陆，怎么办呢？

小　　陆　怎么办？鬼子来了，只有和他拼。我是有地方去的，那地方你们也知道，陈国祥早招呼我上那边去的，有人，也有枪，你们也要去，别待着等死！黑妞儿，你也去。

黑妞儿　我还有妈，我要告诉我妈。

　　　　（挣脱了小陆的手，飞奔而去。）

刘　　四　小陆，我跟你一起去。

小　　陆　行，你准备，马上带了一点钱就走。

　　　　（赵裕春探一个身子出来，被吴玉桂瞥见。）

吴玉桂　抓住他，别放他逃走！（赵裕春连忙逃下，王大海，小陆，和另外几个码头工人追下，只是曹老棒站着没有动，吴玉桂托枪瞄准，大喊。）站住，开枪了！别让他逃走，追，追，追，追，抓住他！

（大家把赵裕春揪了上来。）

赵裕春　（挣扎）你们把我怎样？我又没有犯法。

王大海　不，你决不是个好东西！

吴玉桂　这地方不能让你探着的，你要探什么，说！

赵裕春　（故作镇静地）我没有偷看什么，我听见打炮，我想走过这儿回去。

小　陆　不，你的家不在这一边呀！

赵裕春　我，我要回到韩虎生——我的把兄弟家去。

吴玉桂　不行，你现在不能自由行动。……

　　　　（王排长和卫兵匆匆上。）

王排长　什么事？他是谁？

吴玉桂　报告，一名嫌疑汉奸。

王排长　解去营里先看起来。张得标，易志山，你发钱给工人们。
　　　　（卫兵发钱，炮声隆隆，天色更暗，火光却越发闪亮着。）
　　　　船家，你先解缆，把船开到陈家堡。谢功斌，钱德成，你们押船。（回头看见码头工人渐渐的散开）喂，工友们。敌人的炮火已经一步步逼近了。你们如果没有地方去，有志帮助军队的可以投效军队，军队需要你们。（即时有几个工人走近去）好，很好，吴玉桂你带他们连同那汉奸一起上营部去。

吴玉桂　是！
　　　　（天空差不多全黑了，炮声的闪光照亮着王排长的脸，兴奋紧张，他拿出一个望远镜瞭望远处。）

——幕渐落——

注：

三幕话剧《台儿庄》，由王莹、舒群、适夷、锡金、罗峰、罗荪集体创作，汉口读书生活社 1938 年出版，是抗战初期有影响的剧作之一。1938 年 4 月 7 日晚，武汉十万军民举行了盛大的火炬游行庆祝"台儿庄大捷"。在火炬游行的过程中，有人提议："我们合写一个剧本吧！"大家均表示了赞同。王莹、舒群、适夷、锡金、罗峰、罗荪等人积极参与了讨论，决定写一部三幕话剧《台儿庄》，内容以当时报刊所报道的资料为素材。剧本由王莹和适夷写第一幕，锡金和罗荪写第二幕，舒群和罗峰写第三幕。后来由于王莹到前线劳军，楼适夷因病住院等原因，改成由锡金写第一幕、罗荪写第二幕、罗峰写第三幕。六位创作者分别为剧本撰写了序。

剧本描写 1938 年 3 月下旬，台儿庄激战前夕，在台儿庄西门外码头上，工人们忙碌着为前线运送军火，靠为他人缝补衣衫为生的陈寡妇和女儿黑妞，正在给码头工人们缝补衣服，远处炮声愈响愈烈，台儿庄血战开始了。台儿庄沦陷后，码头工人小陆、刘四等人参加了游击队，汉奸赵裕春丧心病狂地给日寇强拉民夫修铁路、运送军火；疯狂的敌人奸淫烧杀，陈寡妇被强暴凌辱而死，黑妞被劫持。抗日军民奋起反击，4 月 7 日黎明，以码头工人小陆等人组成的游击队，率先攻进三里庄，敌军联队长仓皇逃走，我军全歼日寇，将台儿庄收复。

剧本完成后，锡金还特地为《台儿庄》写了主题词——《胜利进行曲》，并请贺绿汀为主题词谱了曲。茅盾先生对《台儿庄》给予了很高的评价，认为"虽然这里'没有特别发展的写一个典型',但大多数的人物是写得好的。码头工人小陆、王大海、曹老栋、日兵丙、甲、中村联队长等,都是有个性或者是不失为典型的。"

本书仅收录了锡金执笔的《台儿庄》的第一幕。

横 山 镇

第一幕

时间：

一九三八年七月，江南的夏天的下午，非常炎热。日本军队得到汉奸的报告和协助，开一中队来横山镇扑灭游击队，当到达镇上时，游击队已悄悄的离走了。

地点：

横山镇上的一座叫朱仙庙的殿堂里。横山镇是比近京杭国道线的一个镇市，江南的平原，原有很多的河道和码头，而这里，更紧靠着一带横乱的山岭，只有那条二十里外的公路是坦直的；但从公路到镇上却又都是古老的崎岖曲折的小道。当丰田大尉走进殿堂时，他曾皱了一皱眉头说："呃，这儿的地形很复杂！"宋麟祥赶紧点头鞠躬说："是，是，很复杂。大人。"

人物：

丰田大尉——胖胖的，大约三十多岁，服装很整齐，神情有些做作。一脸的横肉中挤出一双眼睛还不十分迟钝。他是很自负倨傲的士官生，家庭出身也很好；这样，他要使自己处处都显得机智和平稳。然而装做出来的总是有限度的，这在他遇到困难和棘手的时候，不自觉的把急躁和慌张都现了出来。据他自己后来解释，那是军队生活太枯燥，还有，则是"支那"的气候不大好。

宋麟祥——土豪，快近五十岁了，略略肥胖。十年前是他的黄金时代，他的言语左右着镇上的法律，没有人敢撄他的色怒。然而他的气焰是终于被压抑了的，那年当县城里的陈老太爷被县党部的一伙毛头星气死了的时候起，大家都说时势变了，我们宋大爷也只好藏起一点儿锋芒，准备安分守成下去。这，实在不能不叫他诅咒这时势。虽然，一年年下来时势又渐渐转好了，宋大爷还是感觉到这和从前的时势不同，这时势仍旧不是宋大爷们的时势。直到去年冬天日本军队进了县城，这才使他抖擞一下精神专程上了一次城，一进城便被留下了。这次，他回家时又是趾高气扬的了。他摸摸他花白了的短胡子，这胡子原来打算要留长的，现在却又不打算了。

宋海春——宋麟祥的远房侄子，二十余岁，皮肤白净，笑脸迎人，善于侍候和逢迎。原在上海虹口日人洋行中服务，战启即由主人介绍至日本军队内，这次即是先由他到镇上来找宋麟祥的。显然，现在他不再被视为无所谓的小子了，连素来对他颇为严厉的麟祥叔也对他非常和气了，他颇有点得意。

月娥——私娼，十八九岁。姿色尚可人，伶俐爱娇，惹人喜爱；过度的装饰，却反弄得很土气。她好久以来生活在这间屋子里，就让宋麟祥这班大爷们来屋子里盘桓盘桓，她知道要好好的侍候大爷们，因为这是于她有好处的。可是宋大爷这次告诉她要她去侍候几位日本的贵人了；她肚里盘算一下，好像并没有什么害怕，她知道自己能够侍候男人，不是完全没有把握。

栗原卯之助——约二十七八岁，日军军曹。虽仅是一个小角色，却是一个颇为积极的侵略者，在国内时便留心中国情形，前几年又来到过中国的汉口经过商，居留了两三年，现在在队伍中要算他是最能干的"支那通"了。丰田大尉常有许多事要找他商量一会儿，他确曾解决过一些问题，因为他的自满，他对战事比丰田大尉还要乐观，他看看祝出征的"武运长久"的旗帜，他真相信武运是长久的。

宋阿发——二十五岁，游击队员，忠厚朴实，原来是宋麟祥的佃户，攀算起来，也和宋麟祥出于一脉，在族谱上他是宋麟祥的侄孙辈的，然而，在现在是不能提起这些。他的耕地就在横山镇的近旁，每年的劳苦恰够维持了他们简单的家口，战争的硝烟不久也弥漫到镇上了，这一季的收成虽然很好，然而还了租后的谷子在家中搁着不能出粜。他和附近的一些年轻的农人勇敢地参加了游击队，这次退却时队长命令附近的人回家藏匿起来，不幸他却被搜捕了。同时还捕了卢金生。

卢金生——三十余岁，原是镇上的竹匠，手艺很纯熟，人也机灵。平时在镇上，便是有名的促狭鬼，然而他的促狭并不让人不舒服，所以大家都欢喜他；就是宋麟祥，见了他也是常常有笑脸的。他在游击队中也是一名好战士，他原是山里人，熟悉山路，这次队长留他在镇上，却是因为他比较机灵好做策应。

李超远——游击队长，年约二十七八岁，知识分子。原是军队里的政治工作人员，军队撤退，他却留下组织游击队。如果说他精明干练，还不如说他凡事谨慎。一切事他都经过细心的筹划，故而很少失误；他一面指挥游击战争，一面也不放松游击队员的政治教育，故而这游击队一天天从散漫无规律中渐渐变坚强起来，庞大起来；这样，他自然而然的变成了游击队的灵魂，他也从实际斗争里学习得坚实起来了。他是乐观的，但不是泛泛的乐观者，他带着队员们从斗争中去证实他的乐观。

宋孙氏——二十四岁，宋阿发的妻子，已有了两个孩子，一个健壮的农妇。

卢长源——五十余岁，卢金生的父亲，也是一个竹匠。

日本兵数人——甲，乙，丙，丁……

背景：

战前的朱仙庙的香火是非常繁盛的，江南的民间都相信朱仙，也有的地方供奉太阳菩萨，据说太阳菩萨就是朱仙。朱仙的威灵普照在民间，其实他在佛道两宗都无可考，只是传闻有求必应，非常灵验，于是口碑传诵，遍及四方，许多人都把孩子过继给朱仙，以为可以依仗朱仙的福荫，少魔少病；过继给朱仙的孩子每年都要来庙里烧香，自己不到也得打发个人来还愿。再加之远道有病来庙祝祷的，四时不绝，所以香火比许多大寺院还要兴盛。因为香火兴盛的缘故，庙宇便也建造得相当堂皇，间架并不算大，但是装修是很精致的。壁上悬挂着许多红布袋，袋里面全是朱仙的寄男寄女的生辰八字，所标的名字，则是庙祝给这些小男女取的。正中靠着屏门是一座金漆的神龛，外面的红绸的帷幔张开得很小，看不出塑像的面貌，如果揭开这帷幔时，可以看见里面黑洞洞的有一座金身，黑须带冕，是王者的神态，不过平时决没人敢去揭看，因为怕触犯。红绸的帷幔低垂着，还不止一重，都是善男信女来还的愿，龛顶有一块泥金大匾，镌着"广大灵感"四字，这似是从什么观音殿里套来的句子，可见民间也依赖他来救苦救难了。大匾的下面和两边还挂着十七八块小木匾，有的是白底黑字，有的黑底金字匾，上面还批着丝绸，插着金花，因为匾太多了，后送来的便挂得很拥挤。神龛的两边有一副对联，刻的是："善恶到头终须报，祸福无门人自招"。供桌上却显得清冷，因为战争后没人再来献供了，锡制的香炉和烛台还搁在供桌上，压住一块绣花的桌披围，在烛台旁边还有签筒，而签诗的黄纸条则挂在右边墙上，用一块蓝布垫着。

丰田大尉到镇上一看便选择驻扎在这朱仙庙，因为镇上的房屋大都破坏，而朱仙庙却是很完整的。庙祝不知躲哪儿去了，宋麟祥便另外打发人来收拾一下，所以现在在殿堂里，还有一张用三张八仙桌拼起来的长台，上面盖一块白布，桌边的椅子，有几张是有靠背的，有几张却没有靠背，长台是放在右首的，左首则是一张黄色洋漆的写字桌，还有一张转椅，则是不知宋麟祥从哪儿找来的。最触目的，在神龛上面，用帐杆撑起两面国旗，上首是白底子当中一块红饼的日本旗，很新，仔细看还可以看得出褶纹。下首是一面红黄蓝白黑的五色旗。原先丰田大尉说一定要挂五色旗，从前镇公所的一面，宋麟祥他拿回家做了被面，现在赶快拆下来挂起了。两面旗挂在一起，那做了十年被面的五色旗奄奄地一些精神也没有，交叉着撑开在那里，挡住了后面的一些匾牌。

开幕：

宋麟祥很舒泰地坐在写字台边的转椅上，摇着腿，左顾右盼，看看这殿堂里还有什么布置得不周全，不时也摸摸短须向屏门背后望望。月娥坐在长台边的椅子上，呆呆地不知在想些什么。殿堂里的光线本来很暗，如今下午天还未暗，宋麟祥就吩咐把一盏油灯点上了，故而殿堂上变成从未有过的光亮。人走过壁上就映出很黑很深的巨大的黑影来。一会儿宋麟祥又站起来，在地上踱来踱去，拍拍马褂上的灰尘。

月　娥：（望着自己的手指）大爷！

宋麟祥：嗳，嗳，嗳。

月　娥：等会日本人来了我叫他们什么呀？

宋麟祥：噢，叫大人，叫大人。

月　娥：都叫大人吗？

宋麟祥：嗳，不错，都叫大人，都叫大人。没错。

　　　　（他仍旧来往踱着，月娥抬起头来望着他，随又把一手撑头靠在桌上。）

宋麟祥：你看，那丰田大人他偏要到这儿驻扎，我说，到镇公所去像样些，他们日本人又不讲究这个排场！他又一定要挂一面五色旗，你晓得吗？十年以前，国民军还没有到这里的时候，那时候是作兴挂这个的，后来，国民军来了。大家挂青天白日满地红的旗，这五色旗就不许挂了，那时候镇公所里有这么一面新的五色旗，搁在那儿不能用了，我就拿了回来，做一条被面；这叫作"废物利用"，本来是没有用的废物了，只是可以利用做被面。现在呢，日本人一定要挂五色旗，嗨，我又从被上拆了下来挂起来，这又叫作"废物利用"，你懂不懂？

月　娥：嗯。

宋麟祥：譬如说你吧，打仗了，大家又跑不了，大家也没有闲心思来玩，所以我叫你来侍候侍候日本人，将有个好处，这也叫作"废物利用"。

月　娥：哑，大爷，你在把我寻开心，我知道。你说我是"废物利用"。日本人看你闲着这么多年，找你出来做个什么官，难道不也是"废物利用"吗？

宋麟祥：嗳，嗳，胡说，胡说，真正岂有此理，不通不通，下次不许这样胡说。

月　娥：哎哟，大爷你别生气，我是说了玩儿的，我本来不懂什么"废物利用"。

宋麟祥：我告诉你，我为什么十年以来不问镇上的事，这叫作犯不着。我看不惯那些毛头小伙子们的胡搅乱搅，那年国民军进了城，县党部里出了一批共产党，一心就想造起反来，城里的陈大爷为什么死的？还不是给他们逼死了的？这种时候啊，这些小伙子毛头星，你没法碰他们，那还不如在家修心养晦，免得惹闲气，这叫作"识时务者为俊杰"。现在日本人来了，还是海春那孩子有出息，他来找我，日本人说，这里要我来维持，不要让土匪造反，他们是来替我们赶走共产党和国民党的。革命党都不是好东西，这几年来我们也受够了，虽然国民党后来剿共了，现在却又并了家，我们还有日子过吗？日本人一来，他就吩咐我要挂五色旗，我说现在天下是你们日本人的天下，五色旗不用挂了，他说，不，一定要挂，他们是来日支亲善的。日就是日本，支就是支那，就是我们中国，现在不是中国了，是支那，他们是来替我们亲善的。现在是我出来的时候了，横竖这些毛头星革命党全给日本人赶走了，现在我再不出来又怎么样呢？我不干难道还让别人干吗？这叫作"识时务者为俊杰"。

月　娥：嗳，你老人家有这么多道理我怎么会懂呢？怪我胡说，你快不要生气。

宋麟祥：小油嘴！（用手摸她的脸颊，她故意闪避过去）算你会拍马屁。我说，月娥，你要好好的伺候日本人，日本人欢喜了你，你也不要忘记我，我们还是自己人，自己人总比别人好。

月　娥：哎哟，大爷，你又那么说了；自然自己人总比别人好呀，要不是叫我来侍候大爷，还要我来侍候日本人吗？

宋麟祥：不是这个意思，我叫你来侍候日本人，还是为了你的好处，要不然你不到这里来，给什么小日本兵拖了去的时候，那就说不上来了。现在这里是官，当然要文明些，你多多巴结巴结，日本人欢喜你了，也就欢喜我了，你有好处，我也有好处，我们都是中国人，你懂吗？

月　娥：我不晓得怎样侍候好，我只晓得侍候男人，日本人是男人我就照侍候男人那样侍候他，行不行呢？哎哟，大爷你今天够忙了，让我沏一杯茶给你喝。（起来沏茶，一看茶壶里还是空的，又去供桌提出了一把水吊子。）

月　娥：怎么没有茶叶啦，大爷，茶叶拿出来冲一壶喝喝。

宋麟祥：（仍旧去转椅上坐下）不要，不要，等日本人来了再泡，我要告诉他，请他尝尝我这好茶叶，预先泡好显得不至诚了。

月　娥：大爷，你安排得真好。

宋麟祥：是啊，你看，这儿是办公桌，（站起来，走到长台边）这儿可以开会，我等要和日本人在一起开会，嗯，（严肃起来）商量商量搜剿游击队的事情。

月　娥：游击队不是已经退走了吗？

宋麟祥：是的，他们看见我领了日本兵来，便偷偷地溜了，可是，我们要搜剿，斩草就得除根。

月　娥：他们也是中国人呀！

宋麟祥：嗳，嗳——，不是，他们是和革命党一样可恶的，非斩尽杀绝不可，留得他们在，便是留祸害给自己。

月　娥：噢，不用说了，又是我不懂，日本人怎么还不来呢？

宋麟祥：他，那个丰田大人在后面水缸里洗澡呢。

月　娥：嘻，怎么在水缸里洗澡？

宋麟祥：是嘛，我打发人去浴锅里烧水，他说：不好，不好，这里就好，就脱了衣服往水缸里一跳。

月　娥：嘻嘻嘻嘻嘻。

宋麟祥：别笑，别笑，提防给他听见了。

（里面丰田大尉跋了一双拖鞋出来，披一件浴衣，露出
胸口的黑毛。）

宋麟祥：嗳哟，丰田大人，你洗澡洗好了？

丰田大尉：啊，好了，很好很好。

宋麟祥：（向月娥）来，见见这位丰田大人，托托托托托育达尚
大人，（月娥先瞟一眼，上前见礼）这，这是我的小女，
叫月娥，叫她来侍候，侍候大人。

丰田大尉：啊，你的女儿？很好，很好。坐，我去换衣服。

（丰田大尉下。栗原卯之助从后面提一只鸡上）

栗原卯之助：（四顾）怎么没有人？

宋麟祥：托托托育达尚洗好澡，上里面换衣服去了。

栗原卯之助：啊，这个是什么人？

宋麟祥：这是小女，叫月娥，是叫她来侍候托育达尚大人的。

栗原卯之助：啊，你有几个女儿？替我找一个好不好？（狡笑）
嘻，不要有毒的。

宋麟祥：不敢，不敢，小女只此一人，确是小女。

栗原卯之助：好不好？好不好？

宋麟祥：委实不敢欺瞒。

栗原卯之助：好不好？好不好？

宋麟祥：（搔头想了一想）噢，让兄弟想法去物色一个，呵呵，
物色一个包你满意的，包你满意的。

栗原卯之助：要好的，不要有毒。

宋麟祥：包你满意，包你没有毒。

栗原卯之助：晚上啼哭的不要。

宋麟祥：不哭，不哭，决不哭。

栗原卯之助：（过去摸摸月蛾的面颊）这个很好，这个很好。你
很好。

（宋海春上，手里拿了七八把扇子，放在长台上。）

月　娥：（用手推开栗原卯之助的手，同时却又抓住了他的手。）
你也很好。

栗原卯之助：（大乐）哈哈哈哈哈。

宋海春：噢，卡杀拔拉尚在此地，拿把扇扇风；麟祥叔也在此地，
您好忙了（递一把扇子给他），月娥，你也来了，很好，
很好，扇扇风（也递了一把过去）。

栗原卯之助：（扇着风，一面看着月蛾扇扇子。）好极了，好极了。

宋海春：这里地方小，没有什么好招待的，等会儿杀个鸡炖了
吃晚饭，我家里还有酒。等会儿也拿来替您和托育达
尚洗洗尘。

栗原卯之助：酒，好的；鸡，这里有了；（他指指椅下的提来的
鸡）一个这样的。（指指月蛾。）

宋海春：有，有，都有。

宋麟祥：海春，这位是？

宋海春：奥，这位是卡杀拔拉尚，汉文写起来便是栗原二字。

宋麟祥：（念）卡杀拔拉尚。大人。

宋海春：嗳嗳，尚就是大人。有了尚就不要大人了。卡杀拔拉

尚是大日本军丰田中队的军曹。

宋麟祥：噢，失敬！失敬！

宋海春：这位是家叔，宋麟祥，地方上的领袖，这次大日本军
　　　　到小地方来，家叔在尽招待之责，地方上都听家叔的
　　　　话的。

栗原卯之助：噢，失敬！失敬！

宋麟祥：请，请，舍侄一向多承照顾。

栗原卯之助：请，请，刚才拜托的事，还请你多多费神。今天
　　　　晚上要！

宋麟祥：不敢不从命。不敢不从命。

　　　　（丰田大尉换了一身很整齐的军装上。）

宋海春：托育达尚，（大家全回过身来看丰田大尉，他走到丰田
　　　　的背后，用扇子替他轻轻地扇着。）我刚从外面来，看
　　　　见耶马木托尚带了一小队出镇去了。

栗原卯之助：他们大概是去找女人去了，宋海春，你们找女人
　　　　找的不多。还要找。

丰田大尉：不是，那是据支那眼线报告：镇的附近还有支那游
　　　　击军藏匿，我派他们去搜查的。

栗原卯之助：也许他们会搜到几个女人。

丰田大尉：唔，卡杀拔拉尚，你和宋海春再出去跑一趟，趁太
　　　　阳还没有落山，你们可以拍几张照片，这事你们两人
　　　　干最适当，记住，要用最亲爱的言辞替老百姓讲话，
　　　　送东西给他们，先要召集起他们，然后就送东西，然
　　　　后就替他们讲皇军的恩德，然后再发米给他们，（回头

向宋麟祥）米已经预备了是不是？

宋麟祥：已经预备了，大人。

丰田大尉：好，发给他们，宁可等事情完了再拿回，趁他们微
笑的时候替他们拍照，一定要把微笑拍进去。这些，
赶紧洗几份出来，一份寄到军部里去；还有的便贴在
街上，好教大家看见皇军的恩德，可以回来，不去跟
着游击队跑。找女人的事，必须等抚慰完了才开始。

栗原卯之助：照片之类，是不是会被支队里用完了呢？

丰田大尉：那不行，无论如何要找些出来，难道这专是为了他
们拍强奸女人的裸体照片的吗？

栗原卯之助：是了，是了。

丰田大尉：（向宋海春）你要多找老百姓。

宋海春：正是，正是，我一定多找，我对他们说大日本皇军是
来救苦救难的，他们一定很高兴了。

丰田大尉：对了，你对他们说天皇陛下的恩德。你们走罢，快去，
回来报告。

栗原卯之助：是了，是了。

（与宋海春同下。）

宋麟祥：月娥，你替我把香炉背后的茶叶包递来，我来沏杯好
茶给托育达尚喝喝。

月　娥：爸，还是让我来沏给大人喝罢。

（他们忙着提水吊，拿茶壶，月娥先把开水冲入壶里了。）

宋麟祥：嗳，嗳，还没有放茶叶呢！

（他打开茶壶盖，放进茶叶。）

丰田大尉：（怀疑地）你在茶里放什么东西？

宋麟祥：茶，大人，顶好的明前，真正龙井，杭州龙井茶树只
　　　　有二十棵，外面决没有真龙井卖，我这儿的是自己去
　　　　龙井时带回来的，而且是明前，既香且嫩，大人你尝
　　　　尝看，我知道日本也作兴喝茶的。

丰田大尉：你倒掉，把茶壶洗干净。我不喝茶。喝烧开的开水。

宋麟祥：嗳，大人，你喝一点，尝一尝。

丰田大尉：我不喝，你倒掉！

宋麟祥：月娥，你拿去倒掉。洗洗干净。

　　　　（月娥微笑着去倒茶。）

丰田大尉：（俨然地）宋尚，宋先生，今天你够忙了。辛苦吗？

宋麟祥：那里，那里，大日本皇军光临敝镇，小弟理当略尽地
　　　　主之谊，不过此地刚值战后，游击队又来一骚扰，地
　　　　方上的人也都跑光了，幸而皇军来赶走游击队，地方
　　　　真是感激不尽！有用到小弟的地方，小弟敢不尽犬马
　　　　之劳？犬马之劳！

丰田大尉：地方？什么地方？

宋麟祥：喏，就是说我们这横山镇，这小地方。小地方。

丰田大尉：横山镇不好，地形很复杂，很不好；人也不好，有
　　　　游击队。

宋麟祥：正是。不过游击队都是那些坏人当的。好人也有，多
　　　　数的老百姓都是顺民，他们很久想有一位真龙出现，
　　　　真命天子出来，天下就太平，嗳，如大旱之望云霓也！
　　　　如今皇军自天而降，老百姓看了，则油然作云，沛然

下雨矣！（摇头摆脑）他们一定和小弟一样感戴皇军的恩德的。

丰田大尉:（外面传来远远的锣鼓声）这次皇军惩膺暴支，打仗，乃是为了东亚的和平。日本和支那是一家人；共产党，是俄国人，不好；国民党，是英国人，也不好；日本人好！皇军好！哈哈哈。

宋麟祥: 正是，正是。

丰田大尉:（敲鼓声）我们皇军，从那么远到这里来，打仗，开炮，飞机，步兵冲锋，坦克车，机关枪，人死了很多很多，很苦的；路也难走，还要打仗，很苦的！为了什么？为了你们，是不是？你要告诉大家，皇军打仗是为了你们！所以，你们也要为皇军多多服务，晓不晓得？皇军要吃猪，要吃牛，没有，只好杀狗吃，这是什么道理？皇军要女人，他们辛苦了；只有老太婆和女孩子，太小了，要哭要叫，这是什么道理？女人到哪里去了？皇军要女人，要好的，不要有毒的。

宋麟祥: 嗳嗳，正是，正是。

丰田大尉: 这些都是小事情。

宋麟祥: 是，是，小弟应当效劳。

丰田大尉:（锣鼓声稍间又作）再说，游击队都是你们附近的人，我是知道的。为什么你们不知道谁当游击队，谁不当游击队呢？你要知道这些，好捉！也要派靠得住的人，去加入游击队，好调查知道他们的编制，联络，和随时晓得他们的驻在地点。这样，皇军才好来扑灭他们。

现在你什么也不晓得，就说镇上有游击队，皇军来了，
却让他们先知道皇军来，逃走了！你们也不晓得他们
逃到什么地方去，这样，怎么成呢？皇军不会老驻在
这地方，皇军还要打仗！到别的地方去打仗！

宋麟祥：是，是，这里的游击队，不完全是本地人，领头的一
个据说就不是本地人，是从前中国军队里的政治工作
人员，中国军队撤退了，不晓得怎样，他给剩下来了，
他便领头组织了游击队。

丰田大尉：（注意地）嗯，嗯。你说下去。

宋麟祥：（锣鼓声停了）一些不安本分的穷人全跟他跑，只要抓
到了他，就好了，什么都有办法。游击队是往山里退
的，要追便要向山里追。

丰田大尉：追？噢？山里？这里这么多山，这江南的小河道已
够讨厌了，这里却又是山，你说往哪个山里退？

宋麟祥：嗳。大人何必这样性急？休息几天，这里打发人去探
听探听，再作道理。

丰田大尉：哼！游击队，皇军有的是办法，我自有办法，不过，
你应该当心了；民间不许有私枪，打猎的枪也不许有！
也不许有刀，中国的大刀不好，不许有。私藏枪刀的
都不是好东西！要当他游击队办，一样办，枪毙，杀
头,活埋！有私藏枪刀的要交出来，交出来的是好百姓，
皇军保护他，还要发枪给他们，编自卫团，好抵抗游
击队。

宋麟祥：正是，正是。大人真筹划得周到极了。真所谓运筹帷

帷之中，决胜千里之外！

（月娥端了两杯开水来）

月　娥：大人，喝开水罢，这是烧开的开水。

丰田大尉：啊，好，好，开水？好好，谢谢你。（看她的手，抓
　　　　　住她。）啊，你的手很好，很好！

月　娥：嗳，我粗手笨脚的，没有你们日本女人的手好。

丰田大尉：唔，不，不，支那女人好，日本女人不好。哈哈哈。

月　娥：日本女人好看，中国女人不好看。

丰田大尉：支那女人好看，你好看！

宋麟祥：让小女陪大人坐坐，小弟出去看看，今天吩咐他们预
　　　　　备点酒，弄一点菜，小镇上实在弄不出什么东西来，
　　　　　不过算是替大人洗洗尘。

　　　　（丰田大尉望着他，点了点头，宋麟祥退。）

月　娥：大人，你穿这多衣裳哟，还有长筒靴子，不热吗？

丰田大尉：不热，不热，（拾一把扇子摇着。）我们军人不怕冷，
　　　　　也不怕热。什么也不怕。嗳，你几岁了。

月　娥：啊，十八岁。

丰田大尉：啊，十八岁；很好！很好！

月　娥：大人，你喜欢中国女人吗？

丰田大尉：喜欢，喜欢，喜欢你！过来坐坐。

　　　　（抓住月娥，月娥坐到在他身上）

丰田大尉：你怕我不怕？

月　娥：不怕。

丰田大尉：喜欢我吗？

月　娥：嗯。

丰田大尉：（大乐）哈哈哈哈！

月　娥：你喜欢日本女人还是中国女人？

丰田大尉：支那女人，我喜欢你。

月　娥：嗯！真的？

丰田大尉：嗳，我们军人不作兴撒谎。

月　娥：噢，你不撒谎。

丰田大尉：天气很热，你把衣服脱掉。

月　娥：嗳，不好意思。大人，我知道你们日本女人梳很高很
　　　　高的头。

丰田大尉：你怎么知道的，你会不会唱歌？

月　娥：不会，不会。嗳，大人，日本女人为什么梳这么高的
　　　　头呀？

丰田大尉：好看呀！唱一个歌，唱一个歌。

月　娥：真的不会唱呀。

丰田大尉：唱，唱一个歌。

月　娥：嗳哟，真是！好，我唱一个，大人，你也唱一个。

丰田大尉：你唱，唱一个好的。

月　娥：你别笑我！（唱毛毛雨）
　　　　毛毛雨，下个不停，
　　　　微风吹个不停。……

丰田大尉：（大乐）好，很好很好！

月　娥：大人，你也唱一个日本歌。

丰田大尉：不好，你唱，再唱一个歌。

月　娥：大人，你唱一个军歌。

丰田大尉：不好，你会不会唱军歌？唱一个！

月　娥：好，（站起）

起来，不愿做奴隶的人们，把我们的血肉……

丰田大尉：嗳，嗳，不要唱！这个歌不好，谁教你唱的？八格！

月　娥：从前有学生到镇上来教的，镇上的人都会唱这个歌。

丰田大尉：不好，这个歌讨厌，这是支那共产党的歌，也是国
民党的歌，唱的人要杀头，不是好东西！

月　娥：（忽然远处有两声枪声，丰田大尉和月娥都一惊，听了
一会儿没有动静，慢慢又恢复了。）嗳，大人，我不懂
得，你不要生气！大人，你唱个吧。

丰田大尉：（若有所思）不。

月　娥：大人，你唱一个。

丰田大尉：我不是来唱歌给你听的呀！

月　娥：嗳，大人你不是说你欢喜我吗？

丰田大尉：噢，我来跳个舞给你看看吧。

（丰田大尉起立，嘴里哼的樱花调，蹒跚起舞，摇摇摆
摆，扭扭捏捏，步子很不纯熟。舞了一会儿，栗原卯
之助和宋海春忽然进来。）

丰田大尉：（立刻停止他的舞蹈）呃，你们回来了？

栗原卯之助：好消息，我们捕获游击队二名！

丰田大尉：（并不十分重视似的）噢！

宋海春：这次抚慰工作做得真好，连游击队也捉到了，现在我
们可以审问，审问出一点端倪，就可以进剿，剿灭！

栗原卯之助：（得意非凡）老百姓太相信我们了，嗳，支那人真
　　　　　是蠢猪！哈哈哈！

宋海春：蠢猪，真是蠢猪！

　　　　（丰田大尉望着他们点点头，去转椅上坐了，月娥现在
　　　　已胆大，去靠椅上偎着。）

栗原卯之助：（向宋海春瞟一眼。）你说，你说下去。

宋海春：噢！卡杀拔拉尚安排得真好！他说，叫我先去召集老
　　　　百姓，他慢慢的拿东西来送给他们。（要表示他的能干）
　　　　呷，我一想怎样去召集他们来呢？他们看到我们是害
　　　　怕的。我先把预备好了的锣鼓敲起来，就像做戏那样
　　　　敲。锣鼓一敲响，有几个孩子出来了，我就告诉他们
　　　　这里要做戏，快去找小朋友和爸爸妈妈一起来看，皇
　　　　军要做戏给他们看。

丰田大尉：（点头）皇军要做戏给他们看。

宋海春：一些小孩子一会儿聚了起来，有些大人来找小孩子回
　　　　去，我就不许他们回去了。说诸位街坊，皇军爱护你们，
　　　　你们不要害怕，请你们站下来看戏。于是，卡杀拔拉
　　　　尚就上来演剧。

丰田大尉：演戏？

栗原卯之助：嗳，演戏，我跳了一会儿樱花舞。

宋海春：嗳，就像大人刚才跳的那样。

　　　　月娥（笑起来）嘻嘻嘻。

宋海春：跳了一会儿。完了，就拿东西送给他们，嗳，这些花
　　　　布真好！乡下人一见大家都欢喜，大家都笑嘻嘻的，

来接皇军送给他们的东西，我们一面也发米给他们，趁机会就拍照。

丰田大尉：唔，照也拍了。

宋海春：卡杀拔拉尚就一面替他们演说。

栗原卯之助：支那猪很狡猾，他们看见我讲话，不大肯相信，我还是让宋海春讲。支那猪！他们就相信宋海春的话！

宋海春：我对他们说，皇军是来救老百姓的，中央军怎样怎样不好，他们勾结共产党，杀人放火的强盗，他们先要把你们的房子烧了，粮食抢走了，抢不走的也要烧，不管我们怎样活，他们叫焦土抗战，那些侉子兵到处奸淫抢掠，说的话全是骗人的。我们吃的苦已经够了！他们先教我们打共产党，现在又教我们和共产党一起去打日本人，又打不过皇军，皇军是天皇真命天子打天下的军队，他们怎么打得过呢？打不过就跑，把我们又丢下了，不管我们的死活！还要叫年轻人去当游击队，做土匪，试想，中央军还打不过皇军，游击队怎么打得过呢，不过叫年轻人都死完，完全是糟蹋老百姓！皇军来这里救老百姓，也要保护老百姓，老百姓要晓得，救命的皇军来了，要快些把枪交出来，不然给皇军抄到了是要枪毙的！游击队的全家都要杀干净，谁先把枪交出来的有赏，就是游击队自己报告，不但不办他还要赏给他钱！

丰田大尉：（点头）唔。

宋海春：我说，皇军来把杀人放火的共产党和中央军杀光了，真龙出世，天下太平，我们就好过太平日子了。

丰田大尉：你说得很好。游击队呢？

宋海春：就在这时候哇，人群里面有两口子闹起来了，一个女的往外面跑，一个男的发急的扯住她，她死挣着要跑。我去问什么事了，那女人就跪下来说，她家里有枪，那男人更急了，要溜，我们就捉，他跑，卡杀拔拉尚就开了两枪，打中了他的腿，他逃到一家人家去了，我们搜到了，哈，那家也是做游击队的家，我们就一起捉来了。

丰田大尉：（点头作嘉奖）很好。唔。现在在什么地方？

栗原卯之助：交给那老头子带来了。哈，那些人都要跑，我把女人都抓住了，二十几个，老的小的都有，年轻的也有还拿着花布不肯放。哈哈哈哈！

丰田大尉：（也高兴起来）很好，哈哈哈哈哈！

栗原卯之助：哈哈哈哈！叫老头子去找五十个女人找来找去找不到，我一找就是二十几个。哈哈哈哈！

丰田大尉：游击队呢？把他们带来，今晚审问！晚上开会不用开了，马上带来。

月　娥：（踌躇）大人，我出去走一走。

丰田大尉：为什么？

月　娥：街坊上的人认识我的，我不好意思。（娇媚地）好不好？大人。

丰田大尉：唔，你去你去，快叫老头子带来。快！快！

（月娥下，宋海春刚要出去，外面人声杂沓。宋麟祥和日本兵四人押宋阿发、卢金生上。宋阿发面色惨白，腿上全是血，后面宋孙氏拉着他的衣裳，哭喊着。）

宋孙氏：（哭）你们怎的呀！嗳，救命呀！你们放了他呀！你们怎的呀！

（两日本兵扯开了她，她跌倒在地上，哭叫。）

宋麟祥：嗳，大人，今天很好，（谄笑）捉了两名游击队。

丰田大尉：唔，游击队！你们叫什么名字？（宋阿发和卢金生都不作声，宋阿发的枪伤痛得受不住了坐了下去，卢金生却还立着，两眼骨碌碌的四面张望，丰田大尉把桌子一拍。）问你们话听见没有？你们叫什么名字？说呀！你（指卢金生）你叫什么名字：说呀！你，（指宋阿发）你叫什么名字？

宋孙氏：啊呀，大老爷，你饶了他，他叫阿发，宋阿发！他是我的丈夫！大老爷，你饶了他！（哭着从地上爬过来。）

日兵甲：去！（一脚把她踢倒）八格！

丰田大尉：你为什么不说话，你被皇军捉来了。你为什么不说话，你这狡猾的支那猪，游击队，你还想赖吗？

宋孙氏：（又爬起，向宋麟祥）嗳，老爷。你做做好事，救命呀！阿发素来很好的，他从来不欠租，大爷，你也看看宋家的一条命根，做做好事呀！救救命呀，哎哎……大爷！做做好事呀！

日兵乙：八格？八格！（用脚踢她，再踏她。）

宋麟祥：（现在他也岸然危坐，并且威风凛凛）哼！谁叫他去当游击队的！混账！不晓得安分守己，当游击队的都是

杀坯！宋家不要这种不成器的子孙！你们对得起祖宗
吗？大老爷问你你还不答话，杀坯！杀坯！杀坯！

宋孙氏：哎哎，大爷，可怜见我们一直替你种了这么多年的田，
你救一救！救一救！

丰田大尉：啊，你说，什么时候加入的游击队？游击队有多少
人？现在在什么地方？你说！不说要杀头！

宋孙氏：（向宋海春）啊呀，大叔，你说缴了枪就是好人，现在
我去把枪缴出来，你求求情放了他吧！是说的！

宋海春：（冷冷地）现在不用你缴枪了。

栗原卯之助：不要哭，谁叫他当游击队的？

宋孙氏：啊，不行不行！你们不能骗人。

日兵乙：（踢她）八格牙路！

丰田大尉：快说！你不说不行，早说了好放你，不说也要说；
再不说这要上刑具，告诉你，皇军是最文明不过的。
等下把你倒过来，（做手势）你也要说。快说。
（两人还是不响。栗原去宋阿发伤腿上踢一脚，宋阿发
狂叫一声晕过去了。）

宋麟祥：混账，真是目无王法，杀坯！非杀不可！非杀不可！

宋孙氏：（大哭爬去伏在地宋阿发身上。摇撼着。）阿发！阿发！
阿发！你就说了吧！阿发，你醒来呀，啊，阿发，你
怎么？醒来呀！阿发！阿发，你怎么？醒来呀！阿发
阿发！（突然站起，阿发从她的手上滑下却渐渐地醒
了。）好！你们这班狼心狗肺的东西！天在头上，朱仙
菩萨会给你们报应的！你们骗人！（哭）阿发好好的

种田，从来没有做过坏事，他当了游击队，他跟我说，是为的大家呀！我怕他打仗打死了，我相信了你们的鬼话，我告诉你们我要把阿发的枪缴出来，让他不要去打仗，等下又好种田过日子！（跳起来奔向宋海春）是你说的！（大呼）缴了枪就没有罪！你这个丧尽良心的骗子！阿发恨你们是对的，阿发完了，让我跟你拼了命！（宋海春惊走。日本兵丁将她擒下。）

栗原卯之助：拖下去，编她到慰劳队去！

宋阿发:（挣扎起来）放下她！我告诉你，我叫宋阿发，中国人，是中国的游击队！

丰田大尉：啊，很好，还有呢?

宋阿发：土地是我们的，我们不许你们踏上我们的土地！有一个游击队在此地，也就要教你们的血洒在我们田里！

宋麟祥：浑蛋！真正岂有此理！你造反吗? 说出来，是谁教你说这一套的?

宋阿发：我，我恨你们，你是汉奸！你浑蛋！你不要脸，不要脸的汉贼！看你们捉了我们怎么样，我们又千千万万，我们不做亡国奴，我们用血来守卫自己的土地，也要叫你们死，有一天，……中华民国万岁！

丰田大尉：（皱眉）好，好，看是谁死。你呢?
（向卢金生）你说。

卢金生：我是游击队。

丰田大尉：什么时候加入的。

卢金生：（镇静）日本鬼子侵占到我们土地上时加入的。

（丰田大尉摇头，外面忽然喧哗吵闹起来。）

丰田大尉：（停下来听）什么？你出去看看，什么事回来报告。

栗原卯之助：（应）是！（下）

丰田大尉：（和蔼地）你们的头子是什么人？

卢金生：我为什么要讲给你听？

丰田大尉：什么？我问你的话你就要讲！（栗原卯之助上。）

栗原卯之助：外面一个老头子，说是他的儿子抓来了要冲进来，
　　　　　给打伤了。

丰田大尉：（忽然有了办法）好。带进来。

　　　　　（日本兵丁下，带卢长源上。）

卢长源：（抖抖地。一眼瞥见卢金生。）啊，金生！怎么了？怎
　　　　么了？（跪下）大老爷，我的儿子是好人，你放了他。

丰田大尉：哼，是好人！他自己已经招供了。你还说你的儿子
　　　　　是好人！八格！狡猾的支那猪！

卢长源：怎么？你已经招供了，金生？啊，不不不，他是好人！

卢金生：对的，爸，你别难过，我是好人，我是游击队员。

卢长源：你不能这样说的，金生，你跪下来求求老太爷，你说
　　　　你改过了，你一定改好，求老太爷开恩！

宋麟祥：（声色俱厉）好，长源，你在这里，你看你金生做的好
　　　　事！给皇军抓来了，还这样强硬！要不要杀头！枪毙！

丰田大尉：（急躁，但故作镇定。）告诉你们，皇军占领的地方，
　　　　　不容许有游击队骚扰不清，皇军一定要消灭游击队！
　　　　　难道支那正规军也给驱逐了，还愁游击队不消灭吗？
　　　　　一定要消灭！你们是听了坏人的话，他们叫你们去送

死,你们应该把他们在什么地方说出来,就可以放你们。快说! 老头子,你也是游击队。

卢长源:(慌张)不是,不是! 我是在街上做手艺的,宋大爷都认识我,镇上都认识我,叫我老竹匠,我的孩子也是竹匠,大老爷放了他,他是好人,他决不再当游击队。

丰田大尉:你不是游击队,你的儿子怎么会做游击队?

卢长源:啊啊,我不是,我不是游击队! 我的儿子也是好人!

丰田大尉:(焦躁)哼! (拍桌)八格! 支那猪没有一个不狡猾,非用刑不可,非用刑不可,(拍桌)快说,游击队在哪里? 游击队在什么地方?

卢金生:(仰天大笑)哈哈哈哈!

栗原卯之助:(呼的抽出一条鞭子)啊,你说,你说!

丰田大尉:游击队在什么地方?

宋阿发:(挣扎起来)游击队在此地! 老子是游击队,中国人都是游击队! 要把你们赶出我们的地方!

丰田大尉:(狂怒)啊,八格! (拍桌,站起)打他!
（栗原卯之助挥鞭打宋阿发,宋孙氏大哭,用身子去蔽着他,被栗原卯之助一脚踢开了打着,宋阿发起初没有声音,后来大骂。）

宋阿发:好! 你打! 打死我吧,看你们怎么打死我。我要杀死你们,游击队要杀死你们,总有一天人们要替我报仇的!

栗原卯之助:(更用力的抽)好,你说! 你说出来,游击队在哪里?

宋阿发：（大呼）游击队在横山镇！在你的身边！要杀死你！

丰田大尉：（用手止住栗原卯之助）好，你说在横山镇！在横山镇的哪里？

宋阿发：放屁！到处都是游击队，要收拾你们日本鬼子！赶你们回去！

丰田大尉：（招日兵）来，上刑！

（日本兵丁退，去扛来一架梯子，手里带着一捆麻绳；还有两个小壶，把梯平放在地上，就来掀翻了宋阿发，宋阿发挣扎着，创痛使得他呼叫，然而终于是被撤住了，用麻绳捆在梯上，竖起靠在神龛旁。）

丰田大尉：（立起，走近他）啊，现在你说出来！游击队在什么地方？

（宋阿发不作声。精神委顿。）

宋孙氏：（哭）啊，阿发！阿发！

丰田大尉：说！游击队在什么地方？马上放你下来，让你回去，还给你钱！快说！

（宋阿发仍不作声，两眼睁开，睁睁怒视。）

丰田大尉：（走开）好，倒过来！

（两名日本兵走上，把梯倒转，宋阿发便上下颠倒地悬空。）

丰田大尉：你说，游击队在哪里，你说！

（宋阿发咬紧牙关不响，宋孙氏大哭，挣脱了扑上来，又被日本兵拖住了，她咬他的手，但被摔倒在地上。）

宋麟祥：快说啊！快说！

（宋阿发仍旧不响。）

丰田大尉：（震怒）灌他。

（日本兵拿起小壶来灌他的鼻孔，宋阿发将头乱摇，被
日本兵撳住了，终于灌下去；宋阿发大声呛着。）

丰田大尉：哼，把他倒过来！（两个日本兵把他倒过来）你说！
游击队在什么地方？

宋海春：（拾起把扇子递给丰田大尉）大人，太热了，扇扇风。

（宋阿发委顿地抬着眼望着，仍不作声。）

丰田大尉：你说！八格耶路！

宋阿发：（挣扎着大呼）打倒日本帝国主义！

丰田大尉：（怒）再灌！灌辣椒水，灌火油！

宋孙氏：啊！大老爷，不要灌了，我说，我说，我代他说！我
求求你，你做做好事！

丰田大尉：（坐下）好，你说！

宋孙氏：（大哭）我不知道在什么地方哟！

丰田大尉：（拍桌）灌！灌！

（宋阿发又被倒过来，再灌。这回，宋阿发更苦痛地呛
着，四肢痉挛着。）

丰田大尉：（扇着扇子）你说！游击队在什么地方？再不说，我
用炭火烤干你！预备炭火！（日兵一名下。）你说，
你说！

（宋阿发垂头不语，极委顿，宋孙氏又赶上前抱
住他。）

宋孙氏：（哭）阿发，我害了你！你说了吧，你说了吧！你不能再吃苦！

卢长源：（激昂）不，阿发老婆，你不能劝他说！他已经完了，他是个好汉子。拼了一命还怕什么呢？

宋孙氏：呜呜呜呜呜！

丰田大尉：啊，你这个老头子！好，你看我把你也吊起来，非说不可的！没有完的！说了才完！

卢长源：我是有年纪的人了，没有什么可怕的，死的人也多了，随便被你们杀死，也不少我们两个！

丰田大尉：好，我收拾你们！反抗皇军的一个个都要收拾的！非说不可！你说！

（日兵提炭炉上，炭火刚扇红，黑的炭还在哔剥地爆着。）

栗原卯之助：啊啊，好极了，这是皇军的火，这样红，你们谁要不说，哼，哼，哼！

丰田大尉：（走向宋阿发）你还等什么？你说，游击队在什么地方？（宋阿发望着火仍不语。）好，烤他！

宋孙氏：（狂叫一声昏倒。）

栗原卯之助：（突然跑去就丰田大尉耳语，丰田大尉搓手点头。）好，把她拖下去！醒了编入慰劳队里！

（日兵拖宋孙氏下。大家望着她。）

丰田大尉：宋尚！

宋麟祥：嗳嗳嗳，大人。

丰田大尉：为什么他们不肯招供？

宋麟祥：正是，这都是恶棍，都要枪毙。

丰田大尉：不要枪毙，要他们说出来，你叫他们说！

宋麟祥：他们不肯招供，只好枪毙。

丰田大尉：不，一定要你叫他们说出来，你一定要叫他们说！

宋麟祥：是是是，大人！

（丰田大尉和栗原卯之助退。）

宋麟祥：（来往的踱步着）我真不懂，你们给什么迷了心！性命
　　　　也不要了，家也不要了！好像这日子只有今天，没有
　　　　明天；今天你们死了，明天别人也要过日子呀！真是
　　　　混账。你们是跟我过不去了。海春！

宋海春：嗳，麟祥叔。

宋麟祥：我说我们也要把阿发他老婆救一救，编在慰劳队里也
　　　　怪可怜的！我们都是中国人，嗳嗳，救一个算一个。

宋海春：不过，编进了慰劳队的也就没有法子了，从来就没有
　　　　女人会在慰劳队里活着出来的，真也作孽。

宋麟祥：我看你还是先去讨讨情，叫慢些编进慰劳队，等会事
　　　　情有了解决的办法，好放他们走。

宋海春：是了！（下）

宋麟祥：（踱步）阿发，你是我的自己人，我不能让你这样的。
　　　　你要晓得，我们以后还要过日子，我们要活！不然，
　　　　我为什么要出来问事呢？嗳，都是为了大家啊！你要
　　　　晓得，上有天神，下有王法，日本人也是人，况且他
　　　　们是来替我们赶走祸国殃民的国民党和杀人放火的共
　　　　产党的，等战局平定了，四海之内，莫非王土，我们

也可以安居乐业，男守其耕，女守其织了，这太平日子不好过，难道要去当游击队送死吗？我看你还是把游击队在什么地方说出来，让我在他们面前说说，你也总落得有些好处，阿发，是不是？

宋阿发：（微弱，然而有力地）谢谢你，你是汉奸，我恨你！我不像你那样不要脸，我们的队长的话是对的，我们不但要打日本军，还要打汉奸，因为他们帮着日本人，卖国，比日本人还要凶狠，日本兵还是被军阀欺骗了的，而汉奸，生就的就没有良心！

宋麟祥：（愠怒）混账东西！你作死！就让你死！你看看这炉子！金生，你不要像他那样，你是聪明的，我一直就很欢喜你。你说出来，这里没有旁的人，谁也不知道是你报告的，阿发的苦头你知道是他自己讨吃的，你不像他那样蠢！我知道你，你熟识山里的路径，皇军会重用你的。

卢金生：（镇静，默然）大爷，我也是作死的。

（外面忽然喧哗。有枪声。）

宋麟祥：（呆怔了一会儿）好，（厉色）你们没有救，一定要死！

卢金生：对了，我们死了，是有人来替我们报仇的！你也要死！

宋麟祥：（怒）啊！混账！（拍桌）混账！

（丰田大尉和栗原卯之助突上，是被外面的枪声和扰乱招来的。）

丰田大尉：什么事？去看看。

（日兵一名下，少顷，日兵数名押李超远上。）

日兵戊：报告！又捉了一名游击队！

丰田大尉：好，好，游击队，支那有这许多游击队！好！好！

宋阿发：（回头瞥见李超远，惊叫）啊，队长！

丰田大尉：（惊喜）啊，队长？（点头）哈哈哈哈哈！

李超远：嗳，宋阿发，卢金生！你们也在这里？

卢金生：（微显颓丧）是的，队长！

丰田大尉：啊，队长？很好，很好！（得意的狂笑）哈哈哈哈，
哈哈哈哈！

（在笑声里灯光转暗了。）

——幕落——

横 山 镇

第二幕

时间——

第一幕后两天，李超远和宋阿发卢金生的羁囚也一天多了。上午，丰田大尉和栗原卯之助会商办法。游击队死不肯招，没有办法好想；要进剿又摸不着游击队在什么地方，弄得不好反受游击队的袭击；皇军还要开别处去作战，不能长留在镇上。想来想去，于是新办法产生了。设法收编——这是栗原的计议。

地点——

仍旧是那个朱仙庙，仍旧是那个殿堂。

人物——

丰田大尉，宋麟祥，宋海春，月娥，栗原卯之助，李超远，宋阿发，卢金生。

富美子——随营妓女，年约二十岁上下，艳装高髻，脸上涂着厚厚的白粉就白得像白垩一样，眼的周围抹上淡淡的胭脂，但都盖不住胭脂下的一层眼圈上的青影，两眼是失神的，就像许久的夜晚没有好好的睡觉；涂得鲜红的嘴唇的轮廓十分呆板，就像图案画中的唇角似的，唇角外还露出较淡的原来较大的唇形来。她的面貌整个的也是平板的，没有表情，就像一些日本纸扇上的美人画那样。她原是在上海的日侨的女儿，父亲经营一爿小小的旧书和低级流行读物的书铺，她也在上海受过女子学校的教育。返国是战事后的事，哥哥先被征入伍了，不久父亲就病殁了，她也以慰问队出征，结果这伶仃的身子却沦为编号的随营妓女。她的肉体和精神上的痛苦她是能理解的，但她是一个日本教育下的女子，她也不能茫然的迎受临前的痛苦。悲哀吗？她不敢想起家中除了母亲，再只有个小妹妹，而哥哥的生死也是不可知的。她也随着战事流转在一处处中国的残破的地方，她懂得中国话，虽然呆笨些，然而在丰田部队里有时还有点别的用处。

日本兵数人——甲乙丙丁……

游击队数人——甲乙丙丁……

背景：

虽然仍旧是那个殿堂，然而布置已经有了更动，所以也焕然改观了，不像前几日那样的一副慌乱气象：上面还是那具神龛，阴森森的庄严依旧笼罩着，虽然搬走了许多什物，殿堂显得空朗了许多，然而那也显得不调和而碍眼。搬走的东西里最显著的是那张写字台和转椅，因为丰田大尉已经用不着再在这殿堂里办公了，他已经开了旁边的一间耳房做办公室（那上面还挂着一张门帘），机要的军事筹划本来便不宜在这里的，这原是宋麟祥匆忙中布置的错误。那三张八仙桌拼起的长台现在是移放在中间了，桌子中央还放上一只玻璃质的花瓶，插两枝盛开的荷花，里面的小小的莲蓬已经结了，所以花瓣也有些谢落下来；凳子已换过一批，比较整齐结实，两旁还新添了一些靠椅茶几，对称的排列着，还有一个坐榻，镶着玻璃镜的，则紧靠着神龛，代替了原来的香案。这些家具虽已整齐得多，然而颜色新旧不一，想是从不同的人家家里搬出来的。室内光线也亮爽些了，看来现在这殿堂像做了丰田大尉办公室的外间的一间客室。

开幕：

舞台空朗朗的没有一个人，宋麟祥从后面出来，张望了一下，看看没有人，便走去耳房那边，掀起门帘望望，门帘里探出一个日本兵的头来，宋麟祥连忙打躬作揖，表示没有事，不用进去。他开始在来往踱步着，在思量着什么事情。宋海春也从后面出来了，看见宋麟祥已在，便站定了；宋麟祥踱过去，踱回来一抬头才看见宋海春已站在那里。

宋麟祥：噢，你来了。

宋海春：来了。

宋麟祥：这事情怎么样？

宋海春：还没有什么消息。（说完想走向耳室里去。）

宋麟祥：（摇手）不不不，托育达尚不在里边。哎，我问你，那里面的东洋婆子是做什么的？

宋海春：（止之）嘘！别让她听见了，她懂得中国话。（宋麟祥连忙回头望一下门帘。）

宋海春：你知道托育达尚在什么地方吗？

宋麟祥：怎么？有事吗？他大概在月娥那里。

宋海春：卡杀拔拉尚呢？

宋麟祥：他，他，他也不在里边，怎么，有什么事？

宋海春：那么李超远呢？那游击队头子？

宋麟祥：也没有什么啊，什么事？

宋海春：（犹豫地）没什么事，不晓得他们在什么地方！

宋麟祥：怎么，你连我也不告诉吗？

宋海春：是没有什么！不过，你知道他们现在是在讲收编，皇军要离开这地方，卡杀拔拉尚说游击队剿不了，还是收编好。皇军本来也不怎么够分配，收编以后，就可以用游击队对付游击队，再不要消灭他们，也容易了。看样子他们谈得有点入港了。

宋麟祥：这怎么成呢？这怎么成呢？李超远这小子？

宋海春：这倒没什么，只要干得过去，要消灭李超远还不容易？卡杀拔拉尚他很得意，说不定皇军自己还要派人进游击队，说不定就是卡杀拔拉尚自己。游击队是没有什么问题的，只要供给他们一点子弹、枪，也许给点机关枪大炮也说不定。饷呢，反正是能发。我不懂李超远是怎么个家伙，我不懂。

宋麟祥：有什么不懂的，这样一来会跟我们过不去，我们不完了！

宋海春：不会的，不会的，皇军不会丢开我们，我曾经向托育达尚推荐过你，说没有你镇上的事绝对干不了！他们

也不会相信李超远，将来还不是李超远的部队要在你
下面管辖？

宋麟祥：唉唉，非我族类，其心必异！

宋海春：那是没有办法的，人家皇军要那样做，我们就得听他
们使唤。不过呢，我们从中好好的干，总捞得有些
好处。李超远那家伙日本人一定不会相信他的，瞅个
缝儿我们便收拾他！不过麟祥叔事情总也得要小心些，
日本人的事不好干，说不定一下子变了脸，到日本人
走了便好了。

宋麟祥：日本人走了更不好，他们有枪，我们没有枪，这事不
好办。

宋海春：那么你就跟他联络联络。

宋麟祥：联络也不好，人家不肯联络的！我看，干脆就让他们
收编不成功。你看？

宋海春：那自然是好的，不过还得想想。

宋麟祥：（低声）你知道那东洋婆子是做什么的？

宋海春：没有什么，她是个随营妓女，她从前在中国长大的，
也念过书，懂得中国话，托育达尚常用她来联络几个
中国人的。

宋麟祥：那，那，那她是联络李超远的了。

宋海春：是这样吧。

宋麟祥：那不是李超远昨天就有答应的意思了吗？

宋海春：噢，日本人不会放心的，他们好叫她看住李超远，脱
不了身。

（丰田大尉上，后面跟着栗原卯之助。丰田大尉一进来
就看见宋麟祥已经在此地了，表示很满意的样子。）

宋麟祥：嗨，您早，托育达尚，卡杀拔拉尚！

丰田大尉：早？嗯嗯嗯，早！您早！

栗原卯之助：（瞟宋海春一眼）宋海春，有什么事没有？

宋海春：（诌笑）没有什么事，我来看看有什么事？来听您吩咐的。

丰田大尉：卢金生来过了吗？

宋海春：听说来过了。

丰田大尉：（震动）怎么？来过了，怎么听说？怎么不来见我？

宋海春：他是回来报告给李超远的。马上又走了，我听见那个
看守李超远的马兹木托尚讲的。他一早天刚亮就回来
了，马上就走，说是还要回来的。

栗原卯之助：还要回来？好的，大概有九成半了。（搓手得意）
他父亲呢？

宋海春：还看押在那儿。

栗原卯之助：（颇有点踌躇满志的。）很好，很好。

丰田大尉：快去把李超远提来。要对他客气些，快快！

宋海春：是是，我知道。

栗原卯之助：不！不！且慢！不要提他，让他自己来，看他来
的迟早，我们便晓得他的诚意有多大。（丰田大尉点头）
他一定要来的，我们等他。

宋麟祥：（惶惑）卢金生放回去了吗？

栗原卯之助：嗯，你还不知道？放他回去，是昨天半夜里李超
远派他回去跟游击队里弄好的，收编快成功了！

宋麟祥：收编？噢，好极了！好极了！这真是化干戈为玉帛，好极了！

栗原卯之助：游击队会效忠皇军，当然是很好的。

宋麟祥：这计策只有你老人家想得出！再好没有！再好没有！从此地方安泰，万民康乐，我真要代表全镇的小民感恩不尽！不过，有一件事却要当心，这卢金生是个坏东西，平常我就很知道他。他在镇上做竹匠的时候，就有他那副灵快手脚，一个不留神连大水缸也被他搬到门外去，再呢，心眼儿也灵活，镇上人被他骗了上了当也还是当他开玩笑的。这个人真要当心他。

栗原卯之助：（不听）不！我知道，这个人还有点用处，好就好在他心眼儿活，不然像那另外一个蠢牛那样还干得了事吗？就他能干得！我本来要派人跟他同去，他说跟他同去不好，因为那样，他回去反而不好说话。好，我就答应他。哈哈哈！我却另外派人远远地跟着他，连他也不知道。我已接到报告，他跑的几个地方我全知道了，不怕他玩什么花样，皇军现在要歼灭游击队就可以一鼓歼灭！

宋麟祥：（因利就便）好极了！好极了！这真是运筹帷幄之中，决胜千里之外！佩服！佩服！这是对的，游击队必须歼灭一个不能留。养虎是要贻患的！这些游击队没有一个是好东西，决不是真心投降！永远不会真心投降。再说那个李超远，他原来就是军队里留下的，他是共产党，不然也是国民党，是坚强的抗日分子，这里本来没有游击队，游击队是他组织起来的。他手下还有一批人，有的是共产党，有的是国民党。此地的农民都像相信菩萨那么相信他，死了也情愿，斩草必要除根！不然，纵然或者可以苟安一时，然而，后患还是无穷的啊！

栗原卯之助：（先点头，一会儿，又微笑）不错，不错！你也说得有道理，不过你要晓得支那人的性格，我懂得很清楚，支那人是最懂得权衡厉害的。两条路在他面前，他一定拣容易走的路和走了有好处的路走。现在，游击队没有接济，到处给皇军捣乱，又要被皇军剿杀，现在皇军可以接济给他，他一样仍旧可以当游击队，有什么不好呢？并且，皇军要收编他们，皇军当然有方法处置他们。这倒用不着你担心的。

宋麟祥：（惶惑）唉唉唉，我不过那么说．不过李超远那家伙是实在要当心的。

栗原卯之助：呵呵呵，宋麟祥，你说的没错！我知道的，我自有办法处置李超远的。你去吧，去预备一下，叫镇上限定明天开市，不然皇军就要没收货物了。快，快点贴布告，有现成的贴出去，还要快预备贴公布收编游击队的布告了。

宋麟祥：是是是！（下）

栗原卯之助：（大笑）哈哈哈哈，宋海春你去看看李超远在那怎么样？不要惊动他，看他有不对的要来报告。

宋海春：是。（下）

丰田大尉：（点头）你的中国话说得真不错！很好。

栗原卯之助：过奖过奖，你说的好！

丰田大尉：（搓手）我们来这儿已经三天了。

栗原卯之助：是的，不是很快吗？

丰田大尉：很快，不错，不过也够麻烦，我看打仗容易，打胜
仗就不容易，打了胜仗要平定地方才更不容易！我们
在上海打仗吃了苦，现在却更苦，游击队的袭击比打
阵地战更麻烦，打阵地战我们晓得迂回，中央突破，
现在呢，我们不知道敌人在什么地方，随时要受他们
攻击，当我们调整了部队再去搜剿时，游击队又不知
道到哪儿去了。这才够见鬼。而且一不留神，正在你
怕他要来的时候偏偏他果真来，伤脑筋就伤在这地方。

栗原卯之助：那些有什么讨厌呢？这些不过是一些流匪，流匪
总是这样的。正规军我们都战胜了，还怕流匪吗？

丰田大尉：游击队和正规军的战略运用显然是不同的，我们皇
军受的训练都是堂堂之阵，我们在士官学校的课程注
重的大陆战术，新兵器运用，适当战略的运用。对于
游击战，不过说应该机敏的应付，扑灭他的巢穴；然
而怎样才算机敏呢？我们知道敌人的炮火在什么地方，
我们就知道用排炮击毁敌人的工事，再逼紧轰击，敌
人的主力便溃了。飞机的策应和瓦斯的施放是最佳妙
的进攻方法。平时，我们决不怕敌人的炮火，然而我
们怕流弹，炮火我们是可以机敏的去应付的，然而，
对流弹我们怎么去机敏的去应付呢？巢穴，我们已摸

到游击队的巢穴里来了，但是我们还是没有办法。

栗原卯之助：怎么？没有办法？收编不是最好的办法吗？

丰田大尉：不错，收编，不过游击队不能让你统统收编呀，收编了这里的，别地方的新的又起来了，一个不留神，又是飞一颗冷弹。

栗原卯之助：唉，大尉，我倒看不出你今天也悲观起来！

丰田大尉：胡说，我怎么悲观？

栗原卯之助：我是说，我是说你看到游击队麻烦了。

丰田大尉：（正色）卡杀拔拉君，请你说话思索一下！

栗原卯之助：噢噢噢，我失言了。

丰田大尉：我们皇军出征，没有一个不是不预备着以死报国的！

栗原卯之助：正是，正是，这就是我们的战事节节胜利的原因。

丰田大尉：然而，你也不能以为我们的皇军就没有遭逢过困难。而这些困难，我们必须用全力来克服它。

栗原卯之助：正是，正是，所以这样我们皇军才是必胜的！

丰田大尉：对了。

栗原卯之助：我们自从出征以来，我们已经取了芜湖，攻下了南京，现在我们的任务是肃清游击队，一步步来，肃清了这里的再肃清那里的。总有一天会被我们完全肃清的！

丰田大尉：不过你也不要太乐观，"满洲国"的游击队到现在还没肃清呢！

栗原卯之助：哼！瞧着吧，假如没有现在的战争，"满洲国"的游击队会有现在那么多吗？我以为游击队是一点也不

　　用愁的，游击队之所以容易消灭，就是中国的游击队根本都是没有统帅的，东一个游击队，西一个游击队，看看似乎叫人觉得可怕，然而我们还是要消灭他，这就在他们自己不好，谁叫他们自己不联络起来？中国人抓了几杆枪就是势力，谁也不要想并得了谁，从前的军阀是这样，现在的游击队也就像是那样，贪小利，而不顾大局，我们给他们一点好处，让他们自己去收拾好了。

丰田大尉：（色喜）呵呵，

栗原卯之助：哈哈哈哈……

丰田大尉：怎么那李超远还没来呢？

栗原卯之助：会来的，马上会来的，再不来我们去提，他也要来的。

　　　　　　（丰田大尉走去掀起那耳房的门帘，探头进去，很高兴的踏进去了。门帘垂下，月娥从后面轻轻出来，栗原卯之助没有知道。他在想些什么。）

月　　娥：（走到栗原身后）嘻嘻嘻嘻。

栗原卯之助：（一惊）什么？你什么时候来的？

月　　娥：你不知道吗？

栗原卯之助：（把手搭在她肩上，玩笑地）我不知道，我不知道。

月　　娥：（闪脱）唉，（看看门帘，掠掠鬓角）托育达大人呢？

栗原卯之助：为什么托育达大人，我们都是日本人，都是一样的。

月　　娥：唉，唉，我问你一句话好不好？

栗原卯之助：你问，可以回答的我总回答你。

月　娥：我问你，你们是不是要走了呢？

栗原卯之助：谁跟你说的？

月　娥：大人自己跟我说的。是不是？

栗原卯之助：唉，你说，（轻声）大人好还是我好？

月　娥：（微笑）你说，大人好还是你好？

栗原卯之助：（点头）啊，啊，支那女人，坏东西！

月　娥：哎哟，你们日本女人好！梳高头穿花衣服真好看！

栗原卯之助：你也穿花衣服好了。

月　娥：不，我才不穿！说正经话吧，你们真的要走了吗？

栗原卯之助：怎样？你舍不得吗？

月　娥：唉，真是！你告诉我。

栗原卯之助：你问了做什么？

月　娥：我怕，怕你们走。

栗原卯之助：怕什么？

月　娥：怕你们走了啊，游击队来杀我们。

栗原卯之助：哈哈，别怕，别怕，不会的。

月　娥：怎么不怕呢？你们一走他们又来了。

栗原卯之助：不会的，不会的，你别怕。

月　娥：哎哟，那些游击队真坏，他们今天一样明天又一样，
　　　　　真是诡计多端，你们要收编……

栗原卯之助：什么！谁告诉你要收编？

月　娥：（吃了一惊）大人告诉我的。

栗原卯之助：唔，他告诉你的！你说，怎么样？你说！

月　娥：游击队都是坏东西！他们一来，我们便没命了。他们

恨日本人，所以也恨我们，我怕！

栗原卯之助：噢，不要怕，游击队一收编，就变成日本人的游
　　　　　击队了，他们要保护地方，要和别的游击队打仗了，
　　　　　你们还是好好的！

月　娥：嗯，我不信。

栗原卯之助：你不信什么？

月　娥：我不信游击队会变成日本人的，你才不要相信他们！
　　　　你以为人会变吗？他们拿了你们的枪，还要和你们打，
　　　　那你们才上了当呢！

栗原卯之助：谁跟你说的？谁跟你说的？

月　娥：我知道。

栗原卯之助：你怎么知道的？

月　娥：我自然知道呀。

栗原卯之助：不，你说，你怎么知道，一定要说！你说！

月　娥：告诉你吧，我爸说的。

栗原卯之助：你爸是个老浑蛋！

月　娥：（不在乎地）嘘。（撇一撇嘴唇）
　　　　（她走过去，走到耳房那边，伸身要揭门帘）

栗原卯之助：（阻止）哎，你怎么乱走乱跑？这里是给你乱走乱
　　　　　跑的吗？快回去，回到你房里去。去去！（挥手）

月　娥：（被阻的悒悒，然而无奈，她解嘲地）哎哟，我知道了！
　　　　（讪讪地下。栗原卯之助望着她的背影，忽然想跟踪而
　　　　去，然而几步后又停了。他开始奋一奋精神，走向耳
　　　　房，进去了。空场片刻，宋海春和李超远上。后面还

（跟随着几名日兵。到入口便站住了，虽然不像是押解者，然而那却是执行着押解的任务的。）

宋海春：（向李超远）你在这里等一等，我里面去报告。

（李超远停步不语，宋海春掀帘入。李超远举目四望，立刻里面有声音，丰田大尉，栗原卯之助，宋海春上。）

丰田大尉：（岸然地）噢，李队长，你早，你来了！请坐！请坐！

李超远：（也岸然地）你早，丰田队长，请坐请坐，原来应该我招待你的。

丰田大尉：为什么？

李超远：地主之谊！

丰田大尉：噢，噢，不要客气！我们都是军人，现在，应该是我招待你的！请坐！

（两人就木榻坐下，而栗原卯之助和宋海春也坐在长台旁。大家都面向李超远。）

丰田大尉：（十分装模作样地）噢，昨晚过夜好吗？

李超远：很好！我虽是北方人，可是常在中国的许多地方跑来跑去，在这里生活也过得很惯。

丰田大尉：很好，很好，支那的地方很好，就是这两天天气太热些，气候不好。

李超远：中国的土地广大，日本军过不惯这里的气候的吧？

丰田大尉：不，没有什么，没有什么。皇军什么地方都去得。

（富美子从耳房里揭帘出来，手里托着一盘茶具，很谨慎地放在桌上，然后倒满了一杯，奉给李超远。）

富美子：请用茶！

李超远：（会心的微笑）噢，谢谢你！

富美子：（鞠躬）不客气！

　　　　（她走回去，又倒茶给各人，然后托一张椅子来李超远旁坐下。）

丰田大尉：呃，李队长，这是夫米哭富美子小姐，是我们皇军中的美人。呃，说起来还和卡杀拔拉尚有些亲戚，现在想叫她来伺候伺候你，她懂得支那话，也好解解你的寂寞。

李超远：（会心的微笑）噢，不敢当，不敢当。（望了望富美子）

富美子：你喜欢我吗？

李超远：哎，不敢当。

丰田大尉：李队长，你的大彻大悟是非常了不起的！这样地方便不至于糜烂，所有的这地方的居民，都要感激你。而且你的深远的眼光，兄弟也十分佩服！

李超远：不敢当，兄弟是被俘的人，本来没有地位讲话，丰田大尉昨天的话原来也很有道理，中国和日本大家都是同文同种，不应该自相残杀，应该相亲相爱。不过，这话由丰田大尉说来是很有道理的，兄弟却没有地位来说这几句话，因为兄弟是被俘的人。兄弟的队伍散在各处。昨天晚上，已派卢金生去通知他们，告诉他们日本军的一番意思；今天清早，卢金生已来回报过，他跑了五处地方，意见差不多是一样的，还有两处没有跑的，现在他又去通知他们了。自从兄弟被俘以后，他们已另外推举了队长，不过，幸好兄弟与他们一起生活久了，大家到现在都还相信兄弟的话。那两处，一定也不成问题。他们大家的意思是：只要日本军肯把他们当自己人看待，那么，他们是愿意受收编的。

丰田大尉：（如释重负，点头）那么好极了！好极了！你的队伍确实数目有多少？

李超远：现在分七处地方，数目是不相等的，多的地方有七八十人，少的地方有二三十人，有的在附近山中，有的就在镇上。总数是三百四十余名。镇上的少些。

丰田大尉：（略略震惊，但立即镇静）噢，镇上还有多少？

李超远：约摸十二三名。

丰田大尉：噢，队伍的枪械配备怎样？

李超远：不齐全，大概三分之一是有枪的。还有几挺机关枪配备。

丰田大尉：噢，噢，噢。我们还应给商量一下，怎样举行收编。

李超远：对了，我们还应该现在就商量定妥。只要商量定妥了，我们马上可以派宋阿发去通知他们。立刻在两小时内就可集中在镇上听命。

栗原卯之助：宋阿发不行，不行！

李超远：（坚持地）非他去不行！

栗原卯之助：为什么？

李超远：因为卢金生已在那边准备，万一有不妥，他们就预备牺牲我。卢金生是决不会来的了。

栗原卯之助：哈哈，狡猾的东西！他不知道他的父亲没有自由吗？

李超远：（冷冷地）他们是准备连我一起牺牲的！

丰田大尉：噢，很好，他们不知道皇军已知道了你们的巢穴，皇军立刻就讨伐！

李超远：不会的，你们知道的仅是一两处地方，而他们决不聚在一处。譬如说：你们要在镇上搜捕，最多也只能捕到一人来代替卢金生，其后的仍找不到，也许连这人你们也再找不到了。

丰田大尉：那还是有办法，把所有有嫌疑的统统捕杀！

李超远：这样，你们便是仍旧得不到镇上的和平，你们还是要到处受到攻击。

丰田大尉：（忿恨）太没有诚意了！不行！

李超远：他们的意思是估计日本军的诚意！

丰田大尉：（站起）你知道你是被俘的吗？

李超远：是的，他们是预备牺牲我的。

宋海春：很好很好，托育达尚，这样收编是不成功了！

李超远：也不一定，如果派宋阿发去通知他们，他们明白了日本军的诚意，一定立刻愿意受收编。

丰田大尉：好！（向宋海春）你去把宋麟祥叫来。

宋海春：是，大人！（犹疑地下）

栗原卯之助：我们还是再从长计较计较。

李超远：是的，我应该告诉你们，他们还要求换枪。

丰田大尉：为什么？

李超远：因为这些枪支非常不整齐，有的是土枪，有的是军队中的旧式枪，五九式的，现在弹药快用完了，日本军的新的接济，旧枪是不能用新弹的。所以日本军也应该给他们新枪。

丰田大尉：这不行。他们应该先使用旧枪，新枪要过些日子再说。

栗原卯之助：可以！可以换枪。他们应该先把旧枪交出来。先交枪！

李超远：（点头）那倒也好，不过日本军也应该让他们相信，立刻有新枪发下。他们自会愿意交枪的。

丰田大尉：（有喜色）对了，李队长，我看我们现在商量一下，怎样交枪。我们都是军人，这是很庄重的仪式，交枪以后，游击队就是与皇军一致的了。

李超远：这很简单，派宋阿发去通知他们，教他们都把枪支带了来，预备交枪。

栗原卯之助：唔，慢些，这样不好。

丰田大尉：有什么不好？

栗原卯之助：我的意思是我们要分批收编，游击队不是现成的分着七处吗？现在，我们分成几批来收编，先让一批交枪，一批一批的交了，也一批一批按批发给他们。这样，便有秩序。

李超远：这里有一点非常重要，日本军也必须把新枪让他们看到，不然，一有误会，反而不好。

丰田大尉：（沉思）唔。

栗原卯之助：这也可以。我们且决定一个收编的程序和仪式。我们立刻决定！

（宋麟祥宋海春上。）

宋麟祥：（看见这么多人在此地）噢，李队长也来了，你好，你

好！（盯了富美子一眼，富美子却还是呆呆的坐
着。）好，托育达尚。布告已经拟好了，读给你听听
好不好：（拿出一张纸稿来读）嗯，照得大日本军实
系秉承天命：不远迢迢千里，来此保境安民。哀我国
民政府，不顾国难民生；勾结共产匪党，遂致祸国殃
民。先以焦土政策，后以游击战争；我民实由何辜？
遭此大劫来临！

……

栗原卯之助：（点头）很好，很好，这样说法很好。不过，你这
　　　　是预备做什么用的？

宋麟祥：（有得意色）叫大家开市，下面就知道了。（拿起纸来
　　　　又要读。）

丰田大尉：不用另外做的，有现成的印好的，可以拿出去贴。不过，
　　　　这样说法很好，把后面改一改，改作收编游击队的布告。
　　　　现在，先来拟一个收编仪式的程序。

宋麟祥：噢，是是是，收编还有什么仪式吗？

丰田大尉：唔。（向宋海春）你去拿张纸来。

　　　　（宋海春去耳房里去拿纸笔。）

丰田大尉：我们当然是需要庄严地举行的，李队长，本来我们
　　　　用不着这样麻烦的，不过，你们并不是战败，而是顺
　　　　乎天命。所以，这里也表示皇军对你的尊敬。

李超远：不敢当。

宋海春：（上）这里是纸笔。

丰田大尉：（向宋麟祥）好，你写一写。

宋麟祥：是是是。

丰田大尉：我看，李队长，你的第一批大约是多少人呢？

李超远：随便多少，如果先从镇上收编起，那么有十几个，如果连镇上附近的一起呢，那么有百多人。

丰田大尉：这太多了。

栗原卯之助：我看五十人左右一批。

李超远：随你们的便。

丰田大尉：好，就这样，游击队应该这样分四行纵队进来，拿着武器，枪口应该朝下，上前交纳，然后由皇军点数，先发给原数一半的新枪。

李超远：这也可以。

丰田大尉：我们，就把那边的露天戏台当作司令台，仪式开始。第一项，唱《君之代》。

李超远：什么《君之代》？

丰田大尉：日本国歌。第二项……

李超远：唱中国国歌。

丰田大尉：不行，中国没有国歌的。

李超远：有的，他们大家只会唱国歌，而且，这也有最后的告别的意思。

丰田大尉：好，就依你，宋尚写下。

宋麟祥：不好，我反对，这是游击队的归顺，不许他们唱国歌，唱从前的国歌《卿云兰兮》才是道理。

李超远：请丰田大尉注意一个军人能容忍的限度，《卿云歌》是早废了的，他们都是农民、工匠，他们不会唱，最后的告别是应该让他们举行的。

丰田大尉：好，你写上，唱支那国歌，向昨天的日子告别式。

李超远：然后的第三，第四，第五项，应该是训话，交枪，发
　　　　枪，编队。

丰田大尉：对了，对了，就这样。

栗原卯之助：谁训话呢？

丰田大尉：我，你（向李超远）。你（向栗原），还有你（向宋麟祥）。

宋麟祥：呃呃，是是是。

丰田大尉：今天下午就可以举行了。

李超远：假如是上午就举行，也来得及，今天可以收编完毕。

丰田大尉：好，上午开始，你（向宋海春）去叫宋阿发来。

宋海春：是。（下）

丰田大尉：立刻可以举行吗？

李超远：立刻可以，并且应该立刻举行，今天可以结束。

丰田大尉：好，卡杀拔拉尚，你去布置一下！宋尚你准备布告。

　　　　（栗原卯之助下）

宋麟祥：是是是，我准备。

李超远：让我来抄一份仪式，交宋阿发带去。

宋麟祥：不不不，让我来抄。（他抄着）

丰田大尉：哈哈，你们很客气。

李超远：不是，他怕我在纸上做什么记号。

宋麟祥：哪里，哪里，不敢，不敢，我一手顺便抄下来。很方便。

丰田大尉：大家现在都快变成自家人了。来，富美子。去拿点
　　　　啤酒来，我们先庆祝一下，你也唱一个歌，让大家散

散疲劳。

（富美子鞠躬退，少顷持一瓶酒，倒酒给大家。）

丰田大尉：来，大家喝一杯！

李超远：我不会喝酒。

丰田大尉：喝一杯，一杯，哪有军人不会喝酒。

李超远：（立起，痛苦地）好，谢谢。

（大家都喝完了。）

丰田大尉：这酒还是从日本国内带来的，你看，我们什么东西
　　　　　都带了来！

李超远：（微笑）你们也预备把什么东西都带走了。

丰田大尉：呃呃呃，哈哈哈哈，中日亲善，中日亲善！富美子，
　　　　　你唱一个歌！

（富美子整弦待唱，宋海春领宋阿发上。宋阿发精神萎
顿，然而倔强之气仍未减。他看见李超远，望望桌上
的酒，望望富美子，望望丰田大尉，他非常失望而感伤，
然而他仍然倔强的站着，低头不语。）

李超远：宋同志，现在要烦劳你一件事，赶紧去陈志和同志那
　　　　边去跑一趟。

宋阿发：我可以知道是什么事情吗？

李超远：你把这一张纸条交给他好了，你们都可以看这张纸条。
　　　　（交给他那张宋麟祥抄的纸条。）

宋阿发：你知道我是不识字的。

李超远：（思索）这是释放我们的一个仪式。

宋阿发：队长，我们是投降吗？

李超远：不，我们仍旧是游击队。

宋阿发：（泫然而泣）噢，队长，我知道了，我是愿意死在这里的，我不愿意出去。

李超远：宋同志，我是知道你的，你出去如果遇到了卢金生和陈志和两位同志，你就会明白，这不是我一个人贪生怕死！你去吧，还要快回来，这是我的命令，你跟我很久，你接受我最后的命令吧！

宋阿发：好，队长，我要求你一件事。

李超远：你说吧。

宋阿发：我把这事办了，请你应许我离开游击队，仍旧种我的田。

李超远：好的，我答应你的。宋同志，我还有几句话，你要替我带去，一句也不能少，一点也不能错，这是我最后托你带的话，你能带吗？

宋阿发：好，我能带。

李超远：记好，你说我有命令，叫陈志和同志召集镇上的同志和所有附近的同志，编成五十人一队，清楚吗？（宋阿发点头，李超远看表。）立刻，在十点半以前开到戏台前空场上，五十人一批，其余的在外面等着。枪口要朝下。记得吗？

宋阿发：记得。

李超远：去吧，他们在等你！十点半以前要赶到，现在十点十二分，还有十八分钟，快快。

宋阿发：好，队长，我去了。

（他四面张望一下，下。）

李超远：（叹息）唉，他是非常单纯的好战士。

丰田大尉：（点头）他很好，他很忠厚诚恳！

宋麟祥：他在耕我的田，倒也从来不欠租。

丰田大尉：现在，我们的事差不多已完全弄好，就待实际举行
　　　　　收编了，来，我们再喝一杯。

　　　　　（富美子倒酒。大家又喝。）

丰田大尉：（拍拍李超远的肩膀。）日支亲善万岁！

富美子：万岁！

李超远：（强笑）呵呵，万岁。

丰田大尉：好，李队长，我进去处理点事，你在这儿休息一会儿，
　　　　　我们马上就要一起出去。宋尚，你也去外面照料照料。
　　　　　而且，布告也要预备贴出去了。

宋麟祥：正是，正是，马上弄好，马上弄好！（他收拾着桌上
　　　　　的东西退，丰田大尉也走入耳房。李超远沉思着，少顷。）

富美子：李队长，你在想念什么？

李超远：（憬然）噢，不，我不想念什么。

富美子：在想念着家吧。

李超远：不，我不想念家。

　　　　　（对面有日本军号集合的声音。李超远凝神地倾听。）

富美子：李队长，你怎么会被皇军捕获的呢？

李超远：噢，我留在镇上的，我没有走。有汉奸认识我，去报
　　　　　告了，我便给抓起来了。

富美子：唉，真是不幸啊！

李超远：是吗，是不幸吗？

富美子：难道你以为是幸运的吗？

李超远：不是这样讲，我们是军人，在死死生生中出入，不是
胜利就是失败，不是失败就是胜利，所以没有什么幸
运不幸运的。这不是幸运，这是疏忽。

富美子：哎，我是相信一个人有幸运不幸运的，不过一打了仗，
什么幸运也完了。

（后面传来歌声，是哼的樱花调。两人倾听。过去了。）

李超远：这是唱的什么？

富美子：这是樱花调，现在已经过时了。

李超远：那怎么他还在唱呢？

富美子：不知道，也许他在想念樱花节时候的狂欢吧。

李超远：噢，日本的樱花节非常热闹。

富美子：嗯，是的。

李超远：你爱这样的热闹吗？

富美子：为什么不爱呢？总比现在好得多了。

李超远：你爱日本？

富美子：嗯，是的。我也爱中国。

李超远：为什么？

富美子：因为我是在中国长大的。

李超远：呵呵呵呵，很好，很好！

富美子：日本人都爱中国，可是不爱中国的共产党。中国到处
都是共产党。

李超远：很好，你看见过中国的共产党吗？

富美子：没有。

李超远：你怕共产党吗？

富美子：不，我恨他们。

李超远：为什么？

富美子：因为中国有共产党，所以皇军来讨伐，所以才打仗，所以我恨他们。

李超远：这样说来你也恨打仗了。

富美子：嗯，是的，不过打仗是男人的事，不是我们女人的事。

李超远：那么你为什么到这里来呢？

富美子：托育达尚叫我来陪伴你的。

李超远：（笑）原来是这样的。你从日本赶过来陪我。

富美子：不是这样，我原来是慰问队。

李超远：慰问谁呀？慰问我？

富美子：不是，慰问皇军。

李超远：怎样慰问法呀？

富美子：我们是一队一队出来的，大家在一起慰问，因为皇军在外面打仗很苦，也要想起家，便不肯打仗；我们出来慰问他们告诉他们家里都好，并且还带了些东西送给他们。

李超远：他们的家里真的很好吗？

富美子：我不知道。

李超远：为什么你不知道呢？你不是告诉他们说都很好吗？

富美子：这是应该跟他们这样说的。况且，我离家也很久了！

李超远：噢，那么现在你家里都好吗？

富美子：我不知道。

李超远：你离家多少时候了？

富美子：九个多月了！

李超远：有信息吗？

富美子：没有！

李超远：你家里还有什么人？

富美子：有母亲，还有一个小妹妹。

李超远：父亲呢？

富美子：死了。还有一个哥哥，去年战事爆发他入了伍，现在不晓得是存是亡。

李超远：噢，这样，你也是很不幸的。

富美子：人都是不幸的。

李超远：为什么你这样说呢？

富美子：我没有看见过幸福的人。

李超远：唉，幸福是要人去争取的，有人要夺取人家的幸福，就有人要争取和保卫自己的幸福，所以人类就要打仗了。

富美子：你想有一天人会不打仗吗？

李超远：当然会的！那和平是要从战争中得来，到要抢夺人家幸福的人失败了，新的社会也建立起来了，人类就不会有战争。

富美子：我不懂，你说的是支那和日本吗？

李超远：不，现在世界上到处都是一样的。

富美子：噢，我害怕！

李超远：你怕什么？

富美子：我怕死人的血，和活着的人一会儿变成僵硬的尸首。
　　　　我看得太多了。

李超远：唉，小孩子！

富美子：你怎么叫我小孩子！

李超远：你怕有什么用呢？人就是靠着这些血，这些肉，才可
　　　　以活下去，一直活下去。

富美子：人还可以活下去吗？

李超远：为什么不可以呢？

富美子：我有的时候想死。我知道想死的人也很多。

李超远：为什么呢？

富美子：（思索）有一天，有一个姓佐佐木的军士对我说，他
　　　　想死。我说，不要死。打完了仗我们还可以相会的，
　　　　但是，第二天，我就看见他直僵僵的在树上吊死了。
　　　　我也想死，这日子过不下去。

李超远：你在这里的生活是怎样的呢？

富美子：我不能告诉你。

李超远：我知道了。

富美子：（凄怆）是的，从前我是慰问队。现在我已经不在慰问
　　　　队了。我们一起有二十多人，就我一个是懂得中国话的，
　　　　所以我有时能出来。所以我能看到你，但是看到你有
　　　　什么用呢？我前些日子也在别的地方遇见了些中国军
　　　　人和老头子，现在还不是这样的我吗？不，我不应该
　　　　说这样的话，我死了便好了。

李超远：人不应该想死，应该想活！你听，是什么声音？

（两人倾听远处有一阵鼓声。李超远看了看手表。）

李超远：你不要悲伤，人只要活着，勇敢一点儿，终还是有希望的，
　　　　时间到了。我就要出去了。（看着表）
　　　　（栗原卯之助宋海春匆匆上。）

栗原卯之助：啊，李队长，都预备好了吗？收编仪式立刻要举
　　　　行了。（他跑进耳房去，和丰田大尉连几名日本兵也一
　　　　齐出来，丰田大尉拂拭着自己的衣裳，端整着帽子和
　　　　领口。）

丰田大尉：好，李队长，请准备了。

李超远：卢金生来了吗？

栗原卯之助：来了。

李超远：我要和他说话。

丰田大尉：外面去说吧。

李超远：不，我要问明白情形，等下才好说话，先被他们看见
　　　　了不好。

栗原卯之助：好，快去（向宋海春）叫他来。（宋海春下。）

李超远：我也得整一整我的服装。

丰田大尉：是的，这是应该庄严一点的。

李超远：我的裤带没有了，这不好。

栗原卯之助：我来找一条给你。

李超远：不，我有办法。

　　　　（宋海春、宋麟祥、卢金生入，宋麟祥已是锦袍马褂，
　　　　十分风光。）

李超远：卢金生。

卢金生：是，队长。

李超远：你一齐同他们说了吗？

卢金生：统统说了，他们说，队长说怎样就怎样。

李超远：全都预备好了？

卢金生：全都预备好了！

李超远：好，你替我拿那条帏带下来给我做裤带。

　　　　（卢金生跳上木榻去解帏带，一转身却从神龛里猛地抽
　　　　出两支手枪。逼住各人。李超远接来一支，卢金生又
　　　　从神龛里抽出一架轻机关枪，架在木榻的横几上，自
　　　　己却也安闲地落座。向众人瞄准。）

李超远：对不住各位，现在已过了十点半，收编的时候已经到
　　　　了，我们要履行收编的每一项仪式。第一项是什么？
　　　　是唱日本国歌《君之代》，唱吧！

丰田大尉：（高举着双手）八格！你这东西原来毫无信实！

李超远：难道日本人是守信实的民族吗？第二项，唱中国国歌，
　　　　我们等一等是要唱的。我们主要的是换枪，枪在什么
　　　　地方？

栗原卯之助：（冷笑）李队长，你打错了主意，你知道这周围有
　　　　皇军一中队，你不要想保存你的尸骨！

李超远：你知道游击队的数目吗？哈哈！

栗原卯之助：你这蠢东西！你毫无办法可以出外，你们只有两
　　　　人在里面！你一有响声，外面的皇军便进来把你们解
　　　　决了！

李超远：（沉着地）这是应该试验一下的，现在预备，我要开

枪了！我应该找一个先开枪的目标，本该是选宋麟
祥的……

宋麟祥：（跪下）啊，队长大人，我是冤枉的，我和你一样，是
不得已的！救救我！饶我一条狗命！（叩头）

李超远：不，起来，现在不杀你，你是应该留给民众审
判的！现在，我选定了你的侄子，他是引狼入室的
罪首！

宋海春：唉！老爷，你别打吧，我也是没法子！

李超远：不行，你听着，这就是枪毙汉奸的枪声！听着！
一，二，……

宋海春：（绝望大呼）好，你放吧，只要你的枪声一响，皇军立
刻要来替我报仇的！

李超远：（微笑）好，那么暂时留你一条狗命，让你看看你所
依靠的皇军究竟是怎样的东西！我现在又换一个目标，
让你们知道，这一声枪响出去的时候，那野心勃勃的
大和魂就要倒地，而武运也不长久了！听着，一，二，三。
（枪发，栗原卯之助应声倒地。立刻外面的枪声迸起，
喊杀声震动天地；丰田大尉用手一招，拟叫日本兵上
前夺枪，卢金生的轻机枪，摇头一扫，纷纷倒地。所
有的人都堆在地上了。富美子还靠着壁站着。呻吟
杂作。）

李超远：好，卢金生同志，你应该搬一下位置，正对着那里，（指
一个台下的方向。）这样，有人冲进来，立刻就解决了！

卢金生：是，队长！

（他立刻跳下去，把枪位安好，守在枪后。外面枪声激战着，喊杀声愈近。李超远兀立不动。月娥仓皇自后面奔出，李超远用枪指住。）

李超远：坐在那里不许动！

月　娥：（就木榻坐下，惊惶痛哭。）啊，宋大爷！

李超远：你还哭宋大爷吗？

月　娥：噢，不哭，不哭！（立刻止住。）

（枪声喊声中，宋阿发领一群三五个游击队从后面上。）

宋阿发：（高叫）队长，成功了！

李超远：外面情形怎样？

宋阿发：我们分批包围，一听见里面的枪号，就开始进攻，日本鬼子没有防到这一招，我们还擒到了几个活的。其余的还在戏台下死战。不过立刻可以解决的。

李超远：好，你坐下休息一下。

宋阿发：不，队长，我应该抱歉，我……

李超远：不，宋同志，你是对的，游击队的精神是不可屈服的！我当时没有机会和你说明，全靠你对我的信心才完成了，这是很危险的。你要学会懂得，为什么一个命令是必须执行，因为游击队是活动的，如果我的命令错了，你们便可以离开我，对游击队仍旧没有损失，所以你有机会出去便应该出去，和大家商量求生路，不应该恋着我，以为我一个人完了就整个游击队完了。

宋阿发：是，队长，我懂得了。

李超远：卢金生同志是最初便弄明白了的，他一早还运枪进来，等下，我们应该请他把这次的经过试试看报告给大家听，这也是我们意外的成功，可以当作一个游击队的宝贵的经验。

（外面枪声渐渐地息了。又有一些游击队员从后面挤出来。）

游击队员甲：队长，我们已把敌人肃清了。

李超远：好现在我们要出去检点枪支，把敌人死的埋了，活的伤的还要设法救护他们，我们这次可以得到百多支新枪和另外的武器，以后我们再夺到敌人的子弹时也可以用了。宋阿发同志，你大概不想离开队伍了。

宋阿发：队长，那是我弄错了。

卢金生：非但宋同志不会离开我们，昨天宋大嫂子还哭哭啼啼说她也要当游击队替宋同志报仇呢。

李超远：很好，我们的游击队是可以扩充一下了，这里还有一位女同志，（指富美子）她一定也愿意和我们女同志在一起替游击队服务的。她也是被压迫者。

（富美子惊呆着不作声，月娥却仓皇站起。）

月　娥：队长，我是宋麟祥逼着不得已的，现在我也想求你们饶命。我也是可以替你们做一点事情的。

李超远：你不要怕，游击队不会杀死你。我们看样子是可以编成一个妇女队的。诸位同志！现在，这是我们胜利的一个开头，我们还要更努力去和敌人做更大的战斗！我们游击队要更扩大起来，赶敌人往老家走！同志们，

留几人在此守着。外面的同志们在等着我们，我们
去吧！

（一个简单的集合号声从幕后吹起。）

——幕落——

1938 年 10 月 10 日，完成于广州的敌机盘旋在头顶的空袭
中《文艺阵地》第 2 卷第 4 期、第 5 期，1938 年 12 月 1 日

他们在码头上（独幕剧）

时间：

一九三八年七月，一个夏天的傍晚，日间的暑热还没有消散。人们都要摇把蒲扇去乘一会儿凉。

地点：

汉口的江岸，民生公司洋船码头旁。

人物：

陈东海——码头上的老工人，六十多岁了，现在他已经用不着自己再干那卖苦力的工作，他的儿子已经继承了他的职业。可是，他还是离不了这码头的。在码头上他混过悠久的岁月，经历过的事多了，码头上年轻的一辈都尊重他，他经常指点着解决码头上的许多事情。

陈富生——陈东海的儿子，四十多岁，一个忠厚诚朴的苦力。在牛马一样的生活里他并不觉得自己是牛马，像许多码头工人一样，他们相信命运，他想他们的生活是命定的，所以不能抱怨谁。

大毛——陈富生的女儿，东海的孙女，是个没有妈妈的女孩子，要带领两个弟弟，已经约摸十八九岁了，但是还不怎样懂事。

喻长喜——年轻的码头工人，二十余岁，是个精明干练的角色，他颇擅长在劳作中挣得较多的工资，一些旅客们遇见这种码头工人是很麻烦的。

喻李氏——喻长喜的老婆，二十多岁，已有了一个孩子。

张老二——码头工人，三十多岁，爱赌博，也饮酒，行为不检点，大家都有点看不起他。他却自得其乐，常常弄得连一根扁担也要押钱使，还是个光棍儿。

王快嘴——码头工人，虽然已经快近四十岁了，但还是老爱多说话，他是一天到晚怨天怨地的，觉得谁都对不起他，像一只牢骚桶。一打开，便把牢骚泼得人家满头满脸的。

胡汉春——一个不大稳当的角色，没有一定行业，虽然不是码头工人，却是常在码头上混着的，什么事他都知道，在码头上混得很熟，有时敲诈一下旅客，但到底他从事怎样的营生，没有人能知道得详细。三十余岁。

李得臣——码头工人，约三十岁，被生活压坏了的。苦苦地操持着自己的生活，身体也不像一般的码头工人那样壮健。

袁老四——码头工人，二十多岁，绰号"笑面虎"，说话很厉害，是喻长喜的一个好搭档。

其他码头工人——（人数不定，不发言）

码头上的过路者——（人数不定）

背景：

天已经暗了，那半弯月亮很美丽的悬挂在半明的天幕上，繁星闪耀得很热闹，没有一点儿风，真是一个炎热夏天的夜晚啊！

江水涨得很高。前些日子，江水冲积形成的像庞大脊背似的泥滩已经大半浸没了，江面显得开阔了许多。平静的水面上，月光曳着一长条银色、明亮的涟漪。现在，这里已经不是渡轮过往的所在，所以江面是安静的，仅仅不时有一两只划子划过去，推一层水浪冲过来，带来了一些凉意。

每年到这个时候，已经到了要防汛的时期了，水位升涨得很快的，水泥堤坝的缺口上要加上两层木板，中间用泥堆满，必要的时候，还要把堤坝加高。这时，水虽然涨得很快，却还未到最紧急的时候，一些准备好的木板放在那里，堆在堤外的一条铁栏杆旁。在我们的舞台上，水泥的堤坝是看不见的。

铁栏杆的缺口处是过道，有一条煤屑路，往前是直通到驳船的木板道和铁栏杆，木板道两旁埋着尖头的四方木桩高高地兀立着，在半明的天空里留下一排黝黑的影子。等到江水再涨高时，木板道便会架到这些木桩上去，江水再升高，木板道也会再升高。

开幕：

一些到江岸来乘凉的人们，随意聚集在铁栏杆外没有被江水淹没的滩涂上，他们谈话的声音清晰可闻，却也无法分辨的十分清楚。铁栏里是人行道，一些人来来往往，没有人停留下来。李得臣就坐在铁栏上，胡汉春在他旁边靠着铁栏站着，他们在谈着什么，一盏路灯照亮着他们。

陈富生、张老二、喻长喜、袁老四以及另外几个码头工人却在那头铁栏旁站着，路灯的光照到他们那边时，已经很弱了。

呜——呜——呜——，江里有条轮船的汽笛，洪亮的叫了几声，回音从辽阔的天宇荡了回来。

李得臣：（叹息地）我前世作了孽！

胡汉春：你说什么？嗳，好热。

李得臣：我说，我前世作了孽！

胡汉春：你是说报应吗？是不是？天是有报应的，可是天的报应不公平。天不会将我怎样，我是我。

李得臣：你是你，对的，我也是我，我同你不一样，我不成了，我没法子活下去。

胡汉春：你们两口子有几个伢（孩子）？

李得臣：（又叹了一口气）四个，一个是女伢。

胡汉春：好福气呀！好福气呀！

李得臣：呸！好福气？！

胡汉春：不是好福气吗？养大了不好了吗？像陈东海就靠儿子了，你有三个男伢，你的福气要比老东海好。人家有钱人巴结着要个一男半女的，偏偏没有，你有四个，不好吗？哈哈。

　　　　（江上的汽笛沉重而拖长地叫了一声。）

李得臣：好？好？太好了！我真想趁早都捏死他们的,活不下去,活不下去。

胡汉春:这可又作了孽了，后世还得受一世苦。（笑笑）我说呀，李得臣，我们活着是干什么来的？活着总有一点儿巴望，死了就什么都完了，还是活着好。

李得臣:我不巴望什么，我什么也不巴望！我有病，大红他妈妈也会病，连三红也病了，病，偏偏又病不死！一个也不死！这几天营生好些，又不能做！他妈的饭也没有吃了，那个天报应的走方郎中还骗了我三毛钱，留下一包草药倒是蛮苦的，灌下去，有屁用！还不如吃一包砒霜，死了倒干脆！

胡汉春 :嗳，别尽那么胡言乱语的！我胡汉春今天和你说了这么长时间，虽然我们日常见面，今天才真算是定下了交情。我说，老哥，我胡汉春虽然算不上怎样一个角色，可是男儿汉大丈夫，一个人总要有一点侠义之情，见死不救非为人！我要救你，我没多大的身家，可是，我劝你，一个人不怕穷，就怕志不坚，大丈夫四海为家，我非帮帮你的忙不可！

李得臣 :谢谢你，你怎样帮我的忙呢？你怎么会帮我的忙呢？

胡汉春 :看着，我一定要帮你的忙，我一定要帮你的忙。

李得臣:（从栏杆上跳下来，认真地望着他）你不要给我开玩笑，我……我……我……

胡汉春 :（摸索腰际，掏了半天，掏出了几张毛票来，数了几张递给李得臣）这，五毛钱给你，你不要怀疑我的好意，我的良心叫我给的,（温存地）拿去呀,（李得臣摇头）拿去呀，这算什么呢？我的好意！（李得臣的手颤抖着伸出来又缩回了）喂，李得臣！我说你就不用客气，（温存地）大丈夫四海为家，这是小意思，你就收了罢，我恨不得把腰里的钱都给你！

李得臣：（接了）我怎么能拿你的钱呢？我就算借你的。你真是好人！

胡汉春：（笑笑）这不算什么！我知道，这码头上的人是把我当什么看待的，大家都看不起我，向我翻冷眼，我是不在乎的。上次喻长喜那家伙拦着个阔佬死敲钱，客人发脾气拿起棒子要打他，喻长喜啊，哈，他就抓住那客人的袖子，那客人就拿着棒子使劲儿打，使劲儿尽打……

喻长喜：（在那边，听见这里在谈他便跑了过来）你们说什么？

胡汉春：说你的事呀，你挨打呀。

喻长喜：有什么好说的，谁敢打我？

胡汉春：谁打你？那客人打你，打得你呜呜叫，你扯着他的袖子，他就往你头上打。

喻长喜：放屁，……

胡汉春：呸，这有什么好赖的呢？我说罢，他打你，（用手比划着）这样那样的打你着；后来呀，我来了，我一看你被他打，不由得怒从心起，就冲上去把你们给拉开了吗？

喻长喜：好，够了，够了，好歹在我们的营生里就有挨打这一回事。我们是不怕的，他们会打，我们就扯住他，只要他给钱就行。是不是？

胡汉春：说得好听！人家铁了心要打人了，打了人就要有收场，就会找警察。那警察来了，便含含糊糊的问两句：怎么回事呀？这么一来，又是大家的不好。——遇见了阔人、大佬还不是我们倒霉！不说别的，也不是说大话，那天的那个阔佬还不是让我给吓唬住了？我说好！你打人，你在码头上是可以打人的？你打得好！你要找警察，你是先问了警察再打人的？你能打下这码头，你就打嘛，我看你怎样打！……

袁老四：（也听见了这边的吵闹声，赶过来了）好一张利嘴！我就打你这利嘴。（假装着要打胡汉春，胡汉春闪避了一下。）

胡汉春：我们码头上呀，全靠要联结在一起，要这样才不受人欺负。

袁老四：你是干什么的？

胡汉春：我呀，我不干什么，我知道你们不一样，我是我。

（江上又有汽笛声，几个散步者走过）

散步者甲：这几天有什么消息没有？

散步者乙：没什么，马当战事很紧。

散步的女人：郑先生你往哪里走？

散步者甲：我嘛？去昆明。你们呢？

散步的女人：我们不走，就留在此地。

散步者甲：你真勇敢。

散步者乙：尽自己的力，参加保卫大武汉，是国民的责任。（说着，三个人走了下去。）

（陈富生，张老二他们也从那边赶了过来。）

李得臣：喂，陈富生，你爸爸怎么还不来呢？

袁老四：陈东海说有事，到底有什么事？

喻长喜：我猜一定是那件事。

陈富生：我不知道是什么事，爹说叫我今天找你们，晚上一起
到这儿乘凉。有事要和大伙儿商量一下。

袁老四：那一定是关于大伙儿的事了。

李得臣：我倒有些知道，恐怕是又要抽民夫了。

袁老四：（忽然抬头看见喻李氏从那头走来）哈，喻长喜，你堂
客来了。

（大伙儿回头望，喻李氏和大毛上。）

大　毛：嗳，跑得好热。

喻李氏：（走向喻长喜）你这个人，现在还不回去，我就晓得你
会在这里。

喻长喜：谁叫你找来的？谁叫你找来的？

张老二：嘻，嘻，我不懂得，为什么女人老要和男人拉拉扯
扯的。

喻李氏：你会懂？你这不学好的赌棍，看你今生今世也不会有
女人来跟你拉拉扯扯的!

张老二：唉，大嫂子就那么不客气!

喻李氏：客气，客气，我跟谁客气!

张老二：唉，生么大的气，好，老子赔礼。

（大伙儿哄笑了。）

喻李氏：呸! （向喻长喜）你怎么还不回去呢？小喜子病得很
厉害。头上滚烫滚烫的，睡着就哭醒了，我一个人真
弄不来，回去吧，快回去!

喻长喜：（焦躁地）唉，我管不了，你先回去，我有事。

大　毛：哎，爹你回去吧，小喜子病得怪可怜的，真是！

张老二：你看，女人总是女人！

大　毛：唉，死鬼！谁叫你又胡说八道。

陈富生：大毛，你别那样多嘴。

张老二：好，好，是要教训教训。这样大的黄毛丫头也会喷人一脸臭水，真是！老子就是手气不好，有一天看我赢了钱，也要弄这么几个丫头，两个，三个，（自得其乐地）四个。

大　毛：呸！看你这嘴脸！

张老二：（伤感地）嘴脸？我又怎样对不起人了，你们大家看不起我。

袁老四：唉，你就还像小孩子似的，会认真。

（又是汽笛声，在远处，声音显得很微弱。）

陈富生：大毛，弟弟呢？

大　毛：他们不晓得跑到哪儿去玩了。

陈富生：爷爷呢？

大　毛：爷爷在家，就预备来，爷说又要抽民夫呢。

袁老四：是吗？这次我可不去了。

喻长喜：你什么时候去了？怕还要你去的，你去好，你人口少。

袁老四：呸，不去，那不是人干的活儿，又不给钱，我不去，（坚决的）不去就不去。

（胡汉春原伏在铁栏上看着江面，到此时回头望了他一眼。）

（王快嘴从胡汉春背后悄悄地走过来，没有人注意到他。）

王快嘴：唉哟，（大家冷不防全回过头来）完了，完了，我的扁担又断了，真是倒霉！还是两个月前买的呢。

李得臣：你太不当心了，半年里就断了两条，你看人家的怎么不断？我的一条就足足用了五年。我不是告诉你要多浸会儿水嘛！

王快嘴：浸水有屁用，我还不是浸了水后才用的？今天可真倒霉！好好地挑到交通路，担子也不重，偏偏后花楼的车子来得多，还要走汽车，我一让，地下滑，担子的一头脱了，我也跌倒了，这扁担一下就断了，我胳膊的皮也跌破了。真倒霉。不说别的话，就是倒霉！

张老二：喂，我说，你有钱没有？

王快嘴：哪来的钱？三块钱买一条。我哪来三块钱？

张老二：我把我的扁担押给你，用不了三块钱。

喻长喜：哈，你看你又赌输了。

张老二：可不是，手气真不好！我把扁担给你，王快嘴，好不好？

陈富生：你这个人真作孽，死赌，死喝，这些日子逃难的人多，生意好做，你偏不积攒点儿，到现在还是光棍儿一条，也不打算打算，一个人成家立业也是要紧的。

张老二：好了，好了，我是不想成家立业的，女人有什么好处？养一堆孩子真是活受罪！说认真话，王快嘴，我的扁担押给你，地道的枣木扁担，用得又光又熟，一头捆五道藤箍，两头十道，再牢固没有了。老子没钱用，押给你两块钱，干不干？干不干？

王快嘴：我买一条新的只要三块钱，干嘛花这么多钱押你一条旧的？我身边也没有钱，况且你也不能没扁担使呀！

张老二：你别管这些，我就是差钱，除了钱我什么事都有办法。

李得臣：有了钱，你就又去赌。

袁老四：我晓得他的心思，他有法子，他拿了钱去买一条竹扁担来使。

张老二：王快嘴，怎么样？你出多少钱？你说。

王快嘴：我没有钱。

张老二：别不痛快，你说你出多少。

王快嘴：我腰里头只有一元四。

张老二：好，给我。

王快嘴：不行，我还要留些过日子。

张老二：那给我一块二。

王快嘴：一块。扁担你还可以拿回去的。

张老二：一块一。不能再少了，不能再少了。（催促地）不能再少了。

（王快嘴踌躇了一会儿，从腰里摸出一把零碎的钞票和镍币来，数了给他。）

王快嘴：喏，这儿是一块一角！真是我倒霉，你的扁担在哪儿呢？有钱你还赎回去。

张老二：扁担回去就拿给你，这样性急做什么？（寻思一下，要想走）唔，我要走了，老东海来了就说我已经来过。

喻长喜：想去翻本了是不是？

张老二：不是，不是，我有事。

陈富生：什么事？

张老二：有要紧事，我要走了。

袁老四：哈，我看你还是去想翻本？别糊涂了。钱输了看你拿什么挑东西。

张老二：不，不，（商酌地）走了，走了。

（他果然要走，被陈富生拖住，张老二想挣脱走开，陈富生却拖紧他。）

陈富生：你不能这样，你不能走。

张老二：不，别拉我，我要走。

大　毛：哎，你们看，爷爷来了。

（陈东海上，大家全向他望，张老二也不好意思的站下了，胡汉春也回转身来，背向着江靠着铁栏站着。留神于大伙的谈话。）

陈东海：大伙儿全来了吗？有事要和大伙儿商量一下。

喻长喜：来了。还有他们在三北码头有生意，不能来了。（向喻李氏）你可以回去了。

（喻李氏看到丈夫不能回去，走了。）

陈东海：噢，那么我们现在商量一下，回去再各自告诉大家，（郑重地）大概大家已经知道上面又要征民夫了。详细情形是这样的，昨天公安局有人来找到我们，说是要修公路，要向我们抽人，要抽五十个人。我们码头上共总有二百多人，他们指明要五十个，大家听清楚：是五十个。我现在告诉大家，看大家怎么办？我们中间看有谁去呢？公安局说：这是为国家服役的事，这是对的！是去修公路，不是去打仗。

（江上汽笛声）

胡汉春：（在一旁自语）谁保证不是去打仗呢？

（大家沉默不语。陈东海瞟了胡汉春一眼。）

陈东海：（郑重地）现在，我们一定要有人去的，要去五十个。大家想一想，商量一下。

李得臣：（懦弱地）我不能去，上次我已经去过了。我老婆孩子病着呢，不能去，去了没有人养活我的老婆和孩子。

王快嘴：（性急地）我不去，我不去，上次我也去过了。修飞机场我是去了的，每天吃几个馍馍饱饱肚，苦些也没有关系，可是，家丢给谁呢，没有人照顾我们的家，我这次不去了。

（呜——汽笛洪亮地在近处叫）

胡汉春：（自言自语）唔，这次跑得远了，一送上战场就由不得你了！

陈东海：（想了一想）唔，这次公安局说得明白是修公路的，上次我们的人还不是全回来了。不然，公安局要是硬派人，用麻绳捆了去，还不是一样要去。我想呢，我想呢……我们总归是要去的。修公路是修公路，他们没有说要搬运夫呀。前些日子，我们铁肩队是去挑运军火的，那时，我们只有吴志山一个人拍胸脯表示"我去"，那时是在让我们谁高兴去就谁去的。（劝慰地）现在不一样，要五十人，五十个！大家再商量商量。

王快嘴：我可以不去了，我已经去过一次，为什么我要去两次呢？让没有去过的人去，去过的不去，这样公平些，我家里还有老娘，有老婆，有孩子，一大家子人全靠我一个人，况且我的扁担也断了，还没有钱买新的扁担。我要活，就一定不能去，不能去。谁能叫我一定去！

喻长喜：谁没有老婆儿女呢？我的小孩子还病着。

袁老四：这事是商量不起来的，大家都不愿意去。我也不愿意去。我们只有这几个人在这里，我去了，也不能叫别人去，这事是商量不起来的。

李得臣：我病着，我的老婆孩子也病着，没有人照顾我们，没有人，我不能去，我要死了，死了也好。

陈东海：大家再想一想，再想一想。

（大家沉默，想着）

王快嘴：（跳起来）不去，我一定不去。

陈富生：你不去别嚷呀！

大　毛：爷爷，假如我是个男孩子，我去。

陈富生：别多说话，你懂得什么？

（胡汉春嘴里吹着口哨，吹的是四季相思调，大伙儿沉默着。前面走过的散步者又走回来了。）

散步者甲：战局虽然还稳定，可是我想还是先走的好。到将来交通拥挤，就麻烦了，当局疏散人口，就是这个意思。

散步的女人：我呀，我跟着他，他不走我也不走。（爱娇地）哎呀，你看，武汉的月亮真美丽！

散步者乙：这是我们非保卫大武汉不可的原因呀！（一半是自嘲地）我们失去了大武汉，也就再没有大武汉美丽的月色了。

散步者甲：走吧，我们还是去天星？还是去明星！还是去球场！

（向女）你说。

散步的女人：不去了，我要回家了。

（三人笑着走下。）

王快嘴：（盯着他们的背影）呸！

胡汉春：（冷冷地）我真不懂！福是他们享的，苦是我们吃的，

我们修什么路。

陈东海：（厌恶地）你不对呀！本来是不要你去修路的，要的是

我们去。你也不能说我们修路是为了他们，这还是我

们自己的事。日本人来了，他们还可以逃难，只有我

们是逃不了的，被杀的是我们自己，被奸淫的是我们

的妻女！我们要能把武汉保住了，不让日本人来才好。

王快嘴：唉！日本人真不好，去年汉口日本租界还有日本人，

那么矮矮的，一双木屐踢踢拖拖，凶是凶得要命。后

来打起仗来，他们就提心吊胆的一下子全溜走了。说

说真话，我就是有点看不起日本人。

胡汉春：（深沉地）我说，我说呀。……

喻长喜：你说什么？

胡汉春：我说我们真犯不着。

陈富生：犯不着？这话怎么说的呢？

胡汉春：我说我们犯不着费那么大劲，干脆得很，唉……（大

家留意听，他又不说下去了。）

陈东海：（不管他）大家别闲扯，我们还是谈正经的事。我们在

码头上，都是码头上的人，码头上的事情是我们的事情。现在我们要派五十个人，五十个人，明天早上，无论如何要去的。

胡汉春：（向李得臣低沉地）唉，我说李得臣，瓦片也有翻身日，一朝天子一朝人，我们也得翻翻身了。

李得臣：（疑惑地，有点惊恐）是吗？

陈东海：什么？你要做汉奸是不是！

王嘴快：汉奸，汉奸，你是汉奸。

胡汉春：唉老东海，你怎么说我是汉奸呢？我几时做过汉奸的？你不要诬陷人！

李得臣：他，他是好人。

袁老四：我晓得他是好人，我看见他给了你钱的。

李得臣：（涨红了脸）唉，唉，唉，我是说，他是好心给我的。

袁老四：我可不懂得他的钱是哪儿来的，大家都穷，他偏有钱，他一天到晚不做事，他还好心给人钱。

胡汉春：唉，袁老四，你这话太岂有此理！我有钱，我爱给谁与你有什么相干！大丈夫五湖四海皆朋友，我胡汉春在这码头上不是一天两天，我听你们谈得没办法，便好意插了一下嘴，唉，真是的！

陈东海：（严厉地）不用你插嘴的，胡汉春，不是我对你不客气。

胡汉春：（抗议）这是什么？这算什么？老东海，这码头上是公家地方，我不能站吗？

陈东海：对不起，你不是我们的人，你走开。

胡汉春：什么？

陈东海：（声色俱厉）走开！

（胡汉春徘徊一下，仍旧不走。）

胡汉春：老东海，你告诉我，你们要上什么地方修公路，我是想顶替你们一个人去的。

陈东海：（有点儿动摇，一转念一想，立刻拒绝）不行，你要打听地方吗？走开，放明白点！（胡汉春无奈，下。大家沉默着，空气很浓重。远处又有汽笛声，迤长地叫了几声。忽然，喻李氏哭着上。）

喻李氏：（张皇地哭着）啊，小喜子他爹，小喜子他爹，小喜子没用了，你还不回去，你还不回去。

喻长喜：怎么了？小喜子怎么了？

大　毛：小喜子怎么了？小喜子怎么了？

喻李氏：完了，死了。我回去，张家大嫂在哭着，我知道不好了，我看，小喜子还盖着被，像活着一样，我一摸，凉了。张家大嫂子说，我出来，小喜子就抽筋，抽死了，唉哟，我的小喜子哟！（哭）

喻长喜：（哀伤而沉痛）好，完了！

喻李氏：你还不回去，你还不回去，你这死鬼，你这死鬼！

喻长喜：我，（大声地）我不回去了！

（喻李氏大哭。）

陈富生：长喜，你回去吧。

喻长喜：不，我不回去了，我完了，我还有什么？小喜子，多乖，多有趣，他会笑，笑得那么惹人爱，唉，我们苦命留不住这孩子。（喻李氏哭。）

大　毛：你回去吧。

袁老四：要料理一下。

喻长喜：不，我不回去了，我明天去修公路，我去，我去，我
　　　　的家，谁给照管一下。

喻李氏：（哭）唉，你不能去呀！叫我怎么办呢？

李得臣：只要家有人照管，我也去。

喻长喜：我去，我去，谁照管我的家。

王快嘴：我们会帮助你的，照管家，有我们。大伙儿来维持。

陈东海：对了，我们应该大伙儿来维持。我们应该这么办。

陈富生：有大伙儿维持，大家都可以去了。我们要大伙儿维持，
　　　　去的人的家，由不去的人来维持。

　　　　（喻李氏的哭声渐低。）

陈东海：大伙儿的事，大伙儿想法子，我们一共有两百多人，
　　　　去五十个，这五十个的家属的责任是我们的。这样，
　　　　去的人就可以安心了。

喻长喜：我去了，我的家交给你们，我一定去了。我们的事本
　　　　来是大伙儿的事，像每年划龙船还不是大伙儿凑钱？
　　　　大伙儿能维持我的家，我去了。

李得臣：我也去。

袁老四：我也去。

　　　　（大家答应着，最后，张老二也坚决起来。）

张老二：我也去。

　　　　（江上又有洪亮的，汽笛声响起。）（落幕）

武汉《抗战文艺》第 1 卷第 11 期，1938 年 7 月 2 日

你要怎样（对话）

　　用木板把一间房间隔成了几个小间，然后再用一些花纸来裱糊一下，这还不够，壁上还挂一些美女月份牌，一张月份牌上的美女还笑嘻嘻的抱着一个滚胖的赤裸的小孩，被抱着他的美女逗着笑。在木板上挂一些照片的镜架，镜架的边上还嵌着一些照片，可惜太远太小了，看不清楚，但这其实也不过是房间里的一些装饰，不一定就是这房间里的女主人的丽影；但总或者和她有点关系，或者是她的忘不了的记忆。这房间里除了这些还有许多装饰，譬如，在桌子上就有一支滴答滴答摇着摆子的自鸣钟。还有脱落了金边的白瓷茶壶和茶碗，还有两只热水瓶，贮满了热水。还有一些连装璜也不甚漂亮的化妆品的瓶盒，除了这些，其余的挂在壁上的菜橱，搁在凳上的面盆，在一条铅丝上晾着的粉红色的毛巾，以及另一条铅丝上晾着的湿小衫和长统纱袜子，以及壁角的痰盂，总不能算是装饰品了吧。而且还有那张短架子的木床，床上的红底印花布面的被子，这些实在是这间房里的女主人的不可或缺的东西。因为她是一个下等妓女，虽然，还有比她更下等的，不过她总还竭力想把自己弄得多少再像样一点，这和她的营业也很有关系，她可以从这些向客人索取较高的代价。客人们来到这里，是处处会打算打算，是不是值得和是不是吃了亏的。现在，客人正坐在她的床上，而她坐在客人的身上一面把头靠在客人的脸上，客人的左手团抱着她，而右手却在她解开了扣子的衣裳中伸进去，摸弄着她的乳房⋯⋯

客　人：喂，怎么样？

妓　女：什么怎么样？

客　人：夜厢钱交掉了，姨娘钱也给了，点心也吃过了。现在嘛，是什么戏要开场了？

妓　女：什么戏？问你呀！

客　人：问我？好，把门关上了，我们两人做戏，用不着锣鼓手来敲敲打打的。

妓　女：门不是关好在那儿吗？你放心，没有人来的。

客　人：我放心？我有什么不放心？我放心得很。嗳，来来来，你站起来，把这戏台弄弄舒服，来，齐郎当，我老生要登场了。

妓　女：好不害羞！你这位老生。

客　人：我这老生怎么样？今天我们是第一次打交道，你还不大明白。你喜欢老生呢？小生呢？还是武生呢？

妓　女：我喜欢你这位老生。你这位老生很好。

客　人：你不喜欢小生吗？你喜欢老生的什么？

妓　女：我喜欢老生的老面皮，人老面皮老。

客　人：人老心不老，我还年轻得很呢！年轻似火烧！

妓　女：我喜欢老生，年纪大，良心好。

客　人：什么是良心？你要良心有什么用？

妓　女：良心怎么不要呢？唉，一个客人有良心多好？

客　人：要良心有什么用呢？只要有钱，有了钱什么都有！

妓　女：是的，有钱，钱！钱！

客　人：哈哈，钱钱！是不是我才有钱能来玩你？假如没有钱
　　　　只有良心，那时恐怕你睬也不会睬我的呢！

妓　女：钱？我要交账呀！还是没有法子的呀，譬如说，一个
　　　　客人有了钱，良心又好，那才是真的好客人呢！

客　人：你这家伙，倒贪心得很，要了钱，还要良心。

妓　女：唉，良心，要良心，要良心比要钱还难。

客　人：吓，你这个傻家伙，快别说了，是时候了。有了良心
　　　　没有钱，有了钱没有良心。要到有一个客人拿良心来
　　　　骗你喜欢他的时候，说不定他才是个穷光蛋。

妓　女：穷光蛋？穷光蛋不多着吗？

客　人：好了，好了，睡吧。

妓　女：你稍等，我还要料理一些事情。

客　人：快点。

妓　女：看你急得这副样子！

客　人：唉，不是急！一天跑来跑去。到现在这个时候，人也
　　　　有点疲倦了。

妓　女：你跑些什么地方？好玩吗？

客　人：好玩吗？呵呵！

妓　女：看戏吗？几时请我看一次戏好不好？我喜欢看文明戏。喝酒吗？

客　人：看戏吗？喝酒吗？呵呵！

妓　女：看你没有喝酒的样子。

客　人：怎么没有？

妓　女：你的嘴里闻不出酒味。

客　人：你倒精灵，呵呵！

妓　女：你笑什么？

客　人：我不笑什么。

妓　女：不，你告诉我，我要你告诉我，你笑的什么？

客　人：我连笑也没有笑。

妓　女：你这个人，连笑也要赖一赖的。

客　人：赖？我什么也不赖？我从来也不赖！

妓　女：算了，算了，你放我起来。

客　人：放你起来到哪儿去？你先说。

妓　女：哪儿去？这里是门，关好的，那儿是窗子，关好的。出去了又有什么地方好去呢？走来走去也是那几条马路，终是这几条马路，走不开的，现在东南西北都不能走，条条路都有个尽头，给东洋兵堵住了。

客　人：呵呵！

妓　女：你看，你又在笑了。

客　人：是我笑了吗？我笑你的尽头。

妓　女：我的尽头！我的尽头！

客　人：你的尽头，我不会有尽头的。

妓　女：你好，福气好，我怎能和你比呢？唉，我的尽头！

客　人：别扯开了。我说的尽头不是那个尽头，自然，人总有个尽头的，我说的我的没有尽头，是说的我走路不会有尽头。

妓　女：怎么会没有尽头的呢？

客　人：别人有尽头，我没有尽头。

妓　女：你看你吹牛！

客　人：吹牛？你看这个。（他抽出那只摸乳房的手来，从自己的怀中取出一张纸片。）你看这个。

妓　女：这个？这是什么？我不懂，我不认字，我不懂这些东西是什么？

客　人：这就是一张法宝，譬如你望西面走，你知道那边有许多楼房，然后到铁路了，你便不好走过去了，那边有铁丝网，有人拦住不让你走，是不是？

妓　女：我听说是那样。

客　人：拿着这张纸片给他们看，行，过去就成了。

妓　女：噢，还有呢？

客　人：譬如你要往南方走，走到那铁门挡着的地方，又过不去了。没关系，你过去就是了。这儿有派司。

妓　女：呸，我才不过去呢！

客　人：噢，你不过去。你不往南方走，你要往东走？东边是黄浦江，一只只大轮船出出进进，那江的对面，看得见有高大的工厂房子，也有小船可以渡到那边去，但

是，你却去不成。假如你没有这张东西，你的尽头就
在黄浦江边了。

妓　女：谁要到浦东去呢，去浦东做什么呢？

客　人：呵，那么往北走，往北走，一走走到苏州河边又是
尽头。满不在乎！你尽管从桥上走过去好了，有人敢
来拦住你，那么你把这张东西给他瞧，"米西，米西，"
什么问题也没有了，你要走到哪儿就到哪儿，有了这
张纸，路是没有尽头的。

妓　女：哼哼，你别说得那么风光，神气十足。我知道，你要
过去，成，验派司，那还不够，还得脱了帽子，光着
脑瓜儿行个大鞠躬礼！

客　人：那有什么关系？那大家作兴那样，就鞠个躬也不在乎，
咱们不在乎！何况，你行个礼的话，人家也得行礼，
还你一个礼的。

妓　女：哟，谁希罕他们行礼，大家不行礼岂不是更好，你是你。
我是我。

客　人：你不行礼呀，那可不成，你等着，这里就是老大的一
个耳刮子。

妓　女：嘻嘻，你吃过几个耳刮子？

客　人：我？我会吃耳刮子？笑话！

妓　女：那么你看见了人家，就那么一鞠躬到地了。

客　人：那不在乎，其实，鞠个把躬其实也有道理好讲得通的，
你看人家走了那么远的路赶来打仗，辛辛苦苦，大家
对他尊敬一下也好的，省得他们发脾气。

妓　女：噢，原来还有这个道理！要有人家揍了你，你还要磕个头叫声爷爷！

客　人：话可又不是那么说的，一个人要肯做一件事，总得有个贪图。譬如说，我今天舍得花钱，其实是贪图跟你睡个觉。我要去和人家鞠躬，其中当然也是有道理的。

妓　女：这个道理，我倒也懂得。

客　人：你也懂得？你倒说说看。

妓　女：这道理是这样的，不是你花钱去玩别人，倒是别人花钱玩你，唉，玩你！

客　人：玩我！唉，不是的，这哪里是好玩的事情！一点也不好玩。我告诉你，这叫作互相利用，他们要利用我替他们干一些事，我利用他们发一些财。

妓　女：什么的财呀！我看……

客　人：一个人钱总是要的，没有钱总不能活命，所以，钱是放在那里，看你会不会去寻，会不会去拿就是。

妓　女：你这位先生！你所做的事，不就是人家所说的汉奸那样的吗？

客　人：汉奸？你说汉奸？汉奸又怎么样？

妓　女：好好的人，又何必去做汉奸呢？我想不明白，人家打我们，害我们；我想起来了，我们吃了多少苦！我是怎么会到这儿来的！哼，难道……

客　人：难道什么？你说！我告诉你，这种混沌天地，乐得混水摸鱼，你不干，你不捞些好处，谁也不见你的情，不见得有人说你这人真了不起，骨头硬，好汉子。不，你若是受冻受饿，活该自己吃苦。冻饿死了，谁也不来过问！但是，要是你自己有办法，你能混他一下，不论你偷鸡也好，摸狗也好，混得大，人家奉承你，看你作天神老爷，混得小，人家也得承认你几分。做人就像作戏，忠臣涂个红脸，奸臣涂个白脸，白脸比红脸好得多了，你不是也爱个把小白脸吗？做忠臣，做好人，什么好处也没有，又难又苦！做随便什么事情，就像赶公共汽车一样，你上去得早有你的座位，你上去得迟，位置被别人占满了，就再没有你的份……

妓　女：喂呀，这种份……

客　人：这种份！我的份里有你的份！你的份里还有你们这儿一家子的份！你能说这一份不好吗？你能不要这一份吗？好家伙，别扯淡了，睡觉是正经儿。

妓　女：谢谢你，留上这样的一份给我！

客　人：（得意的）是的，我有了这一份，要给什么人就给什么人。

妓　女：这样的一份，卖骨头的一份，卖祖宗的一份！

客　人：（不乐）什么？你说，你说！

妓　女：我说，这样的一份！

客　人：什么？你不要这一份吗？你是什么东西！我花了钱来睡你的，我要你怎样你就得怎样！我要你剥光你的衣服，我要你躺在那里不许动你就不能动！我要……

妓　女：是的，先生，今天晚上我是已经卖给你了。

客　人：吓吓吓，原来你也知道。

妓　女：我怎么不知道？我当然知道。我知道你怎么样去弄来
　　　　了一些钱，你就可以把几块钱来买我一个整晚，在我
　　　　这儿过夜，你要我这样我就得这样，你要我那样我就
　　　　得那样，什么话都等过了一夜再讲。过了一夜，什么
　　　　也就都完了。

客　人：（暴怒）我要你立刻住嘴！

妓　女：是了，你要怎样？

客　人：我要你躺下去！

妓　女：是了，你要怎样？

客　人：不，我要你把衣服脱了！

妓　女：是了，你要怎样？

客　人：我要给你颜色看！

妓　女：是了，你要怎样？

客　人：（恨极）我要！我要！我要！我要！我要！

——闭幕——

1939 年 3 月 20 日

上海《文艺新潮》第 2 卷第 6 期，1940 年 4 月 1 日

后 记

今年适逢中华人民共和国成立 70 周年大庆。为了庆祝新中国成立 70 周年，中共长春市委宣传部准备编辑出版一套《新时代长春文学丛书》。丛书收入新中国成立以来长春市著名作家的作品选，煌煌然是一大套包罗广泛的巨著。4 月份时，中共长春市委宣传部的张津源同志打来电话告知：中共长春市委宣传部准备编辑出版的这套丛书，其中也包括了父亲蒋锡金的作品选，并要求我们最好于 6 月末之前将稿件编选、整理出来。听到这个消息，我们是十分感激的，毕竟中共长春市委将这样宝贵的机会给予了父亲，而父亲已经去世多年，恐怕很多人早已忘记了他的名字。

蒋锡金（1915—2003），现代作家、诗人、教授、学者，江苏宜兴人，曾用笔名锡金、霍亭、束胥、长庚等。父亲从小在优裕的环境中长大，少年时代曾目睹了舅父等人组织的"宜兴暴动"，并在舅父的引导下走向革命，逐步树立了投身于革命事业的奋斗目标。在 20 世纪 30 年代，他以诗人的身份走上文坛，继而为了革命需要创办报纸、刊物，还亲身参加了三四十年代的文艺运动，撰写了大量的诗歌、散文、小说、戏剧和通讯等作品，记录了当时人们的生活和斗争，还写下了大量的文学和时事评论。新中国成立后，父亲一直在东北师大任教授，撰写了大量学术论文和研究文章，还参加了《鲁迅全集》的注释和定稿工作，及《郭沫若全集》的编辑和注释工作，并在鲁迅研究和文艺理论等方面多有建树。

说起给父亲出版文集一直是我们的一个夙愿。为此，我们一直努力地收集父亲的旧稿，准备出一套《锡金文存》。但由于父亲的旧作多发表在 20 世纪的三四十年代，查找起来十分困难，一直未能完成。2015 年长春作家协会编辑出版了一套《长春老作家经典文丛》。应长春市文联同志的委托，我们选编了父亲 20 世纪七八十年代撰写的部分文章，编成一本《蒋锡金研究论文集》以飨读者。此次，再为父亲选编书稿，我们主要收集了父亲在 20 世纪三四十年代发表的诗歌、散文、小说和戏剧等作品，定名为《蒋锡金诗文选》。

在选编本书的过程中，我们对父亲的旧稿、旧作进行了认真的筛选，去掉了一些使用方言较多的作品，比如，《平阿炳的平粜米》，因当年发表在面向江浙地区的《江南》杂志上，故而大量使用了苏南地区的方言，对于今天早已习惯普通话的读者来说，阅读起来无疑是很困难的。同时，还省略了一些有影响文章，如《咏雪词话》。《咏雪词话》是父亲在 1945 年发表的谈毛泽东诗词《沁园春·雪》的文章。文章发表在当时《新华日报》"华中版"上，是最早解读《沁园春·雪》的具有权威性的理论文章。在毛主席诗词研究中占有着十分重要的位置，但也只好忍痛割爱了。

本书从体例上分为四个部分：一、诗歌，二、散文，三、小说，四、戏剧。其中，诗歌部分收入父亲自己选编的诗集《黄昏星》，1941 年由上海泽上社出版。按照原诗集的顺序列入目录，后面依据诗歌创作、发表的年代，又选编了《黄鹤楼》《西河桥》和《中国的春天》等诗作，共收入诗歌 32 首。散文部分收入《一个战士的死》《荷花》《那六个走掉的》《镇市风景》等写于抗战时期的散文类作品 16 篇。这些作品从不同角度表现了抗战时期的社会生活，较迅速、及时地向读者们传达了那些来自前线和根据地的战斗信息，在广大爱国群众中产生过积极的反响。其中，《建承难忘》是父亲在 80 年代末写的一篇回忆上海"孤岛"时期斗争生活的回忆文章，有助于人们了解当年先辈们艰苦卓绝的斗争生活。小说部分收入《恋爱的插曲》《我很喜欢你》《第一名》和《少女病》等四篇小说，描写了抗战初期广大爱国青年投笔从戎后的生活和斗争，从不同的角度表现了他们充满激情的人生。戏剧部分收入《台儿庄》第一幕，《横山镇》和《他们在码头上》等剧作。这几部剧作是父亲在抗战时期创作的，其中，《台儿庄》是抗战初期较早出现的一部反映台儿庄战役的三幕话剧。该剧为集体创作，父亲撰写了第一幕及主题曲《胜利进行曲》。《台儿庄》剧本完成之后，曾受到茅盾先生的好评。《横山镇》（两幕剧）和《他们在码头上》（独幕剧）同样是表现抗战时期生活的话剧。前者描写了在日寇侵略者铁蹄下横山镇民众所经历的苦难和坚决的抗争，后者描写了汉口码头工人积极支援前线，挖出隐藏奸细的故事，从不同的侧面反映了广大爱国民众积极投身伟大的民族解放战争，与日本帝国主义战斗到底的决心和勇气。

本书的所有作品均按照原来发表时的样子排版，遇到一些极为生僻的字和词，则依据原文逐一进行了认真的校对，凡是作品的注释亦经过仔细地校勘，努力为读者提供一个翔实的文本，以便大家更好地理解这些作品，理解当年那些艰苦的战斗生活。

最后，我们感谢中共长春市委宣传部的领导和有关同志对《蒋锡金诗文选》的编辑和出版工作，所给予的大力支持和帮助！

黄凡中　蒋於缉

2019 年 6 月 30 日